눈물을 마시는 새 1
이영도

イ・ヨンド

涙を呑む鳥 I

ナガの心臓 —上—

小西直子訳

早川書房

涙を呑む鳥1

ナガの心臓

〔上〕

눈물을 마시는 새 1: 심장을 적출하는 나가
NUNMUREUL MASINEUN SAE BOOK 1:
SHIMJANGEUL JEOKCHULHANEUN NAGA
by
이영도 (Lee Young-do)

Originally published in Korea by GoldenBough Publishing Co., Ltd.
Translated by Naoko Konishi
First published 2024 in Japan by Hayakawa Publishing, Inc.
This book is published in Japan by arrangement with
Lee Young-do c/o Minumin Publishing Co., Ltd.,
and Casanovas & Lynch Literary Agency
through Japan Uni Agency, Inc., Tokyo.

This book is published with the support of
the Literature Translation Institute of Korea (LTI Korea).

装画／Yi Suyeon
装幀／大野リサ

本作品には「宣《の》り」という表現が出てきます。本作にはナガという種族が出てきますが、彼らは口から出てくる言葉は使わず、精神的にコミュニケーションを取ります。それが「宣《の》り」です。他の種族の「話す」と同じ意味を持ち、鍵括弧《かっこ》（「」）ではなく山括弧（〈〉）に入っているのが宣りによる会話です。「話す」が「話し」、「話して」、「話せば」と活用するように、「宣《の》り」、「宣《の》うて」、「宣《の》れば」というように活用します。

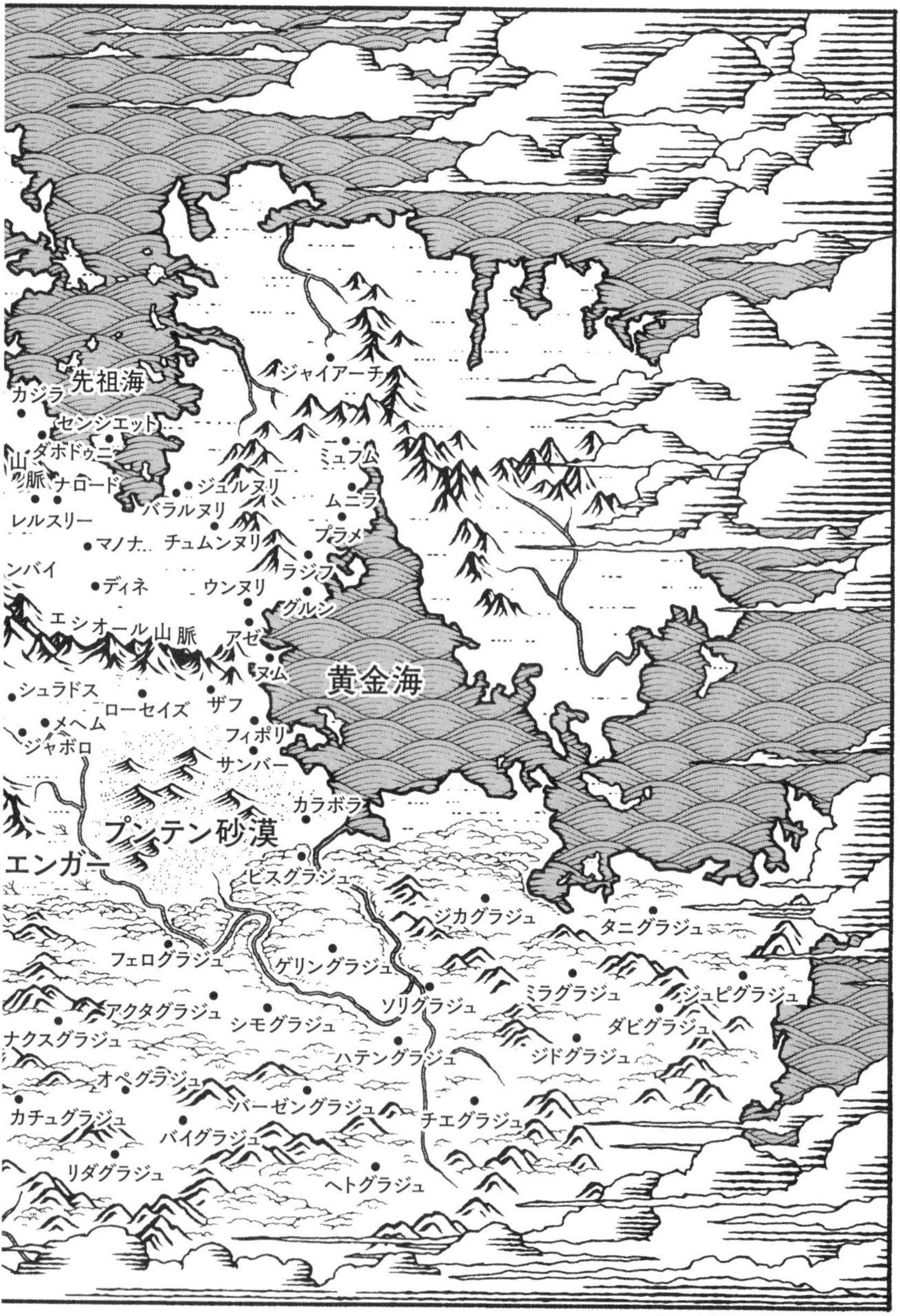

Map Illustration © Yi Suyeon

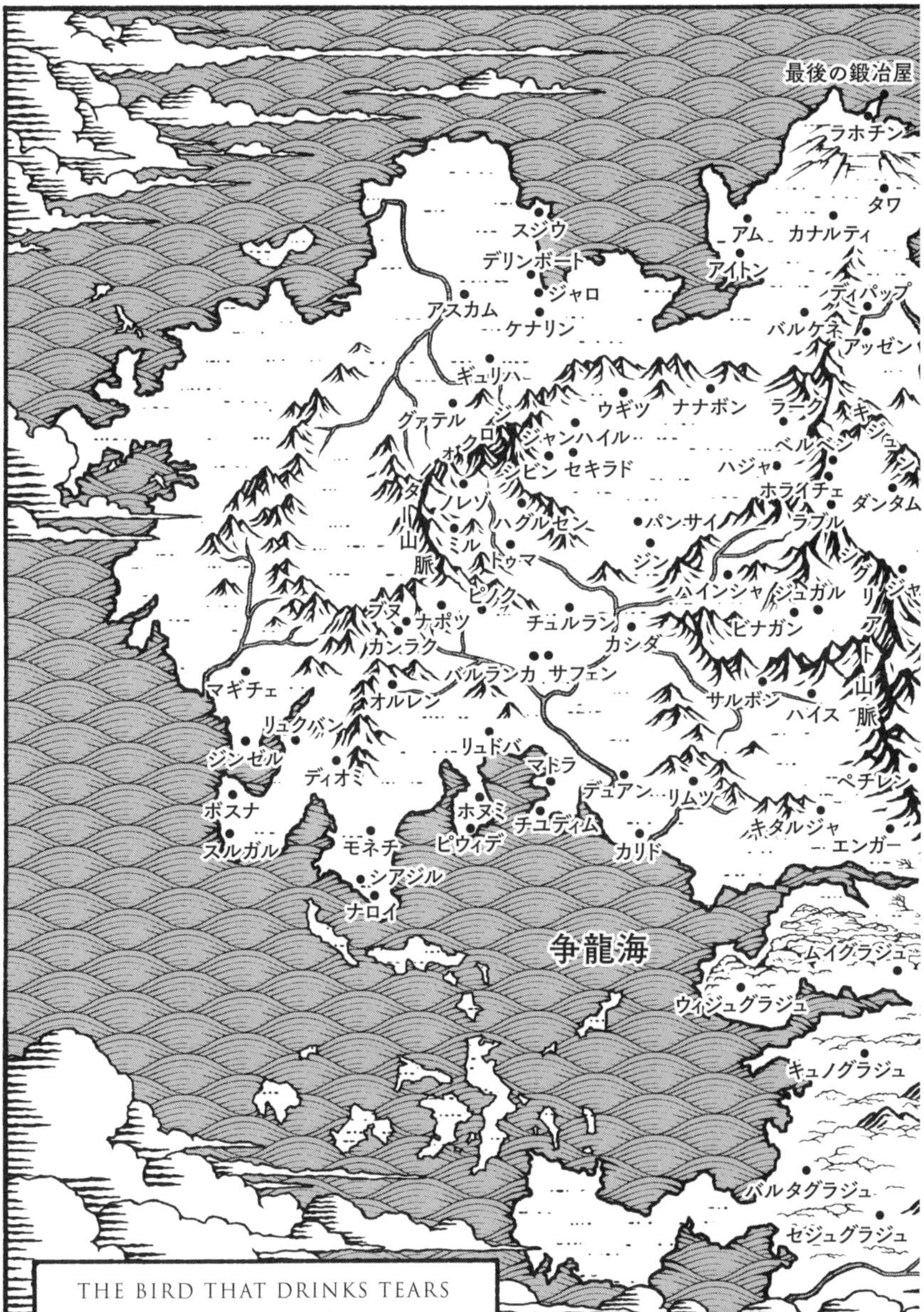
最後の鍛冶屋
ラホチン
タワ
アム
カナルティ
スジウ
デリンポート
アイトン
ジャロ
ディパップ
アスカム
ケナリン
バルケネ
アッゼン
ギュリハ
ウギッ
ナナボン
ラーク
グァテル
オクロジ
ジャンハイル
ベルベン
シビン
セキラド
ハジャ
ホライチェ
ダンタム
タリ山脈
ノレゾ
ハグルセン
パンサイ
ラブル
ミル
トゥマ
ジン
ムインシャ
ジュガル
ピノク
ブヌ
ナポツ
チュルラン
ビナガン
カンラク
カシダ
バルランカ
サフェン
マギチェ
オルレン
サルボン
ハイス
リュクバン
ジンゼル
リュドバ
ディオミ
マドラ
デュアン
リムツ
ペチレン
ボスナ
ホヌミ
チユディム
キタルジャ
エンガー
スルガル
モネチ
ピウィデ
カリド
シアジル
ナロイ
争龍海
ムイグラジュ
ウィジュグラジュ
キュノグラジュ
バルタグラジュ
セジュグラジュ
THE BIRD THAT DRINKS TEARS

空を焼き尽くした龍の怒りも忘れられ、
王子たちの石碑も砂土の中に埋もれてしまった、
そして、そんなことどもを誰も気にしない、
生存が、薄っぺらい冗談となり果てた時代に

ひとりの男が砂漠を歩いていた。

登場人物

ケイガン・ドラッカー………人間の男。ナガ殺戮者
ティナハン……………………レコン。ハヌルチ遺跡発掘者
ビヒョン・スラブル…………トッケビ。チュムンヌリの城主の側仕え

リュン・ペイ…………………ナガ。元修練者の若者
サモ・ペイ……………………リュン・ペイの姉
ヨスビ…………………………サモの武術の師匠。リュン・ペイの父。故人
ファリト・マッケロー………ナガの修練者。リュンの友人
ドゥセナ・マッケロー………ファリトの母親。マッケロー家の家長
ソメロ・マッケロー…………ファリトの長姉
カリンドル・マッケロー……ファリトの姉。ドゥセナの娘
ビアス・マッケロー…………ファリトの姉
カル……………………………ファリトの護衛
スバチ…………………………ファリトの護衛

オレノール……………………ハインシャ大寺院の僧侶。大徳《だいとく》

第1章　救出隊

三が一に対向する。

――古い金言

それよりもふさわしい名がないという理由で〝最後の酒場〟と呼ばれるそこをめがけて男がやって来たのは、プンテン砂漠の旅人たちが寝場所を求める明け方だった。

それに気づいた酒場のあるじが男を見守り始めたのは、彼が店に到着する一時間前のことだった。いつもならもっと早く気づいたはずだ。広大なプンテン砂漠には視野を遮るものがあまりないから。砂丘がいくつかあるにはあるが、それらもあるじの視野を遮ることはない。なぜなら、〝最後の酒場〟は高さ三十メートルの岩塊の上にあったからだ。直径四十メートルほどもあるその岩の上の部分は、最後の酒場に完全に占領されていた。そんな風変わりな位置にあるので、あるじはふつう酒場に向かって来る旅人に何時間も前に気づいた。旅人たちはたいがい東か西、または北から来て最後の酒場に泊まり、また東か西、または北へ旅立っていく。

ところが、男は南の方角からこちらへ向かってきていたのだ。あるじがほとんど目を向けない方向だ。それで、酒場まであと一時間の地点まで男に気づかなかったのだ。

ははあ、方角を誤ったな。酒場のあるじはそう睨《にら》んだ。方向を誤り、酒場を行き過ぎそうになったのだ。それを、危ういところで店の明かりを目にして方向転換し、こちらに向かっているんだろう――。そうひとり納得し、酒場までの距離をゆっくりと、しかし確実に狭めてくる男のようすをあるじは見守った。時おり飽きて目をよそへ向けたが、他に旅人の姿は見当たらなかった。

黒い固体を連想させる砂漠の空に、少しずつ水色が染み込み始めた。男の姿は今やはっきり見えていた。十分もすれば到着か。そう判断し、あるじは立ち上がった。やかんと茶碗を出しておくか……。

ところが、そのとき何やら妙なものが目に留まった。顔をしかめ、男のほうに目を戻したあるじは気づいた。何が自分の注意を引いたのか。

男の後を黒い線が追いかけている。明るくなった空の下、その黒い線は地平線まで点々と続いていた。あるじは首をひねった。何か重いものでも引きずっているのだろうか。風はたいして吹いていない。よって、男が何か重たいものを引きずっているならば、それがつけた跡に影ができることもあり得るだろう。陽が強く射し始めている時間でもあるし。ラクダが死んじまって、やむなく大切な荷物を引きずって歩いてるのか……？　あるじは男の背後を窺《うかが》おうとした。が、男は膝まである身幅の広い防寒着を身に着けていたので、後ろのほうはよく見えなかった。

ところが、周囲がもっと明るくなったとき、あるじは悟った。自分がどれほど呑気な想像をしていたのか。驚いた彼は、立ち上がった。

男の足の後ろに続く黒い線は、何かの液体が砂に染み込んだ跡だった。しかし、旅人というものはふつう、水をおいそれとこぼしたりはしない。乾いた砂漠の砂さえも吸い込みきれず、赤黒い跡として残っているそれは、血だった。

「ちょっと、あんた……大丈夫なのかい？」

やって来る男は声をかけられて顔をあげた。大きな布で頭と口のまわりを覆っている。小さな砂丘の上に立っている酒場のあるじを見つけた男の手が、肩のほうへと向かう。

「誰だ？」

「あそこの酒場のあるじでさあ。うちに来るところじゃなかったのかい？」

あるじがそう身分を明かしても、男の手は依然、首の後ろに回されたままだ。

「近寄るな。妙な真似をしたら抜く」

「おいおい、やめてくれよ。見ての通り丸腰だよ。盗賊だったら、武装してラクダに乗ってるもんだろ？　俺はあの酒場のあるじだってば。手を貸したほうがよさそうだと思って来ただけさ」

「手を貸す？　いったい何をだ？　まさか、酒場まで案内してくれるっていうんじゃなかろう？」

何かおかしいと思ったあるじは、また男の後ろを盗み見た。しかし、例の跡が血だということが近くで見た分はっきりしただけだった。あるじの視線を辿《たど》って振り返った男は、首を横に振った。

「ああ、あれのことか。気にしなくていい」

「何だって？　気にするな？　あんだけ血を流してるのにかい？」

「ああ、俺の血じゃない」

えっ……？　あるじが驚いて男の背後に回る。じろじろ眺めまわされても、男はまるで気にも留めない。

男が引きずっていたのは大きな袋のようなものだった。赤黒く染まっているそれが血の道を作り出していたというわけだ。あるじはぶるっと身を震わせると、男の首のあたりに目をやった。防寒服の襟越しに、大きな剣の柄《つか》が突き出ている。それを見て取ったあるじは頭をかきむしりたくなった。ああ、なんてこった。この男……巨大な剣を背負い、血が染み出る袋を引きずっている。

「袋の中に入ってるのは何だい？」

「さっきも言ったが、気にしなくていい」

「だって、そいつは血だろう！」

「人間のじゃない」

男はそう言い捨て、あるじには構わずまた歩き出す。そのようすからあるじは見て取った。袋は思った以上に重いらしい。人がふたりは入れそうなその袋は、砂の上にくっきりと跡を残して引きずられていく。険しい目で男の背中を睨みつけていたあるじも、やがて歩き出した。追い越しざまに言う。

「先に行って、準備をしておきますよ」

男は答えなかった。あるじは酒場に向かって駆け出した。もちろん、今言ったことを実行するためではない。あるじが考えていたのは、自分の剣をどこにしまっておいたのかということだった。ところが、思い出せない。最後にいつ使ったのかさえも、まったく。どうせ一振りの剣で男に立ち向かう気もなかったあるじは酒場に帰りつくと、階段を上りきったところで声を張り上げ、寝ている家族を呼んだ。

わけがわからないまま駆け付けてきた妻は、剣をどこにしまってあったかと尋ねられ、当惑した。少し遅れて出てきた年若い息子が運よく剣の在《あ》り処《か》を知っていた。おお、剣の出番が来たらしい……！　彼は興奮し、勇んで剣を取りに駆けていった。説明を迫る妻を台所に押し込むと、あるじはやかんと茶碗をテーブルの上に出した。

そのとき、男が岩を上りきり、酒場の中に入ってきた。

男は店の中を一度ぐるりと見まわしてから、やかんが置かれたテーブルのほうへ足を向けた。男の後ろには相変わらず例の物騒な袋があり、床に血の跡を残し続けている。あるじはそれを見て眉をひそめた。テーブルに着いた男は防風服を脱いで椅子にかけてから、背嚢《はいのう》を下ろした。そして、手をうなじのほうへ伸ばした。

次の瞬間、あるじの頭から血が滲《し》みだす袋などは吹き飛んだ。

生まれてこのかた見たこともないような剣だった。三十センチほどの鍔《つば》がついている。鍔が長い理由は明らかだった。長さが百二十センチはありそうな巨大な刃がふたつ並んでいるからだ。足がくっついて生まれた双生児のような格好の剣だった。

その奇怪な双身剣は、身に着けるやり方も独特だった。男は鉄の輪っかとそれをつなぐ革ひもでできた複雑な装身具を胸の上のほうで締めていた。その左肩のほうには丸っこい肩当てがついており、背中側――うなじから少し下のあたりに鉤《かぎ》型をした金属がついている。男の双身剣は、その鉤にかけるようになっていた。鞘《さや》などはなかった。

双身剣をテーブルの上に置くと、男は椅子に座った。そして、頭と口のまわりを覆っていた布をほどき始める。

そのとき、あるじの息子が剣をもって戻ってきた。うまいことに、目端《めはし》の利く息子は剣を背後に隠してやって来た。あるじは息子に目配せをし、暗い隅っこのほうに行かせておいて、男に歩み寄った。

「袋に入ってるのが何なのか、教えてもらえるかね」

布をほどき終わった男は、それをテーブルに置いた。汗と砂にまみれ、かっちりと束になって固まった黒い髪がドサリと肩にかかる。何日も剃られていない髭が口のまわりを黒く覆っていた。その見苦しい顔をあるじのほうへ向けた男は、唐突に言った。

「ここが〝最後の酒場〟かな？」

「ああ、そうだったな」

「まあ、そう呼ばれてるね。この先、南の方角にゃ、もう酒場はないからさ」

何気なく聞き流そうとして、男が今言ったことの意味にハッと気づいたあるじは、目を見開いた。

「何をおかしなことを……。南からいらしたってことかい？」

「ああ、そっちから来た」

いっそ、空から降りてきたと言われたほうが信じられる。

「えい、南には何もありゃせんでしょうが」

「キーボレンがある」

「へっ？　キーボレン？　そりゃあるさ、そいつは。木もうんとこさあるし、獣だってクソ多い。それから、ナガどももいるが……それはつまり、何にもねえってことでしょうが」

嘲《あざけ》るような笑みを浮かべるあるじをしげしげと眺めていた男は、また唐突に言った。

「手紙をくれ」

「へ？」

「ここが最後の酒場なら、ケイガン・ドラッカー宛ての手紙があるはずだが」

あるじは再び目を大きく見開いた。確かにそういう手紙があった。数十日ほど前のことだったか、今にも死にそうになった態で北の方角から歩いてきた大寺院の僧侶から手紙を一通託されていた。ケイガン・ドラッカーに渡してほしいと。オレノールという名のその僧侶は、ここで何日も体を休めてやっとのことで動けるようになり、北へ戻っていった。何気なくうなずこうとして、あるじはハッと我に返った。

「先にこちらの問いに答えてくれないかね。袋に入ってるものは何なんです？　あと、南から来たっていうのは、そいつはどういうことなんだい？」

ケイガン・ドラッカーという名の男はやかんを手に取った。あるじがすかさず言う。

「一杯二ニプだよ。このあたりじゃ水は高いんだ。この酒場だって、水が出るからやってられるようなもんでね」

答えもせず、ケイガンは茶碗に水を注ぐ。そして、ようやくあるじの問いに答えた。

「南から来たわけは、プンテン砂漠を横切る距離を少なくするためだ。出発地はカラボラだった。そこから南に進んでキーボレンに入った。それからずっと西に向かい、その後また北に向きを変えて、この酒場に来たというわけだ」

ハッ！　あるじは鼻で笑った。ケイガンが何も、いい加減なことを言っているわけではない。プンテン砂漠の東の果てに当たるカラボラは、酒場から二百キロ以上離れている。よって、二百キロに及ぶ砂漠の旅を避けたければ、彼が言ったように南にぐるりと迂回したほうがいい。プンテン砂漠の南の果てから酒場まではわずか五十キロの距離だ。

しかし、それは逆に言えば、キーボレンの密林を二百キロほども歩かねばならないということだ。ナガどもがうようよいるキーボレンの密林を突っ切る二百キロの旅。同じ距離の海上を歩くほうがはるかに安全と言えるだろう。あるじがそれを指摘しようとしたとき、ケイガンが袋を指さした。

「袋の中身はその旅の、いわば収穫だ。何なら開けてみるがいい。そうすれば、南から来たというのを信じられるはずだ」

あるじは疑わしそうな目をいちど袋に向けてから、またケイガン・ドラッカーを見つめた。しかし、ケイガンは銅片二ニプ分と引き換えに手に入れた水で喉を湿しているだけだった。あるじは注意深く袋を開けてみた。

しばらく後、台所にいたあるじの妻は、身の毛のよだつ悲鳴を耳にし、その場にしゃがみこんでしまった。

＊

どんなに空高く飛べる巨大魚ハヌルチも、ここでは地面を見下ろすことは不可能だ。東西南北のすべての地平線まで広がるキーボレンでは。

熱気を含んで重たげにかかっている黒雲は、森のてっぺんにほとんど触れそうだ。斧の刃などいっさい味わったことのないキーボレンの年経た木々は巨大で腹黒い。長いこと無秩序に育った枝々は絡み合ってもはや収拾がつかず、虚空で手をつないだ枝々は、積もり積もった枯葉の重みに耐えかねて撓《たわ》んでいる。そこへ強風でも吹こうものなら、キーボレンの森の頭の部分から木の葉が空へ噴き上がる。

巨大な木々は、枯れて倒れることもあるが、今少し小さい木々になると枯れてからも絡み合った枝のせいで倒れることもできず、自らの墓標さながら立ち尽くす羽目になる。中には、まわりの兄弟たちに寄りかかって枯れている木々も多く、従って、緑の海を連想させるキーボレンの下の部分には、無秩序に伸びる垂直線と斜線、そして水平線が絡み合い、鳥さえも道に迷いそうな迷路が作り上げられていた。そして、その病んだ精神の生み出す妄想さながらの迷路は育ち、撓み、腐敗しつつ生きているふりをし、時として〝バキバキ〟という音とともに崩れ、砕けた木の皮と葉を四方に舞い散らせる。とはいえ、キーボレンはその日々のほとんどを沈黙の中で送る。その緑のベールの下に暗黒を閉じ込めて。

そこに、冷酷の都市があった。

その名を口にするときは、超人的なレコンも嫌な気分になるところ、快活なトッケビも浮かない顔になるところ、そして、捏造《ねつぞう》に長《た》けた人間は自らが付けた〝沈黙の都市〟という名で呼びたがるところ。しかし、そこは冷酷の都市であり、自らを証明する根拠として他人の称揚や呪詛を要しない偉大な業績のうちでも最も偉大なもののひとつだ。

ハテングラジュ。

無限に広がるキーボレンの緑の密林の中、ハテングラジュは寂しげな白い島のように見える。しかし、その白い島は、中央に聳《そび》える高さ二百メートルの心臓塔がさほど高く感じられないほど広大な大都市だ。まっすぐに伸びた大通りの左右には荘厳な建物が威容を誇り、建物よりもしばしば目につく広場はナガが奪取した戦利品で飾られている。限界線以南にあるナガの他の都市にもここと同様、高い心臓塔が聳え、美しい建築物が立ち並んでいる。が、本質的にこの偉大な都市ハテングラジュを模したものに過ぎない。

この美しい都市――その他の模造都市もそうだが――は、ふたつの点で他種族の都市と大きく異なる。まず、ここには音というものがない。それから、夜を退ける光も。ナガたちはいっさい音をたてず、幽霊のごとく行き来する。白い列柱の間を縫い、回廊を通り、広場を横切り――。

声も歌も、どこからも聞こえてこない。

それで、リュン・ペイが口を開いたとき、ファリト・マッケローは強い衝撃を受けざるを得なかった。

「どんな気分なんだろうな。心臓を抜かずに生きるっていうのは」

トッケビの一個軍隊が背後を行進していても気づかないナガの聴力だが、ハテングラジュの尋常でない静けさのおかげでファリトは友の言葉を聞き取った。ファリトは戸惑い、友の無礼を詰《なじ》ることも思いつかなかった。

〈心臓を持ったままで生きる？　それは、毎日毎日死を怖れて生きるってことさ〉

リュン・ペイはファリトの宣《の》りがひどく混乱しているのを感じ取った。それで、リュンは口を噤《つぐ》んで宣うた。友をこれ以上困らせたくなくて。

〈毎日、自分が生きてるって実感できる。そういうことにもなるよね〉

そう宣ると、リュンは右手を胸に当ててみせた。同じようにすれば、ファリトにも感じられたはずだ。自分の胸で脈打っている心臓の鼓動が。けれど、ファリトはそんなことはしなかった。この上なく恥ずべき行為だからだ。

〈リュン、まさかそんなことしないよね？　他の人の前で〉

〈そんなことって？〉

〈胸を触ったりさ。ダメだよ、そんなことしちゃ。無礼な振る舞いだ〉

言い方が少しきつすぎたか。そう思い、ファリトは付け加えた。

〈まあ、十日後にはもう……しなくなるだろうけどさ〉

リュンは右手をおろすと体の向きを変え、ハテングラジュの中心部に目をやった。そこには心臓塔が、ハテングラジュのいちばん高い建物の数十倍の高さを誇っていた。それを眺めるリュンの瞳に嫌悪と恐怖の色が混ざり合う。露台《バルコニー》の手すりをつかんだ彼の手は、かすかに震えてさえいた。

ペイ家の邸の露台に立つリュン・ペイと彼の友人ファリト・マッケローは同い年だ。二十二歳という彼らの年齢は、ナガの社会ではまだ大人ではない。でも、十日後——シャナガ星が月の後ろに隠れるその日に彼らは心臓塔に呼ばれる。

そこで彼らは胸を切り開かれ、心臓を取り出されるのだ。

〈嫌だな……。ねえ、ファリト〉

〈大丈夫だって。いいかい、リュン。摘出式の最中に死んだナガはいない。ただのひとりもだ。事故が起きるとか、毎年ひとりかふたりは入ったきり出てこないなんていうのはみんな、子どもを怖がらせるための作り話さ〉

ファリトの宣りには思いやりがこもっていた。しかし、リュンの顔は暗い。

〈事故が起きるんじゃないかって怖がってるんじゃないよ。僕はね、心臓を取り出すってこと自体に抵抗があるんだよ〉

ファリトは驚いた。

〈なんでだい、リュン。不死になるのが嫌だって言うのかい？〉

〈不死じゃないだろ〉

〈じゃあ、半不死って言っとこうか。ともかく、それがたいしたことじゃないって宣るのかい？どんな敵の攻撃だって怖れる必要がなくなるんだよ。それは大変なことだろ？〉

〈敵？　ナガの敵がどこにいる？　限界線の南にナガの敵はもう存在しないよ。それに、僕らは限界線を越えて北上することもないし。いったいナガを脅かす敵がどこにいるって宣るんだい？〉

リュンの宣りは激しかった。ファリトは冷静に説明することにした。

〈もちろん、僕らは限界線の北の、あの寒い土地に行ったりはしない。でも、彼ら――熱い血の流れる不信者どもは、限界線を越えて南下してくるかもしれないだろ。彼らは穀物を食べる。だから、怖ろしく数が多い。けど、僕らは彼らみたいに数を増やすことができないからさ、不死の体は不信者どもから僕ら自身を守るナガの武器なんだ〉

「彼らが南下してくる⁉」

リュンは叫んだ。また肉声で。

「どうやって！　人間の馬は、僕らの森じゃ一歩も進めない。あの巨大なレコンだって、思い通りに動けもしない。だいたい、彼らはみんな熱を視《み》ることができないじゃないか。夜が訪れないようにする能力でもあるならともかく、あの不信者どもがどうやって僕らの森に入り込むっていうんだ！」

リュンは、怒ったハヌルチのように叫んだ。まるで不信者でもあるかのように言われて不本意だったが、ファリトはぐっと堪《こら》えて穏やかに宣うた。

〈じゃあ、トッケビはどうかな？〉

ナガの不倶戴天の敵を持ち出され、リュンは押し黙った。馬に乗り、穀物を食べる人間も、岩を砕き、空を飛ぶレコンもナガは怖れない。だが、トッケビの場合は少し違う。ファリトは、ナガならば知らない者のない事実を冷静に宣うた。

〈ナガの大敵はトッケビ。そういう言葉があるだろ。僕らはトッケビも、あの忌まわしいトッケビの火も視分《みわ》けられない。そりゃ、彼らは熱を視る能力はないよ。けど、僕らだって、彼らを視ることはできないんだ。それに、トッケビの火。あれはナガの美しい森を一瞬にして灰にしてしまえるんだ。ペシロン島やアキンスロウ峡谷を思い出してごらんよ〉

〈それはごくごく例外的な事例だろ。トッケビは基本、戦争を好まない。お遊びか何かとみなして面白がらない限りね〉

〈うーん、でもさ、それってあり得るんじゃないかな。僕が思うに、あいつらのお遊びには限界ってものがないからね。実際どうかはわからないけど、世界が滅亡するって知らせを聞いたら、僕はこう思うだろうよ。ああ、どこかの自制力に欠けるトッケビがついにやらかしたかって〉

友のおどけた宣りは、さしものリュンさえ微笑ませた。

〈トッケビがらみの笑い話だったら、僕だっていくつか知ってるよ、ファリト。そして、トッケビに関してはその笑い話以外聞いたことがない。トッケビが脅威になるってこともね。もちろん、彼らは僕らの目を眩《くら》ませる唯一の存在だ。でも、同時にあいつらは、戦争に何の関心も示さない唯一の不信者でもある。ということは、トッケビだって、僕らが心臓を持たない生物として生きなければならない理由にはなり得ない。そういうことだよね〉

〈広い世界には、僕らがまだ知らない敵がいるかもしれないさ〉

〈ああ、もちろんいるさ。敵は存在する〉

そう宣ると、リュンは嫌悪を込めて肉声で叫んだ。

「ほら、あそこに！」

ファリトの顔が歪んだ。友の無謀さ、無礼さには慣れっこで、リュンに対しては並々ならぬ寛大さを発揮する彼だった。でも、今度ばかりは度が過ぎている。リュン・ペイは心臓塔を指さしていた。

〈リュン、声を出すな。心臓塔は、そんな不敬の対象にはなり得ないものだ〉

塔を指さしていた手を引っ込めはしたが、リュンは言葉でも宣りでもファリトに答えなかった。ファリトはふいに自分が招かれざる客にでもなったような気がした。ファリトは強張った頬を緩め、話題を変えるつもりでどうでもいい雑談をいくつか持ちかけた。が、リュンは乗ってこない。

結局、ファリトは真っ向からぶつかってみることにした。リュンが沈黙をもって主張している、そのことに。

〈心臓を摘出しないつもり？〉

リュンは依然として何の宣りも返さなかったが、彼の体に生えた鱗《うろこ》はぶつかり合い、不吉な音をたてた。ファリトは悲しげな顔になった。

〈それをほんとに望んでるわけじゃないよね？〉

〈もしもそうだったら……彼らはどうするかな〉

ファリトは絶望に満ちた宣りを返した。

〈不可能だ、それは〉

〈答えてくれ。君は修練者なんだから、知ってるはずだろ。もしもあるナガが、死ぬまで心臓を手放したくないって主張したら、守護者たちはどうするの？　強制的に摘出するのかい？〉

〈いや、何もしない。でも……こんなことはあったかな。参考になるかわからないけど……。二十二歳になった年に摘出式に出られなかったナガがいたんだ、何人か。やむを得ない事情かなんかで〉

〈そうなんだ。で？　どうなったんだい、彼らは？〉

〈もちろん家で保護されて、次の年に無事摘出したよ。女は〉

〈だから……男は！〉

〈翌年まで隠れてるしかなかったさ。命がけで。でも、ひとりも生き残れなかった。殺されたよ、みんな〉

〈殺された？　誰に〉

〈よせよ、リュン。わかってるくせに。不信者は限界線の南には来られない。君が宣うたことだろ、ついさっき〉

そう言いながらも、ファリトは説明を加えた。

〈ナガに殺されたのさ、みんな〉

リュンの鱗がまたぶつかり合って不協和音を奏でた。

ファリトは椅子に腰かけた。テーブルには彼が持ってきた箱が置かれている。友とふたりで食べようと土産に持ってきたものだったが、とても何かを口にするような雰囲気ではなかった。

ファリトは箱の中をじっと覗《のぞ》き込みながら宣うた。

〈ねえ、リュン。十日後にはさ、ペイ家も君を守ってくれなくなるんだよ。君は自由な男になるんだ。でも、同じ自由でも、男と獲物じゃ大違いだ。心臓を摘出すれば、女たちは君を男と認める。でも、心臓があるまんまなら、ただの〝ビエナガ〟だ。追跡され、殺される。そして……〉

ファリトはリュンの顔を見た。一方、彼の手は箱の上で緩やかに円を描いていた。それがやにわに箱の中に突っ込まれる。稲妻のような速さだった。やがて箱から出てきたファリトの手には、大きなネズミがしっかりと握られていた。チュウチュウと必死の叫びをあげるネズミには目もくれず、リュンを見つめたままでファリトは宣うた。

〈喰われるかもしれない〉

ネズミを口に持っていくファリトを、リュン・ペイは顔を強張らせて見ていた。

骨が砕ける音がし、鳴き声はぴたりとやんだ。

＊

キジュン山脈の北西、バイソ山。

気温は低く、風は強い。力みなぎる太陽もこの地では気力を失い、空をさまよう生気のない炎の塊に成り下がる。山を覆い尽くす暗緑色の森の重量感は、鬱陶しいほどだ。

その緑の波の間を縫い、バイソ山の稜線を辿るようにして、ひとりの旅人が歩いていた。頑丈そうな杖や分厚い服はふつうの旅人と同じだが、その頭はきれいに剃りあげられている。僧侶だ。それにしても、キジュン山脈のこのあたりでは、僧侶の姿はやや目立つ。このあたりには寺院はおろか、人の住む集落すらないのだ。

とはいえ、彼が道に迷う心配はなさそうだ。僧侶はバイソ渓谷を下っていたのだが、その渓谷の底を流れる谷川の脇には、明らかに建物に見えるものがいくつかあった。風にさらされる心配がさほどない窪《くぼ》んだ場所に立つそれらの建物は、砂金採りか狩人が建てそうな掘立て小屋だった。それらの小屋をめざし、僧侶は粘り強く下っていった。

周囲が突然暗くなった。

太陽が雲に隠れたのだろうか。訝《いぶか》しそうな僧侶の背に、ふいに突風が吹きつけた。激しい風に背中を押され、僧侶は前のめりに転倒した。運よく草むらに突っ込んだので、ころころと谷底まで転がり落ちずには済んだ。恐怖に顔を強張らせ、荒い息を吐きながら空を見上げる。その口が、あんぐりと開いた。

僧侶が下ってきた山の裏側から、何かが飛び出してきたのだ。それは……巨大な空飛ぶ魚ハヌルチだった。

途轍《とてつ》もない大きさの胸鰭《むなびれ》は、視界に入りきれないほどだ。口は山をも呑み込めそうで、その後ろに散らばっている数千個の目はありとあらゆる色合いにまばゆく光っている。とうてい直視できないそれらの目を避け、視線を後ろにずらした僧侶は嘆声を漏らした。話に聞いていたものがそこにあった。

崩れた塔と塀、列柱、そして陽を受けて燃え上がる半球形の屋根。しかし、それが人の噂ほど豪華ではないことに僧侶は気づいた。人々は、宝石が嵌《はま》った柱と金で葺《ふ》かれた屋根について話す。しかしそれは、陽ざしの反射光を低俗な欲望でもって解釈した結果だ。ハヌルチの背にあるものは、歳月の重みに押しつぶされ、崩れた太古の遺跡に過ぎなかった。そこでは積み重なった時間がきらきらと光を放って燃えていた。輝く石や黄色い金属ではなく。僧侶は涙を流した。

背に遺跡を背負い、空を舞う巨大な魚に目を奪われていたので、僧侶が谷下の騒乱に気づいたのはだいぶ時間が経ってからだった。しぶしぶと身を起こした僧侶はとりあえず座ったままで視線を谷底へ向けた。そして、そこで繰り広げられていることに驚くとともに危惧を抱いた。

谷底には三頭の馬がいた。馬車を引くような配置だが、少し違う。三頭の馬のうち、とりあえず真ん中の馬には人が乗っている。馬はみな頸木《くびき》をつけられているが、後ろにつなげられているのは馬車ではない。頸木につながれているのは丈夫そうな長い縄で、その先には人間がくくりつけられていた。彼らはそして、僧侶が知っている、しかし一度も見たことはなかったものを背負っていた。

それは、正方形の巨大な凧《たこ》だった。ただ、ふつうの凧の数百倍はゆうに超える大きさだった。

なぜ馬が必要なのか悟り、僧侶が唸《うな》る。

そのとき、何やら合図が送られたらしい。僧侶には聞こえなかったが。

馬が突然走り出した。

馬は、峡谷風を正面から受けて駆けていた。縄がぴんと張るや、凧が空に浮かび上がる。凧はぜんぶで五つあった。馬を利用して凧をあげることはできる。その点に関しては、僧侶も納得した。しかし、それを支えたり、操ったりもできるものか――。それについては首を傾げざるを得なかった。そのとき、僧侶は気づいた。馬とつながった縄とは別の縄が凧に結び付けられている。どこにつながっているのだろう。僧侶が目を凝らす。それは、地面に固定されている巨大な滑車に結び付けられていた。なんという手回しの良さ。僧侶は感嘆した。馬は、凧を空に浮かべる役割をするだけなのだ。凧を操る役割は、巨大なリールとも言える滑車が担うのか……。

思った通りだった。じきに凧にぶら下がっていた者たちが短剣を抜いた。凧と馬をつないでいる縄を切る。凧が馬と切り離されて舞い上がる。しかし、別の縄が滑車につながっている。そこには筋骨隆々とした者たちがおり、滑車の取っ手を握っていた。

彼らは凧を利用してハヌルチの背中に乗るという大胆不敵な計画を実行中だったのだ。可能性はほとんどないと僧侶は思ったけれど、彼らの冒険心に感動するあまり、声は出さずとも拳を握って声援を送っていた。

そのとき、僧侶は異常に気づいた。凧のひとつのようすがおかしい。

他の四つとは違い、舞い上がることができずにふらふらしている。僧侶は驚いた目をそちらに向け、じきに気づいた。まだ馬につながっている。どうしたことだろう。目を凝らしてみてわかった。その凧にくくりつけられていた者が間違った縄を切ったのだ。馬とつながった縄ではなく、滑車とつながった縄を。谷の下のほうから罵《のの》り声や悲鳴が聞こえてくる。その凧とつながった馬の乗り手は完全に頭に血が上り、悪態をつき続けていた。凧は凄《すさ》まじい力で上昇している。ともすれば馬まで引っ張り上げられそうだ。乗り手はついに心を決めたらしい。剣を抜いた。駄目だ！　僧侶は叫んだが、この距離だ。聞こえるべくもない。

騎手が縄を切るやいなや、凧は空高く舞い上がった。

僧侶は急いで立ち上がり、見上げた。縄が二本とも切られたその凧は地上とのつながりをすべて断たれ、風に流されてゆらゆらと飛んでいた。僧侶はその凧に乗っている者が心配で堪《たま》らなかった。どれほど怖ろしい思いをしていることか……。

ついに凧がゆっくりと落ちてきた。僧侶がいる稜線側に押し流されるように降りてくる。そして、ついに地面に落ちた。僧侶は思わず顔を背けてしまった。

激しい衝突音がした。ばくばく暴れる胸を抱き、僧侶は凧の落ちたほうへ駆け出した。気が焦《あせ》って足がもつれる。それでも僧侶は力いっぱい駆けた。折れた木々を乗り越えながら、僧侶は覚悟した。惨状を目にすることになるだろうと。そして、ついに墜落地点に着き……。

目を疑うような光景を前に、茫然《ぼうぜん》と立ち尽くしてしまった。

折れた枝や葉っぱの残骸に埋もれ、ひとりの男が毒づいていた。体を固定していた縄を荒々しくほどきながら、目に入るすべてのものに向かって粗暴な悪態を浴びせかけている。凧に乗っていた者なのは明らかだ。周囲の残骸の中には凧の残骸も混じっている。それにしても……。僧侶はわけがわからなかった。いくら凧が落下速度を緩める役割をするといっても、あの衝突時の速度では体が粉々になってもおかしくないはず。なのに……。何者なのだ、いったい。

そのとき、僧侶は気づいた。相手の背丈――。三メートル近くある。爪があまりに大きいので、その巨大さがわからなかったのだ。ははあ……。僧侶は事態を把握した。とはいえ、興奮はなかなか鎮まらず、震える声で僧侶は声をかけた。

「だ、大丈夫ですか？」

「なんだ、お前は！　喧嘩売ってるのか、ああ？」

相手がサッと僧侶のほうを向く。獰猛そうな嘴《くちばし》を向けられ、僧侶は震えあがった。

「あ、あの……通りすがりの者です。墜落するのを見て駆け付けたんですが、お怪我はありませんか？」

猛り狂っていた相手は少し声を和らげた。

「怪我なんぞしてない。ああ、畜生。怪我なんてない！　これで安心か？」

「すごいですね。あんなふうに落ちたのに怪我ひとつしないなんて。レコンでなかったら、死んでいたでしょうに」

レコンは嘴をカチリと鳴らした。人間ならば鼻で笑うのに当たる仕草だ。僧侶は畏敬の念にかられ、レコンの手足に目を走らせた。擦過傷を負っているのか、羽毛にところどころ血が付いている。が、それ以上に深刻な傷は負っていないようだ。僧侶は彼に触れてみたいという衝動にかられた。けれど、レコンはじっと見られていることなどにはまったくお構いなしで、空を舞う残る四つの爪を見つめている。

僧侶も空を見上げた。爪は、ハヌルチに近づいていくところだった。レコンが地団駄を踏む。

「もう少し寄れ！　もう少しだ！　〝この世の何者よりも低いところにおられる女神〟よ、どうかお慈悲を……！　縄をもっと繰り出せ！　えい、この役立たずが……！」

しかし、幸運はこの大胆な冒険家たちとは縁遠かった。

そう、百メートルほど……。

縄は、ハヌルチから百メートルほど離れたところで伸びきった。爪はもはやなすすべもなく、ただただふらふらと揺れている。そんな爪になど目もくれず、ハヌルチはその頭上を悠々と通り過ぎていった。下の人間たちに、決断を下す時が来た。このままでは爪が危険にさらされる――。

縄が巻き戻されているのを見たレコンは悲鳴をあげた。

「やめろ！」

レコンは鶏冠《とさか》をかきむしって地面にしゃがみ込んだ。荒くなっていた息を整え、僧侶は落胆したレコンを慰めた。

「しかし、実に大胆不敵な計画です。私は成功するものとばかり思っていましたよ。ああ、ハヌルチがあとほんの少しだけ低く飛んでいたら……」

そんな僧侶の言葉など、レコンには聞こえてもいないようだった。谷の上空を過ぎ、悠々と泳ぎ去るハヌルチの尾鰭《おびれ》をただ茫然と眺めている。ハヌルチのようすは、いつもとまったく変わりない。数千年もの孤独な飛行を経て、初めて地上の存在と出会うところだったということ。その接触が、縄がわずか百メートル足りなかったことでお流れになったということ。そんなことは、あの巨大な生き物にとって何の意味もないのだった。ハヌルチはまったく無関心なまま、空の彼方に消えていった。

長い時間をかけ、ついにハヌルチの姿が山脈の向こうに消えると、レコンは立ち上がって羽毛についた埃を払った。感動に浸っていた僧侶はパタパタというその音を聞き、そちらに目をやった。レコンは壊れた爪を睨んでしきりとぶつぶつ言っている……かと思ったら、ふいに怒りに満ちた叫び声をあげた。

「ロプス、あの野郎、ぶっ殺してやる！　百メートルも足りないなんて、何をやってるんだ、何を！」

ロプスというのが誰なのかは知らないが、気の毒に、その者の命は風前の灯火だ――。そう思った僧侶はレコンを止めようとした。ところが、そのときレコンはすでに山の斜面を駆けおりていた。いや、駆けるというより飛んでいるのに近い。僧侶は大慌てで後を追った。

息が上がり、ついには事切れそうになる頃、ようやく谷底に着いた僧侶は、事態が予想よりはるかに深刻さに欠けることを知った。レコンは、ロプスと見受けられる毛むくじゃらの人間に向かって怒っていたのだが、驚いたことにロプスはレコンを相手にしても少しも委縮していなかった。それどころか、むしろレコンをたじたじとさせているではないか。

「やい、このくそ大将！　あんたが爪に乗るなんて言い張らなかったらな、充分だったんだよ、爪糸は！　あんまり言うから折れてやったってのに、あんたはなんだ！　どの縄を切るのかもわかんねえのかよ、ええ!?　大事な爪をぶっ壊しやがってよう！」

僧侶は目を丸くした。人間があんなふうに振る舞うなど、あり得ない。レコンを相手にあんなふうに言いたい放題言えるのは、同じレコンだけだ。仰天してロプスを観察していた僧侶は、やがてロプスの正体に気づいた。大将と呼ばれたレコンがきまり悪そうに言い訳する。

「うう……そんなに言うことないだろう。興奮しちまったんだよ。ついにハヌルチの背中に乗れると思ったらさ、興奮して思わず……。おお、そうだ。それに、俺がちゃんと間違えずに縄を切ったって、どうせ失敗したんじゃないか？　他の爪もダメだったろう？」

「だから、はじめっから爪に乗るなんて言うなよってことだ！　俺らが止めたろうが！　縄が足りなくなったのは、てめえのせいだ！　てめえを飛ばすために他の縄が足りなくなったんだよ！」

レコンの息が嵐のような音をたてた。が、何も言い返せなかった。周囲に集まってきた人たちも、こうなると思ったと言わんばかりににやにやしているだけで、誰もロプスの命を心配してはいないようだ。そのとき、ロプスが僧侶を見つけた。

「おや？　坊主がいるな。なんか用か？」

僧侶はこの横柄な問いに腹をたてなかった。彼の推測が当たっているなら、ロプスは現在のその見かけとは違い、人間ではないからだ。それで、僧侶は恭しく合掌して言った。

「オレノールと申します。ここにおられるレコンに用向きがあり、参りました」

レコンは驚いて目をぱちくりさせた。

「へ？　通りすがりだと言わなかったか？」

「ここに来る途中だったんです。ここの皆さんを率いておられる方――ティナハンとおっしゃるレコンにお話がありまして。あなたですよね？　ティナハンとおっしゃるのは」

「いかにも俺がティナハンだが、何の用だ？」

「ハインシャ大寺院から参りました」

突然、ティナハンの鶏冠が強張った。ロプスも慌て、周囲の目を窺いながら慌ただしく言った。

「ああ、それはそれは……。ちょっと中へお入りになりますか」

「おや、人間になられましたか」

「え？　あ、いえ。トッケビです。人間《キム》のほうがよろしいですか？」

オレノールはその〝群霊者〟に向かい、笑顔でうなずいた。

「お好きなようにしていただいて結構ですが、姿が人間ですから、やはり人間でいていただければ、そのほうが混乱はしないでしょうかね」

オレノールが思った通り、ロプスは〝群霊者〟だった。身の内に多数の霊魂を持つ群霊者だからこそ、レコンに対してあんな大きい態度が取れたのだ。さっき怒鳴っていたのは、ロプスの中にいるレコンの霊魂だったに違いない。

オレノールの要求通り人間になったロプスは、彼を近くにある掘っ立て小屋に案内した。ティナハンももちろん一緒だ。他の人も付いてこようとするのを、ロプスは追い払った。

小屋の中は暗く、散らかっていた。ティナハンが何かの道具やがらくたが積み上がったテーブルの角をひょいと持ち上げ、上のものを床にぶちまけることでテーブルを片付けると、オレノールをそばにあった椅子に座らせた。ロプスが箱から酒壜と盃を出してテーブルに置いたが、オレノールは断った。ロプスは肩をすくめると盃はしまった。酒をラッパ飲みでひとくち飲んでから、ティナハンに渡す。

「酒の他には何もありませんでね。水でも召し上がりますか？」

「いいえ。お構いなく。しかし、ちょうどいいところに来たようだ。素晴らしい光景を見せていただきましたよ」

「成功するところをご覧にいれられるはずだったんですがね。ティナハンが言い張りさえしなければね」

そう言いながら、ロプスがティナハンを睨んだ。ティナハンが嘴をカチリと鳴らす。オレノールは微笑んだ。そして、みな口と嘴を噤む。沈黙が降りた。

やがて、ティナハンが耐えかねたように叫んだ。

「ああ、ああ！　わかったよ！　おい、オレノールとやら。俺らはいったいどれぐらい遅れてるんだ？」

「半年です」

ティナハンはぎょっとしたような顔でロプスを振り返った。ロプスが青ざめた顔で言う。

「もうそんなに……。いやはや、いつの間にそんなに経ったものやら。申し訳ありません。こんな人里離れたところにいるもので、時間の感覚がおかしくなっておりまして。いえ、踏み倒そうなどとは絶対に……」

「ええ。大寺院では、皆さんの誠実さを疑ったりはしておりません。何か手違いでもあったに違いないと思っております。そこで、私がようすを見に来た次第でして」

オレノールはそう言うと、少し申し訳なさそうな笑みを浮かべた。

「できれば皆さんが成功されるところを見られたら、と思って参りました」

「成功できたんだ！　あんたも見ただろう！」

ティナハンがテーブルをドン、と叩いた。当然だが、テーブルは木っ端みじんになってしまった。オレノールとティナハンは粉砕されたテーブルを茫然と見下ろし、ロプスは頭をかきむしってうめき声をあげた。

「あうう……テーブルまでぶち壊してくれやがって……」

ティナハンはうつむいた。壊れたテーブルを適当に押しのけたロプスは、ようやく気持ちが落ち着いたらしく、冷静に言った。

「率直に申し上げます、お坊さま。私どもは今、元金どころか利子さえもお払いできる状態ではありません。せめてこのテーブルでも差し上げたいところでしたが、それも偉大なる我らが大将殿が粉砕してしまいまして……。ですが、私どもは必ずや成功してご覧にいれます。実際にご覧になったので、これ以上ご説明する必要もありませんよね。私どもの計画は完璧なんです」

「え？　ああ、ええ。本当にすごい光景でした。実は私、大寺院を発つときは半信半疑だったんです。ハヌルチの背中に乗るなんて、何を馬鹿な。そう思っておりました。ですが、今は信じられる気がします。もちろん、極めて危なっかしい気はいたしますが、成功の可能性もありそうです。ところで、もしも成功されていたら……ハヌルチの背中からどうやって降りてこられるつもりだったんでしょうか」

「縄を伝って降ります。凧がハヌルチの背中に乗ったら滑車のほうで縄を切るんです。そうすれば、空に上がった人はいつでも縄を伝って降りてこられます」

オレノールはそれを聞いて疑わしくなった。目の前にいるこの人たちに、理性というものはあるのだろうか。二千メートルはゆうにありそうな高さから縄を伝って降りる？　オレノールには死んでもできない芸当だ。その光景が頭に浮かびそうになり、オレノールは慌てて話題を変えた。

「わかりました。ですが、まだ成功されてはいませんよね」

「成功します！　どうか、もう少しお時間をいただけませんか。さっきのあれは、最後の練習みたいなものだったんです。ええ、そう考えていただければ結構です。準備も練習も終わりましたから、次は必ずや成功させます！」

「そうですね。そうなることを願いますよ」

オレノールの答えにロプスは目を大きく見開いた。

「お待ちいただけるんですか？」

ティナハンも期待に満ちた瞳でオレノールを見る。オレノールは手首にかけていた念珠を取り出し、まさぐりながら言った。

「いつまで待てばよろしいでしょうか」

ロプスは難しい顔になった。さんざん迷った挙句に、口を開く。

「六カ月ぐらい必要かと……」

オレノールはロプスをまじまじと見つめ、ロプスは赤面した。オレノールが静かに言う。

「あと半年、と？」

「半年あれば、確実に成功させられます。我々はもうハヌルチの移動について詳しく調査を済ませています。あ、少々お待ちを。我々がつけている帳簿があります」

ロプスは小屋の片隅に積んであった分厚い帳簿を持ってきた。羊皮紙を束ねて作ったその帳簿は、数えきれぬほどめくられたのだろう、角のところがよれよれになっていた。ロプスはそこに記録された数字や記号を次々と繰り出して、オレノールの意識を遠のかせた。オレノールはロプスの言うことをほとんど理解できなかったが、結論だけはだいたい聞き取った。今後六カ月以内に七頭のハヌルチがバイソ渓谷を通るはずで、そのうち二頭がちょうどいい高さを通過する。ロプスはそう確信しているようだ。

「それ以外の五頭は図体がでかいんです、はるかに。なぜかは誰にもわかりませんが、ハヌルチは図体がでかければでかいほど高いところを飛ぶんです。もちろん、体が大きい奴の背中にはもっとすごい遺跡がありますが、そこまで舞い上がるのはたやすいことじゃありません。いちばんいい風が吹くと我々が判断したこのバイソ渓谷でも、それぐらいの高さまでは上がれません。今日通過したぐらいの小さめな奴だけが……」

オレノールがうーんと唸る。

「私たちの凧で上がれる高さを飛びます。そんな小さいのを待とうと思ったら、六カ月は必要なんです」

「説明してくださってありがとうございます。ところで、お話を聞いているうちにどうにも心配になりまして」

ロプスは目を剝《む》いた。

「心配ですって⁉ 我々の予測に異見でもあるってか？」

ロプスの口調が途中で変わった。どうやらまたレコンの霊魂が飛び出してきたようだ。オレノールが慎重に言う。

「まさか、そんなことはありませんよ。私は、ハヌルチを今日初めて見たんです。当然、皆さんのお話を信じます。私が危惧しているのはハヌルチのことではなく、皆さんに関してです。利子も返せないとおっしゃいましたよね。では、これから六カ月のあいだ、生活はどうするのです？」

ロプスは目をぱちくりさせた。続いてため息を吐くと、帳簿を閉じる。ティナハンは眉間に皺をよせて言った。

「そりゃあ……きついだろうさ。でも、なんとかなる。バイソ山にゃ食えるものがあるからな。六カ月ぐらい食いつなぐさ。だから、それについては心配無用だ。あんたらは返済期間を延長してくれさえすりゃいい」

「でも、かなり人数が多いですよね。馬もいますし」

「それでもだ。どうとでもなる。いざとなりゃ、畑でも作って自給自足するさ。それこそ馬がいるんだから、耕すのは問題ない」

「六カ月後に皆さんが飢え死にしたり、逃げたりしたら、私たちはお貸ししたお金を返してもらえなくなりますよね」

「そんなことはない！　俺は必ずハヌルチの背に乗るんだ！」

オレノールはまた念珠をまさぐった。ティナハンは、その念珠が気に障ったが、さすがに口にしないぐらいの分別はある。一方、ロプスは若い僧侶の口から〝現実性がないから装備をみな差し押さえる〟という言葉が出るのではないかと怖れ、耳を塞《ふさ》ぎたい心情だった。そのとき、オレノールが言った。

「提案をひとつしたいのですが」

「なに？　提案？　どんな……？」

「大寺院では、レコンをひとり必要としています」

「レコン？」

「ええ。それで、大寺院ではティナハン、あなたが大寺院のためにあることをしてくれたらと望んでおります。引き受けてもらえたら、これまでにお貸しした分は帳消しにし、これからの六カ月に必要な資金を新たにお貸しできます」

途方もない条件を提示され、ティナハンとロプスは頭が真っ白になってしまったようだった。ロプスが先に我に返った。

「それは……どんなことです？　その、あることっていうのは……」

「おや、また人間に戻られましたか。ですが、申し訳ありません。それがどんなことなのかは、引き受けてくださる方にしかお話しできないことになっておりまして。ですが、期間が四カ月ほどかかること、非常な危険が伴うということはお話しできます」

ロプスはピンときた。オレノールが最後に付け加えた言葉。それは、ティナハンを釣ろうとしてのものだ。危険なことと言われて回避しようとするレコンはいない。果たしてティナハンは、馬鹿にしたように言った。

「ハッ！　危険だと？　へへえ。そいつがどれほどのもんなのか、聞かせてもらおうか」

しかし、オレノールは本気で言ったのだった。僧侶は心配そうな目でティナハンを見つめた。

「こんな比喩はいかがなものかと思いますが、水に落ちるのと同じくらい危険です」

ティナハンの鶏冠が逆立った。

人間が、灯火や蠟燭《ろうそく》の火でもって昼の一部を夜の中に引き入れたとき、昼によって追放された夜のその一部は居場所を失ってさまよった。そのさまよっていた夜を、あるトッケビが昼の中に引き込んだ。夜を得ることで、彼は夜の五人の娘――混乱、魅惑、監禁、隠匿、夢をも得た。彼女らの手を借り、トッケビは居城チュムンヌリを築いた。

そこにはトッケビらしい高貴な理由があった。面白い。彼はそう思ったのだ。

混乱は城の内部を、魅惑は城の外形を定めた。監禁は無数の迷宮と迷路と罠《わな》を、隠匿は秘密の通路と秘密の門、暗号を定めた。しかし、五番目の娘が城の建築にどんな形で影響を及ぼしたのかは伝えられていない。夜の末娘である夢は、四人の姉とはまったく違う。最も夜らしいものであるが、同時に夜とは正反対の性質を持つ。夜は覆い、隠すもの。それに対し、夢は露《あら》わにし、見つけ出し、開陳するものだ。そんな夢の性質は、意外にも昼に似ている。が、その一方で、明るい昼には見ることができず、暗黒の中でのみ見ることができるという夢の性質は、星と同様、その本性が夜に属すことを示している。そんな複雑な性質を備えた末娘は、姉たちとともに城の建築に介入したが、その介入がいかなる性質のものだったのかは、定かではない。

もちろん、夢の介入をさておいても、チュムンヌリは充分に不思議な建築物だ。

チュムンヌリがぜんぶで何階まであるのか、その中にいくつの部屋があり、いくつの通路があり、いくつの階段があるのか、正確に知っているのは城主のみだ。もちろん、チュムンヌリをよく訪れる者たちに知られているいくつかの事実はある。例えば、本館四階には七階まで上がらないと着けないとか、城内のどこからであれ、角を三回右に曲がると大食堂に出るとか、東の塔のてっぺんに立ち、左に二度回ると、必ず城主の書斎の床に尻餅をつくことになるだとかいうのがそれだ。チュムンヌリの歴代城主は、好き好きで書斎の真ん中にクッションを置いたり、金釘を撒《ま》いておいたり、火のついた蠟燭を立てておいたりした。蠟燭ならば服の裾が少し焼けるくらいだからトッケビらしい悪戯《いたずら》といえたが、金釘となるとそうはいかない。ゆえに、単なる噂である可能性が高いと一般に思われている。とうていトッケビらしいことではないからだ。もちろん、真実は定かではない。

しかし、チュムンヌリの武士長であるサビン・ハスオンがいま東の塔のてっぺんに立ち、憂いを含んだ顔で黒い空を眺めているのは、金釘を怖れているためではない。彼はつい先ほど、カブトムシの糞を山盛りにしたバケツを持って歩いていく城主を目撃していたのだ。

もとより書斎の床に尻餅をつくのは城主の側仕えであるビヒョンの役目だった。しかし、いま武士長には、城主に直接伝えねばならない言付けがあった。ため息を吐くと、サビンは自暴自棄の心情で二度回った。周囲の風景がサッと変わり、サビンは書斎の床に尻餅をついていた。

サビンは若干まごつきながら立ち上がった。書斎の床には何もない。尻を払いながら立ち上がったサビンは、城主の机があるほうへ向き直った。

チュムンヌリの十一代城主であるバウ・モリドルは移植ごてを手にし、サビンを見つめていた。城主の足元にはバケツ、窓辺には植木鉢が置かれている。それを見て、サビンはようやく安堵のため息を漏らした。

「昨夜の夢はいかがでしたか、城主様。ところでそれは、肥料にするために持ってこられたものでしょうか?」

「でなければ、何だというのだ?」

「ああ、私はまた……それを床に撒いておかれるのかと……」

サビンは口を噤んだ。城主の目がキラリと光ったからだ。

「えへん！」

城主の咳払いを聞き、サビンは次の訪問者に心の中で詫《わ》びた。と同時に〝城主様がお呼びだ〟と言ってやる相手の名簿を作成し始める。誰がいいだろう……。妄想に浸っていたサビンにバウ・モリドル城主が急き立てるような調子で言った。

「で？　用件は？」

「ああ、城主様。肥料よりは日照量に気を配られては？　なにせチュムンヌリは暗いですから」

「用件は！」

サビンはにっこりした。城主は彼を今すぐにでも追い返したいに違いない。サビンはそれに協力することにした。椅子を引き寄せ、腰を下ろす。

「坊主頭の人間《キム》どものカブトムシが城主様宛ての言付けを持ってまいりまして」

「ああ、自分のことを僧だとか呼んどる人間《キム》どもか。で、それをそなたがなぜわざわざ持って来た？　ビヒョンはどうした？」

サビンは肩をすくめた。

「人間《キム》どもが望んだからですよ。ご存じでしょう。自分たちが重大だと思う事案を奴らがどう処理するか」

「はて、どうやっておったかな」

「……その内容を知ってよいのは最小限の者のみ。そう考えております」

「おお、そうだったか？」

「これは私の持論ですがね、人間《キム》って輩《やから》は、重要なことは内々に処理すべきと……でないとその重要性が保たれぬと思い込んでいる節があるようで。まこと、奇怪な考え方ですな。多くの者が知っていればいるほど手を貸す者も増えるでしょうに」

「だが、邪魔だてする者も増えるんじゃないか？」

「それが本当に重要なことだったら、誰も邪魔などしませんよ」

「まったく、人間《キム》どもは考え過ぎなのだ。まあよい。あいつらがそれを望むのだから、付き合ってやるとしよう。このことは、我らふたりだけの秘密だ。で、その言付けっていうのは？」

「あ、ええ。奴ら、トッケビをひとり派遣してほしいと要請してきまして」

「何のために」

「限界線を越えて南下し、ナガをひとり連れてくる救出隊とやらを組織するそうです。その一員としてトッケビがひとり欲しいんだとかなんとか」

　バウ城主は驚いた顔で武士長を見た。城主は知っていた。彼の武士長は、城主をからかうことを趣味としていて、一日のほとんどの時間をその機会を窺うのに割《さ》いている。その一方で、城主はよく承知していた。彼の武士長が自分を尊敬していることを。そのことに、バウ・モリドル城主は一種の喜劇的な面白味を感じていた。サビン・ハスオンは、一日に最低数十回は城主をからかう機会を手にする。けれど、その一割も実行には移さない。そこで城主はわざと隙を見せ、武士長を葛藤させて楽しむことがよくあった。とはいえ、武士長はいま冗談を言っているわけではなかった。

「その人間《キム》どもがナガひとりを限界線以北に連れてくると決心したというわけか？　なぜだ？」

「さあ。その理由については言及しませんでした。やはり、あやつらの秘密主義からでしょう」

「他の隊員が何者なのかも秘密か？」

「ああ、それは話してくれました。三だけが一に対向する。奴らはどうも、その言い伝えに従おうとしているようで。人間《キム》ひとり、レコンひとりだそうです」

「ははん、そいつは面白い。で、報酬は？」

「金片二百個だそうです」

「そいつはまた破格だな。なんだか私が行きたくなってきたぞ。おや？　何だ、その顔は」

「いえ、別に。次の城主の選出で誰を支持するか悩む武士長の表情とでも言いますか」

彼の武士長が満足するぐらい唸ってやってから、城主は真顔で言った。

「では、誰を行かせるかな」

サビンは少し驚いた。

「派遣するんですか？　三が一に対向するというのは言い伝えに過ぎません。その馬鹿馬鹿しい救出隊とやらは、キーボレンに足を踏み入れるやいなや皆殺しになりますよ、きっと。とても可能性はありません」

「なぜそう思う？」

「知らないからですよ。キーボレンやナガについてよく知っている者がどこにいます？」

「その人間《キム》が知ってるだろうよ」

「はい？」

「救出隊の一員の、その人間《キム》さ。実は私には見当がつくのでな。その人間《キム》が誰なのか。ナガとキーボレンをよく知る、そんな救出隊を導けるような人間《キム》はひとりしかおらぬ」

「え……いるんですか、そんな人間《キム》が」

「ケイガン・ドラッカー」

サビンは驚いた。その名なら知っている。二十年以上前に力自慢のトッケビたちを相手に相撲を取り、一人勝ちした伝説の人間《キム》だ。

「まだ生きていたんですか？　その相撲取りが」

「ああ、生きてる。限界線付近でナガを取って喰ってる」

サビンは笑おうとした。何のことかはわからないが、とりあえず冗談だと思ったからだ。ところが、城主は笑いを期待している顔ではなかった。サビンは疑わしげに訊いた。

「どういうことです？　取って喰ってるとは？」

「言葉通りの意味さ。ナガを狩って、喰う」

サビンは両手で食べ物をつかみ、口元に運ぶ仕草をしてみせた。城主はうなずき、サビンの顔は青ざめた。

「そ……それは……正気じゃないんでしょうか、その人間《キム》は……？」

「料理はするらしいぞ」

「ああ、そうで……、ええ？」

城主は両手を組み合わせて膝の上に置くと、どう説明したらよいのかわからぬというような顔で話し始めた。

「うーむ、そうだな……ケイガンは、ナガを憎んでる。それこそ〝取って喰いたいほど〟な。で、実際にそうしてるってわけだ。限界線のあたりにいるナガを襲い、ぶつ切りにして煮て喰う」

サビンはごくりと唾を呑み込んだ。

「取って喰らうほど憎んでるからって、ほんとに取って喰らいますか、ふつう？　それはもう言行一致と言うには度が過ぎてます。精神錯乱と言うべきでは……？」

「さてなあ。理由があるにはある。そなたも知っての通り、心臓がないナガは、滅多なことじゃ殺せないだろう？」

「ああ、それで、煮てしまうわけですか？　再生できないように？　ですが、だからって食べる必要まではないのでは？」

「肉がもったいないだろう」

サビン武士長は、彼の城主を狂人でも見るような目で見つめた。城主は笑って手を振った。

「いや、ケイガンがそう答えたのさ。私もそなたのように尋ねたんだ。それに対してケイガンはそう答えた。だが、他の理由もある。ふむ、そうだな。しばし待て」

城主は机の引き出しを開け、中を探った。やがて城主はその中から古い羊皮紙を一枚取り出した。

「ケイガンが六年前だったか、寄こした手紙だ。読んでみろ」

注意深く手紙を受け取ったサビンは、それを読み始めた。


お元気でいらっしゃいますか。ケイガンでございます。

ずいぶんとご無沙汰してしまいました。ご存じかと思いますが、限界線も近いこの荒れ果てた地では、文房具というのは武器や兵器よりも手に入りにくいのです。昨日たまたま出会った小間物売りが羊皮紙を何枚か持っておりましたので、ようやくこうしてご連絡ができたという次第です。

以前に下さったお手紙に書かれていたことについて、考えてみました。しかし、私はどうにもやめられません。そう、私は今もナガを食べ続けています。ああ、こんな表現はちょっと何かもしれませんね。ですが、遠回しに言う必要もないかと思いまして。

キタルジャの虎狩人はご存じですよね。では、彼らが虎に食われたときの話はお聞き及びでしょうか。死んだ狩人の息子が、他の狩人全員の息子となるという話です。狩人たちはその息子に、自らの持てる技術を余すところなく伝えます。そして、息子がある程度……そう、狩りに連れていってもよいぐらいに育ったら、連れて狩りに出ます。そこで虎を狩ることができたら、その場で腹を割いて肝を取り出し、その息子に食べさせるのです。

そう、私はその、生き残った息子なのですよ、城主様。

ナガは、私の大切なもの、私にとって意味のあるものを呑み込みました。この醜い体を除いてすべて。だから、私は彼らを食べるのです。もちろん、いつか私自身があいつらに食べられることになるかもしれません。限界線から南へは下るまいと気を付けてはおりますが、よろめきながら逃げるナガを追っていると、自分でも気づかぬうちに密林の中に入り込んでいたりするので……。ナガに対し、私が持つ唯一の利点を自ら放棄したと悟るそんなとき――

――城主様、肉を焦《こ》がす密林の熱風の中で、私は寒さを感じます。そう、ナガどものように。

慌てて北に戻りますが、数日後にはまた同じようなことになっているのです。

そして、ある日、もはや我が剣マワリを振り回せなくなったとき、私は死ぬことでしょう。

狂人がついに死んだか。それぐらいに思われ、忘れてくださって結構です。

狂わずにいられるわけがない。私はそう思います。


署名はなく、奇妙な落書きのようなものが手紙の下のほうに書かれている。サビンが手紙から顔をあげると、城主が口を開いた。

「キタルジャ狩人の狩り記号だ。黒獅子と龍」

「黒獅子と龍？」

「どちらもナガに絶滅させられた種だよ。キタルジャ狩人の言葉で〝ケイガン・ドラッカー〟になる。彼が名乗っている名の由来だ」

サビンは手紙を城主に返しながら言った。

「あ……その名は本名ではないんですね」

「ああ。だが、彼の同意を得ずに本名を告げるわけにはいかぬからな」

手紙を受け取ったバウ城主は、それをまた引き出しにしまうと、チュムンヌリの武士長を振り返った。

「さて、どう思う？」

「うむ……その相撲取りはつまり、数百年前に地上から姿を消したキタルジャの狩人の風習に則ってナガに復讐している。そういうことなんですね？　仇《かたき》を殺して食べるという？」

「まあ、そういうことだ」

「いったいナガどもがその人間《キム》に何をしたんです？　そんな気ちがいじみた復讐をされるほどの……」

「ひどいことをしたのさ。怖ろしく」

サビンは城主の続く言葉を待っていたが、城主はそれ以上何も言わなかった。何気なくうなずこうとしたサビンは、ふと妙な気がして城主を見た。城主の顔は歪んでいた。

「ひどいことだった。実に」

サビンは身が強張るのを感じた。注意深く問いかける。

「どんなことです？」

苦痛に満ちた想念にふけっていた城主は首を横に振った。

「彼の本名と同様、過去もやはり本人の同意なくしては語ることはできぬ。ともかく、彼はナガとキーボレンを誰よりもよく知っている。それはわかるな？　捕食動物が獲物についてよく知っているのは当然だろう？」

サビンは嫌そうに言った。

「それはそうでしょうが、私ならば……正気が疑われるような仲間はちょっとどうかと思いますね。そんな危険な場所に赴くわけですし。だって、その人間《キム》がナガに飽きて、たまにはトッケビを食いたいなんて思ったりしたら大ごとでしょう」

冗談を言ったわけではなかった。ところが、城主は声をあげて笑った。

「ああ、大丈夫だ、それは。ケイガンの怒りはひたすらナガに向けられている。それ以外の何者も、彼の怒りを買うことはできぬ」

「は？　怒りを……買うことはできない？」

「ああ。手紙にも書かれていたろう？　彼からはもはや奪えるものなど何ひとつないのだ。ナガどもが根こそぎ奪っていったからな。逆説的に聞こえるだろうが、ナガ以外の者にとって、ケイガンはある意味、この世の誰よりも安全な人間なんだ。怒らせることができないのだから」

「哀しいことですね、それは」

「ああ。哀しいことさ。そして、事実だ。ともかくケイガンは安全だ。それは保証できる」

サビンとしては、城主の言葉に百パーセントの同意はできかねた。とはいえ、城主の判断に反《はん》駁《ばく》を試みたいという衝動を感じはしなかった。チュムンヌリの城主に対しては、する必要がないことがいくつかある。その中には城主の主張に対する論理的な反駁というのも含まれるのだ。それで、サビンは話題をもとに戻した。

「ええと、では……力士ケイガンはキーボレンに踏み込む救出隊の一員として、これ以上ないほどの適任者というわけですね。それほど安全で、ナガに慣れているのですから。で？　誰か派遣するおつもりなんですか」

「三でなければ一に対向できぬからな。トッケビが行かねば三にならぬだろう。行かせねばなるまいよ」

「では、誰を？」

「適任者などおらぬだろう。今度の件に関しては。ナガやキーボレンについて、ほんのわずかでも知っているトッケビなどおらぬのだし。つまり、どのトッケビにも同じ資格があるということだ。よって、長く考えることもない。次にこの部屋に入ってきたトッケビにしよう」

「……最初のトッケビですか？」

「そうだ」

もしもそこがチュムンヌリの外だったなら、サビン・ハスオンは、城主のすべての意見を、それが城主の意見だという理由ひとつで穏やかに無視しただろうし、それを不忠と考えもしなかっただろう。ともかく、サビン・ハスオンは、バウ城主があまり賢くないことをよく知っている。そして、その事実が城主に対する彼の敬意に何らの影響も与えないことは、彼も城主もよく承知している。だが、ここチュムンヌリの中にいるときに限っては、城主の意見はひとえに城主の意見だという理由で常に受け入れられなければならない。それで、サビンはそれ以上説明を求めはしなかった。短く不平を言いはしたけれど。

「わかりました。ただ、私もここで待たせていただいてよろしいですか。外に出たりしようものなら、私がその不運なトッケビになりかねませんから」

バウ城主はげらげら笑った。そして、城主と武士長は待機の構えに入った。

長く待つことはなかった。じきにひとりのトッケビが忽然《こつぜん》と現れ、書斎の真ん中に尻餅をついたのだ。怒髪天を衝いて。彼は武士長の顔を見るやいなや怒鳴り始めた。

「武士長！　私の任務を奪うおつもりですか？　ならば、〝我を殺す神〟の名にかけて、今日から私が武士長です！　ご同意いただけますか？」

城主の側仕えのビヒョン・スラブルは、自分の仕事を愛する若者だった。なんと、運の悪いことか――そう考えながら、サビン・ハスオンはかぶりを振った。バウ城主はおかしそうに笑いながら言う。

「そいつは困る。そなたは救出隊員になるのだから」

ビヒョン・スラブルは、目をぱちくりさせて鸚鵡《おうむ》返しに言った。

「救出隊員ですか？」

「そうだ。そなたは数百年のあいだ誰も足を踏み入れることすらできなかった場所へ赴き、ある者を救出するのだ」

第2章　銀涙

英雄王は言った。「なに？　ナガが涙を流す？　おいおい、何を言う。忠告をひとつしてやろう。いいか？　天気がいいときに見てみるがいい。雨のときとは考えが変わるだろうよ」

——ペンジョイル『英雄王、英雄でもなく王でもない』

リュン・ペイは、冷たい石の祭壇に寝かされていた。

まわりには何もない。彼が背中をくっつけている石の祭壇の他に、確実性を帯びたものは、他に何も。そのせいで、リュン・ペイは自分が背景のない絵の主人公にでもなったかのような気持ちになった。

ふいにリュンはハッとした。絵は歌と同様、ナガにはない文化だ。ただ、はかばかしくない聴力のせいで音楽に関心がないのとは逆に、ナガに美術がないのは彼らの驚異的な視力のためだ。熱を見ることができるナガにとっては、人間のどんなに偉大な画家が描いた絵であっても、その華やかさに関しては、同じ大きさの布切れと似たり寄ったりにしか見えない。ナガが見ることのできる色の幅は極めて広いが、冷たいとか熱い絵の具というものは存在しない。よって、ナガは絵を描くことはない。

つまり、ナガが自分のことを絵の中の登場人物のようだと思うというのは、自然なことではないのだ。

とはいえリュン・ペイにはよくわかっていた。自分がどうして〝絵〟などと考えたのか。そして、そんな知識を得た経路が、人に自然に宣《の》れる類《たぐい》のものではないことも。それは恥ずべき秘密だった。自分の宣りが読み取られたのでは……。慌ててあたりのようすを窺《うかが》う。

そこへ、待ち構えていたかのように、闇の中から冷たい影がいくつも現れた。

彼らの手に握られている、彼らよりもっと冷たい色合いの短剣をリュンは見た。リュンは悲鳴をあげた。が、声はナガにたいした影響を与えない。祭壇に近づいてきたナガたちは、みじんも動揺しなかった。リュンが、急いで声から宣りに切り替えようとする。ところが……。彼は狼狽《うろた》え、沈黙した。どうしたんだ。宣りが出てこない……。

「僕はナガじゃないのか？」

手を振って拒絶の意を示そうとしたリュンは、そのとき初めて気づいた。手足が祭壇に縛り付けられている。リュンが甲斐なくもがくうちに影は祭壇を取り囲んだ。ひとりがリュンの上衣を引き裂く。布が裂ける不吉な音――。リュンは恐慌状態に陥った。露わになった自分の胸。そこの固い鱗《うろこ》の下に心臓が透けて見えている。それは熱く脈打っていた。だから、見えるのだ。リュンは祭壇を取り囲む者たちに目を向け、彼らの胸の部分に冷たい暗黒を見出して身震いした。彼らはみな心臓を摘出しているのだ。

そして、彼らは今まさにリュンの心臓をも取り出そうとしている。

「待ってくれ！　違う！　僕はナガじゃないんだ！　心臓を抜かれたら、そしたら僕は死ぬ！」

リュンは声を限りに叫んだ。いくら聴力が弱くても聞こえることは聞こえるはずだ。なのに、彼らは微動だにしない。否、動く者がいることはいた。右側に立った者が短剣を高々と振りかざしたのだ。闇の中、短剣がありとあらゆる色彩と熱を反射して煌《きら》めく。

リュンはまた悲鳴をあげようとした。ところが、そのとき短剣が容赦なく突き立てられた。

リュンは声もあげられなかった。

リュンが見たのは不信者たちが言うところの赤い色ではなかった。爆発したように噴き出す熱い血の滴《しずく》は、リュンの目にありとあらゆる色の絢爛《けんらん》たる噴水のように映った。裂かれた胸の上の部分に触れている空気が色彩の饗宴さながらに対流するようすは美しくさえあった。冷たかった空気の中にふいに熱い体温が放出されたためだ。リュンはしばし苦痛も忘れ、呆けたようにそのようすを見ていた。

突然、右側にいた者が手を伸ばしてきた。自分の切り裂かれた胸に他人の手が差し込まれるのを見て、リュンは息が止まりそうな気分を味わった。その手が荒っぽく動き、それにつれて胸の中から光の川のようなものがどくどくと噴き出してきた。もちろんリュンの血だ。

胸を掻きまわしていた手は、しまいに燃える宝石のように見えるものをつかみ出した。脈動する熱流が極光《オーロラ》のように周囲に広がっていく。心臓だ。あまりにも熱く脈打っていたので、それは周囲の暗黒をことごとく燃やした。そして、その絢爛たる光のおかげでリュンは見た。自分の心臓を取り出した者の顔を。

それは、リュン・ペイの顔だった。

〈あり得ない夢だ、リュン。いいかい、そもそも摘出式ってのはね、そんなふうに行われるものじゃない。だいたい君が描写する心臓は、熱い血を持つ不信者のものとそっくりじゃないか。君は想像力が豊か過ぎるんだよ。まあ、神秘的な魅力があるのは認めるけれどね〉

ファリト・マッケローは愉快そうに笑った。しかし、リュンは笑わない。ファリトは笑みを引っ込めると、真面目な顔で宣うた。

〈悪かった。怖ろしい夢だったよな。思いのほか気になってるみたいだね、摘出が。でもね、そんなのは君の不安な心理が作り出した幻さ。夢に何らかの意味や予知能力みたいなものがあるって信じてるのはトッケビぐらいのものだよ〉

〈人間だってそうだよ。夢を信じてる〉

〈あれ、そうだったっけ？　ふうん。でも、愚かさじゃ似たり寄ったりじゃないかな、どっちも〉

〈でも、信じたいな、僕も〉

ファリトは精神を閉ざし、友をまじまじと見つめた。適当な宣りが思い浮かばない。それでファリトはテーブルの上に関心を移した。

テーブルの上にはネズミが置かれていた。かすかに体を痙攣《けいれん》させている。特に怪我をしているわけでもないのに、逃げようともしない。その手際の良さからいって、リュン・ペイの二番目の姉であるサモ・ペイが手を施したに違いない。

サモ・ペイと聞いてハテングラジュの人々が示す反応は両極端だ。好意的な反応を示すのはたいがいが男。彼女は彼らを寝所に引きずり込もうと躍起にならず、それでいて優しいからだ。温和な性格ではあるが、率直さこそが人の備えるべき徳目であると心得ているファリトの長姉ソメロ・マッケローに言わせると、サモのそんな振る舞いは、〝一緒に寝ないなら男にとってどんな意味があるの？　虚飾よ、単なる〟だそうだが。サモは女たちからは嫌われているのだ。いつ寝室に引きずり込まれるかと緊張することなく気楽に逗留することを望む男たちがこぞってペイ家に足を向けるからだ。

温かいネズミを手に取りながら、ファリトは考えていた。サモ・ペイの風変わりな性向。それはもしや彼女が見出した何らかの妥協点ではないだろうかと。話題を変えるついでに確認してみようと思い、ファリトは尋ねた。

〈あのさ、この家には今、男が何人来てる？〉

〈八人だったかな〉

ファリトはうなずいた。ペイ家には現在、妊娠可能な女は二、三人に過ぎないはずだ。そこへ男が八人なら、妊娠の可能性は極めて高くなる。ペイ家には早晩、新しい世代が誕生することだろう。どこの家よりもたくさん。そして、ますます繁栄する。サモ・ペイは妊娠と養育の喜びを手放すことで、自分だけの平和と家族からの慈しみを手にしたのだ。

〈八人か。君の摘出式はさぞや華やかだろうな、リュン。そんなにたくさんの男たちに護衛されて心臓塔へ行けるなんて、そうそうないことだよ。ほんとにたいしたお方だ、サモ・ペイ様は〉

〈うん、僕もそう思う。寂しいよ。あと九日で会えなくなってしまうなんて〉

ファリトは驚いた顔でリュンを見つめた。友が怖れているのは心臓摘出だけだと思っていたが、そうではなかったのか……。リュンが立ち上がった。

〈食欲がないや。君は食事していくのかな？〉

〈ああ、そのつもりだけど〉

〈そうか、じゃあ今日はここでお別れかな。また会おう〉

当惑したファリトが何か宣る前に、リュンは食堂を出ていった。追いかけようとして、やめる。友の性格はよく知っている。いま引き止めたところで、喧嘩するぐらいが関の山だ。

食事を済ませ、護衛の者たちのもとへ戻ったファリト・マッケローは、彼らのうちふたりがペイ家に残ることになったと伝えられた。ハッ……！　思わず呆れたような笑いを漏らす。

マッケロー家の主《あるじ》であるドゥセナは怒り狂い、地団駄を踏むことだろう。護衛が減ったことにはたいして不満はない。しかし、当主の怒りを思うと気が重くなった。マッケロー家には妊娠可能な女が五人もいる。それに対し、男は四人しか逗留していなかった。そこからふたりをひと晩にして持っていかれたわけだ。九日後にはマッケロー家と縁がなくなる息子のせいでそんな損失を被ったことを、ドゥセナ・マッケローはとうてい我慢ならぬと感じることだろう。

そうだ、自分もペイ家に逗留したらどうだろう。ファリトはふと考えた。ほんの一瞬ではあったが。友とふたり摘出式を待って過ごすのも悪くはないのではと思えたのだ。この先守護者となる——つまり、家の女たちを妊娠させることのない修練者ファリトには、ペイ家はたいして関心は抱かないだろう。けれど、彼が留まることで、さらにふたりの男が逗留することになるのだから、喜ばしく思うはずだ（むろん、すでに十人もいるのだからして、大喜びはしないだろうが）。

しかし、そうなると、マッケロー家にはひとりも男がいなくなってしまう。妊娠可能な女がいないならともかく、五人もいるのだ。男を失うのはそれこそ大きな痛手だ。ファリト・マッケロ一は、二十二年間育ててもらった家にそんな打撃を与えたくはなかった。

結局、ファリトは残っていたふたりの護衛と連れ立ってペイ家を出た。

ハテングラジュの道路は今日も静まり返っている。この都市が建設されて以来、常にそうだったように。もちろん精神を開いてみれば、その中で交わされている無数の宣りを聞くことはできる。でも、ファリトは精神を閉ざしておいた。少し考え事がしたかったのだ。

静けさの中で、ファリトはサモ・ペイのことを考えていた。

処女《おとめ》のままでいることを望む女。ナガとしては、極めて特異な存在と言える。しかし、その処女性がペイ家に子ども――つまり家の跡継ぎの誕生をもたらしている。ナガの男は故郷や郷愁といった概念を解さない。が、もしもそんなものがあるとしたら、サモ・ペイによってペイ家が漂わせている雰囲気がそれに近いのではないだろうか。単に女を妊娠させるという至上命題のみにとらわれることなく、心安らかに次の放浪に出るまでの数カ月を過ごせる雰囲気。そして、彼らはペイ家にたくさんの子どもを授けて去ってゆく。

出し抜けに鋭い宣りがファリトの心に突き刺さった。

〈抱かれたいのか？　彼女に〉

ファリトは隣に目をやった。一緒に歩いていた護衛のひとりがこちらを見ている。彼は不快になった。

〈僕の心を覗《のぞ》いたんですか、カル？〉

〈〝開かれて〟いたんだ。サモ・ペイのことを深く考え過ぎだ〉

ファリトは恥ずかしくなった。カルは周囲をゆっくりと見回しながら宣うた。

〈気の毒だが、それは不可能だな。理由は三つもある〉

〈三つ？　ひとつじゃなくて？〉

〈ああ。まず、お前は守護者となる身だ。〝足跡のない女神〟の夫となるのだから、女を妊娠させることはできん〉

〈それはわかってますよ。僕が思いつかない残りのふたつは何です？〉

〈サモ・ペイ自身が拒むだろうからさ。知っての通り、彼女の意向は認められてる。おかげで他の女たちが男を得やすくなるのだ。処女のままでいたいという彼女の意志を、ペイ家も尊重している〉

〈三つ目は？〉

〈俺たちだけが知っている、その理由だよ。三つ目は〉

〈わかってます。忘れてなんかいませんよ〉

少し前に脱皮したばかりのカルの皮膚は滑らかだ。が、実は高齢で、その宣りからは経験の深みが滲《にじ》み出ていた。

〈修練者の多くが摘出式の直前に修練者の地位を捨てる。摘出式が終われば守護者になり、そうなったらもう後戻りはできないからな。それを意志薄弱とみなし、非難する者もいる。だが、俺はそんなことはしたくない。それは自然な感情だから。しかし、彼らをして女神の夫の座を放棄させるその感情に今お前が支配されているのだとしたら、それは困ったことだ。まさか使命を忘れたわけではあるまいな？〉

〈絶対に忘れませんよ、カル〉

自分がそんなにふがいなく見えたというのか。ファリトは不愉快な思いを抱いた。

〈僕は大丈夫ですよ。いつでも行動を開始できます。ですが、他の準備はどうなんです？　救出隊はもう組織できたんですか？〉

〈ああ、ほぼ完了らしい〉

異なる種族から成る救出隊のことを考えているうちにファリトは不安になった。修練者の教育課程に異種族に対するときの心得などが含まれていたので、知識はある。友人のリュンなどに比べれば、少なくとも。だが、学んで知っているのとじかに経験するのとでは違うはず……。ファリトの不安を感じ取ったカルが宣うた。

〈我々のうち誰かひとりがお前を限界線まで連れていってやれたらよいのだがな〉

〈いえ、それは……。皆さんは皆さんでやることがあるでしょうし。僕はむしろ、ひとりで限界線まで行ったほうがいいんじゃないかと思うんですけど。なぜその者たちが危険を冒してキーボレンまで下り、僕を案内しなければならないんです？　僕ひとりで限界線を越えてから、そこで彼らと落ち合ったほうがお互い安全ではないですか？〉

スバチという名のもうひとりの護衛が宣うた。

〈ファリト、お前は限界線というものが塀か垣根みたいにはっきりした線だと考えているようだが、そんなものじゃない。俺たちの都市のうち最北に位置するビスグラジュと不信者の都市のうち最南に位置するカラボラの間。そこが、限界線がいちばん狭くなる地点なのだが、それでも二百キロはある。他の地点だと、ふつう五百キロとか千キロとかになるんだ〉

ファリトは呆気にとられた。

〈え……そんなものを〝線〟って呼んでるんですか？　そんなに広い地域を？〉

〈ああ。その線は、気温によって決められるものだからな。気温ってのは、何メートルか手前で突然変わったりはしないものだ。数百キロに渡ってだんだんに変わっていくのさ。ビスグラジュにしたところで、あのあたりで黄金が採れなかったら、築かれることもなかったろうよ。あんな寒いところに。ともかく、あの酷寒の地を数百キロも歩くなんて、とんでもないことだ。いくらソドゥラクがあっても無理だ。だが、熱い血の流れる不信者は、キーボレンに入っても動けなくなったりはしない。彼らが来て、お前を連れていくほうがいいに決まっている。納得したか、これで？〉

〈はい。わかりました〉

〈よし。ところで歌はどうだ。ちゃんと練習してるか？〉

〈ああ、うーん……やっぱり違和感はありますね。あの歌っていうのはどうも……〉

ふいにカルが声を出した。

「やってみろ」

ファリトはまごつき、カルを見つめた。彼らが歩いているところはハテングラジュの大通りだ。多数のナガが歩き回っているし、周囲を取り巻く建物の中にも無数のナガがいるはずだ。ファリトはどうにも声を出すことができなかった。

〈あの、今ここで、ですか？　無茶ですよ、そんな〉

「おいファリト、いいか？　お前の歌が他の連中の注意を引くようなら、そもそも歌を歌うなんて計画をたてるわけがないだろう」

〈でも、それは密林の中でのことでしょう。密林だったら鳥が鳴くし、動物だって声をたてるから大丈夫でしょうけど、ここはハテングラジュなんですよ〉

「だからこそだ。ここじゃみんな宣りしか使わんだろう。周囲の音なぞ絶対に気にしない。その証拠に、いま俺は大声でしゃべっているぞ。なのに、誰も気にしていないだろうが」

ファリトはあたりを見回し、認めた。カルの言う通りだ。ナガである彼の耳に難なく入ってくるのだ。カルは今、途轍《とてつ》もない大声で話しているのだろう。けれど、周囲のナガたちはこちらをちらりと見もしない。

とはいえ、ファリトはそう簡単に口を開けなかった。違和感、退廃的、異様、不自然、不快——。歌というものに対し、ファリトが抱いている感情だ。ともかく心に健全な影響を及ぼすような感情は抱いたことがない。カルに何度も促《うなが》され、ようやくファリトは歌声らしきものを絞り出した。

そして、ファリトは改めて驚いた。カルの言う通りだった。本当に誰も彼の歌など気にも留めない。

ファリトは勇気を振り絞って声を高めたが、どうでもよさそうな視線を送ってくる者すらいなかった。ファリトは目を輝かせてカルを見つめた。カルが小さくうなずいてみせる。ファリトは思った。トッケビの冠をかぶった気分っていうのがちょうどこんな感じだろうか……。冠をかぶったトッケビが何をしても、他のトッケビには見えないのだという。それと同じように、他のナガにファリトの歌はまったく聞こえていなかった（実際はごく小さい音で聞こえてはいるのだろうが、誰も気にしないのだから、聞こえていないのと同じだろう）。ファリトは完全に自信がつき、ますます声を張り上げて歌った。

一方、スバチとカルは若干複雑微妙な思いを抱いていた。他のナガにこれが聞こえなくてよかった。良い意味でも、悪い意味でも。

リュン・ペイは、茫然《ぼうぜん》と遠ざかる声に耳を傾けていた。リュンが戸惑いを感じたのは、それがファリトの声だったからではない。理解できなかったのだ。友がいったい何だってあんな意味不明なことを言いながら歩いていくのか。それも、変てこな発音で。腐り始める手足？　王？　何のことだ、いったい？　御霊を覚醒させる、だって……？　リュンは首を振った。考えれば考えるほどわけがわからなくなるばかりだ。何をしているんだろう、彼は……。

次の瞬間、リュンは驚きの事実に気づいた。

――そうだ、音楽……歌だ！

リュンは勢いよく立ち上がった。露台《バルコニー》の手すりをつかんでぐっと身を乗り出す。けれど、歌声はすでに遠ざかりつつあった。リュンは、ファリトに付いていこうと身を翻《ひるがえ》しかけたが、彼の衝動が実現不可能だということに思い至り、動きを止めた。成人になっていないナガが護衛をつけずに外に出るのはとても危険なことなのだ。ファリトが警告したように〝狩られる〟恐れがあるから。もちろん、ペイ家には男なら山ほど――他家の妬みを買うぐらいいる。しかし、リュンはその連中に頼み事などしたくなかった。そもそも顔も見たくない。リュンは姉や叔母たちを思い浮かべたが、年若い弟のために外に出てくれそうな人はいなかった。

〈入っていいかしら、リュン〉

リュンは考えを改めた。ひとりいた。彼に手を貸してくれる人が。でも、その人に頼むことはできない。リュンは急ぎ足で部屋の中央に向かいながら、宣うた。

〈どうぞ〉

ドアが開いた。目を伏せていたリュンに見えたのは優雅な足だけだった。その足がゆっくりと近づいてきてリュンの前で止まる。リュンは深く、深くうつむいた。相手の目をまっすぐに見るまいとして。

〈顔をあげて、リュン。首が痛くなるわよ〉

お許しが出た。リュンはゆっくりと顔をあげた。彼にとってはあまりにも見慣れた表情が彼を見上げていた。何かに驚いているかのような目。しかし、その下にある唇には、この世のすべてから距離を置いたかのような笑みが常に纏いついている。リュンは無理やり精神を開いた。

〈何かご用ですか、サモ〉

〈さっき、ファリトが帰ったそうね。もう少しいてくれるものと思っていたのだけれど。ついさっき帰ったばかりなら、また呼び戻せるかしら？〉

リュンは危うく、そうするよう宣るところだった。

〈いえ、必要ありません〉

サモはまた驚いたような目で弟を見つめると、うなずいて椅子に座った。リュンは立ったままで待っている。サモが困ったように宣うた。

〈ねえ、私が座るように宣るときまで立ってるつもり？〉

〈ええ、もちろんです〉

〈お座りなさい、リュン・ペイ〉

リュンは椅子に座った。弟を座らせはしたけれど、サモはどうしたらよいかわからないという表情で彼をただ見つめていた。リュンは宣うた。助け舟を出すように。

〈ペイとは……呼ばないでいただけますか〉

〈え？　何を言うの。あなたはまだペイでしょう〉

〈たった九日ですよ、あと〉

〈ペイよ。そのときまでは〉

リュンは言い争いたくはないというような仕草をしてみせた。同時にそれは、判断力を持たない男として女の意に従うという意味でもあった。サモは、その仕草が気に入らなかった。

〈ファリトを呼んだのはね、私だったのよ、リュン〉

リュンが歪んだ笑みを浮かべる。

〈あ、ええ。ご成功をお祝いいたします。ふたりですって？　ドゥセナ様はおかんむりでしょうね〉

しばし面食らっていたサモは、じきに憤りのこもった宣りを送ってきた。

〈リュン、私は男の人を奪うためにファリトを招待したんじゃないわ〉

〈ドゥセナ・マッケロー様は、そうはお考えにならないでしょうね〉

〈ドゥセナ様がどう考えようとよ。私は、あなたが摘出式を前にしてあんまり不安なようだから……それで、お友だちを呼んだらどうかと思って、それで、ファリトを招待したのよ。ファリト

も私の考えに同意して、来てくれた。なのに、たった一日で帰すなんて。摘出式の日まで一緒に過ごしてもよかったでしょう?〉

リュンはサモの宣りを誤解したふりをして、見当違いの答えを返した。

〈まあ、そうですね。あと何日か引き止めておけば、残るふたりの男も奪えたかもしれませんものね。勝手に行動してすみませんでした。でも、これは僕の浅はかな考えですけれども、そうなった場合、まかり間違えば、マッケロー家と深刻な不和が……〉

〈リュン・ペイ!〉

リュンは精神を閉ざした。サモの体から鱗がぶつかり合う音が鋭く響いてきた。怒っているようだ。しかし、実際にサモの精神が開かれたとき、その宣りには怒りというより悲しみに近い感情がにじんでいた。

〈なぜそんな嫌なことを言うの? 私たち、あといくらも一緒にいられないのよ。そう、あと九日。あなたがさっき宣うた通り。なのに、私たちがなぜこの大切な時間を互いに腹をたてて過ごさなきゃならないの? 私と話をしようともしないで、せっかく招待したお友だちもさっさと帰しちゃって。ねえ、リュン。どうしてほしいの、私に?〉

〈別に、何も〉

〈え?〉

〈何もしてくれなくて結構です。あと九日でペイ家と縁が切れる者のために、貴重なお時間を無駄に費やすことはないですよ〉

サモ・ペイは衝撃を受けた顔でリュンを見た。弟は冷淡にすべての縁を断ち切ってしまおうとしている。確かにそれは、不合理なことではない。ペイという名も失い、二度と家に戻ってこれなくなるのだから、縁はどのみちなくなる。しかし、サモはこれからも良き友でいられると考えており、弟もまたそれを望むものと信じていた。なのに、リュンは彼女の素朴な望みとは正反対の姿勢を貫こうとしている。

〈リュン、ねえ……あなた、私たちがまったく知らない者同士みたいになることを望んでるの？ ねえ、どうしたのよ、いったい？〉

リュンはじっとサモを見ていたが、やがてうなだれて宣うた。

〈サモ〉

〈なあに、宣うてごらんなさい〉

〈僕は、代用品になりたくはありません。あなたが産むことのない子どもの代用品には……〉

大きな音がして、椅子が倒れた。勢いよく立ち上がったサモは、怖ろしい目つきでリュンを睨《にら》んだ。しかし、リュンは姉のほうには目も向けず、自分の膝を見つめていた。

〈子どもが欲しいんなら、ご自分で産んでください。あなたの叔母さんや姉妹と競走して。それが嫌なら……他の女たちとの競争がそんなに怖いなら、子どもは諦《あきら》めてください。適当に妥協されようとしても、困ります。弟は、息子にはなれません〉

〈どうして……そんな！〉

サモの鱗が凄《すさ》まじい音を発した。サモ・ペイがこれほどに憤るのをこれまでに見た者がいるだろうか。リュンは怖ろしかった。けれど、最後まで精神を開いていた。

〈急いだほうがいいんじゃないですか。今だって、もう遅いくらいなんですから。姉上の歳なら、もう娘を二、三人産んでる人だっていますよ。急がなければ。この家には運よく十人以上の男がいますし、子どもを作るのはたいして難しいことでは……〉

リュンは宣りを終えることができなかった。サモが彼の頬を力任せに打ったからだ。

リュンは頬をさすりながらサモを見上げ、そして驚いた。

サモの両目から銀色の液体が流れ出ている。ナガがほとんど見せないもの。その驚異的な色合いのため、他の種族は何か魔法が込められているのかもしれないと考えるもの。しかし、実は平凡な涙に過ぎないもの。しかし、リュンにとっては平凡な涙ではなかった。リュンは頬を撫《な》でさする手も止め、茫然とサモを見つめた。

サモのほうも自分が泣いていることに驚いたようだった。彼女の震える指が目元をかすめる。その指が銀色の光を帯びた。リュンは注意深くサモを呼んだ。

〈サモ〉

リュンの宣りは、受け入れられなかった。彼女の精神は完全に閉ざされていた。

ふいにサモが、手を横ざまに振った。

煌めく滴《しずく》が暗い部屋を横切って飛ぶ。

リュンは目をそらすことができなかった。虚空を切り裂いた銀色の線は床に落ち、小さな爆発のように煌めいた。大げさな表現ではない。その銀色はもちろん、熱さまで見ることができるナガの目に、それは充分爆発と言えるものだった。我に返ったとき、サモはもうおらず、ドアのところまで点々と続く銀色の涙だけが床の上で光を放っていた。

四人の護衛と連れ立って外出したファリト・マッケローがふたりだけを伴って帰ってきたにもかかわらず、ドゥセナ・マッケローがファリトに暴力を振るわなかったのは、ファリトが息子だからではなかった。一緒にいられる時間もあとわずかな家族に嫌な思い出を残すまいという配慮からでもなかった。ドゥセナ・マッケローは、そんな馬鹿らしい理由とは縁遠い模範的なナガの家長だった。凄まじい罵詈《ばり》雑言《ぞうごん》を浴びせかけながらもドゥセナがついにファリトに手をあげなかったのは、ファリトが修練者であるがゆえだ。

〈よくお聞き、このトッケビ小僧！　せいぜい感謝することね。お前が他の家で子を作れないことに。我が家の出産を邪魔するのに飽き足らず、他の家の子どもを増やしたりしたら、私はお前を許さなかったろうから〉

ファリトは母親の賢さに感嘆を禁じえなかった。守護者になる息子に手をあげることはできないということを認めはしても、強大な権力者となるナガに屈服するのではなく、子どもを作れないナガだから大目に見てやるのだというふうに表現してのけたのだ。その巧みな話法にふさわしい悲嘆にくれる表情を浮かべてみせること――つまり、女に子どもを孕《はら》ませられない身であることを嘆いているふりをすることで、ファリトはドゥセナを落ち着かせることに成功した。

ドゥセナは満足したが、しかし、ファリトの試練はまだ終わったわけではなかった。妊娠可能期の三人の姉とふたりの叔母が、彼をとっちめようと待ち構えていたからだ。ありがたいことに、彼を護衛していたカルとスバチが叔母たちの寝室に行くと申し出てくれた。姉たちのうち、最年長のソメロは家長と同様、守護者となる弟をひどく詰《なじ》りはしないぐらいの分別は持ち合わせていた。そして、男などみな低能だと思っているカリンドルは、愚かな男がしでかしがちな間抜けな失敗とみなし、やはり叱りはしなかった。

が、まだビアス・マッケローが残っていた。ファリトにとっては龍が一匹残っているのと同義だった。

〈ちょっと、あんた。宣うてごらんなさいよ、私が今いくつなのか〉

ビアスの身の毛のよだつ宣りに、ファリトの精神は早くも焦土と化した。修練者という身分を口実に精神を閉ざしてしまおうかと思ったが、すぐに考えを改める。賢いやり方ではない。どう考えても。それで、ファリトは従順に宣うた。

〈三十四です〉

〈そうよ、三十四よ。十二年目なのよ！〉

〈僕が不注意でした。許してください、ビアス〉

〈許せですって？　いい？　今度こそ私の番だったのよ。子どもを作らなきゃいけなかったのよ、今度こそ！　なのに、何なの、あんた！　男をふたりも奪われてきて！　我慢ならないわ！　許せない！〉

ファリトは複雑な心境で考えていた。カルかスバチ、どちらかがビアスと寝てくれていたら……。ビアス・マッケローはカリンドルやファリトとは違い、ドゥセナの実の子ではない。そのうえソメロと違って最年長でもない。ソメロもドゥセナの実子ではないのだが、年齢とそれに見合った振る舞いで、家長から寵愛《ちょうあい》されている。それに対し、ビアス・マッケローにはこれといった武器がない。それで、彼女は子どもに執着しているのだった。

ファリトは過去のある経験を思い浮かべた。宣りでも言葉でも表現できない凄惨《せいさん》な思い出。それを通じ、ファリトは知っていた。ビアスがどれほど子どもを欲しているのか。その経験は怖ろしいものだった。それで、ファリトは慌ててその記憶を振り払うと、注意深く宣うた。

〈仕方がなかったんです。彼らがペイ家に残ると言うのに、僕が引きずってくるわけにもいかず〉

〈あんたがあの女の家になんか行かなけりゃ、こんなことにはならなかったじゃないの！〉

ファリトは〝あの女〟というのがペイ家の家長ジカエン・ペイを指すものだと思いはしなかった。当然、サモ・ペイのことだ。

〈ビアス、リュン・ペイは友人です。それが摘出式を控えて不安がっていたんです。当然、行ってみるべきでしょう。修練者である僕にとって、義務でもありますし〉

〈そうね。でもね、と同時にあんたは、マッケロー家の一員として、逗留している男たちに目を配る義務があった！　あとたった九日とはいえ、ともかくあんたはまだマッケローなんだから。ふたりですって？　ああ……叔母さまたちはもう彼らを放さないわよ！　どうしてくれるの！〉

そして、あなたには子どもではなく、姉妹ができる――。ファリトは意地悪く考えた。子どももおらず、最年長でもない。なのに家長になりたくて仕方がない女にとって、姉妹などトッケビの悪戯《いたずら》のようなものに過ぎない。ファリトは無意識のうちに宣うてしまった。

〈子どもがいなくても、人徳でもって家族の尊敬を集める人もいますよ〉

ビアスがピクリとする。ファリトは困惑した。あてつけを言ってしまった……。しかし、すぐに彼は思い出した。自分が修練者だということ。そして、もうじきマッケローという名を捨てることになるということを。

――よし。ならば。

ファリトは頭の中である人物の肖像を描いてから、精神をやや開いてみせた。

ビアスは怒ったハヌルチのような宣りを送ってきた。

〈何よ、これ。サモ・ペイ？〉

〈あの方は子どもを産む気はない。でも、そうですね……もしもあの方が子どもを望まれたら、今の姉上のような困ったことにはならないんじゃないでしょうか？〉

〈あんた、なんてことを……！〉

〈言葉に気を付けてください、ビアス・マッケロー。そもそも僕の過ちでもないのにこんなふうに詰られ続けるのもごめんこうむります。僕は修練者です。姉上の弟である以前に。この先、〝足跡のない女神〟の夫となる者なんです。その地位にふさわしい待遇をしていただきたいですね〉

ビアスは低く唸《うな》った。今にもファリトに跳びかかりそうな勢いだ。とはいえ、さすがにそうはできなかった。守護者になる息子と子を産んでいない娘。そのどちらの肩を家長のドゥセナが持つか。それは言うまでもないことだ。姉の心中を正確に見通していたファリトは冷ややかな笑みを浮かべた。

〈ああ、あとですね、修練者としてひとつ忠告をいたしましょう。徳を積んだほうがよろしいかと。身ごもるのと違って、それは男がいなくてもできることですし〉

宣りを終えたファリトは爆発を待った。しかし、ビアスは自制力を失わなかった。ただ宣うた。

憎々しげな顔で。

〈忠告ありがとう、弟君。お返しに、こちらからも忠告してあげる〉「あれに気を付けることね」

ビアスは彼を置いて立ち去った。彼女が去り、ドアが閉まったときもまだファリトは微動だにせず立ち尽くしていた。生まれて初めて聞いた。ビアスの声――。

しかし、ファリトが本当に驚いたのは、その声で告げられた内容だった。彼が生まれて初めて耳にした声でそう告げたとき、ビアスは心臓塔を指していた。ほんの一日前、彼の友が同じ行動を取ったことをファリトは思わずにはいられなかった。心臓塔が敵だと、リュンは声に出して言った。一方、ビアスは言った。心臓塔に気を付けろと。彼の友と姉が、ナガがふつう使わない声を用いて似たような内容を〝言った〟。そのことは、ファリトの心に深く刻まれた。

それで、ファリトは考え始めた。心臓塔について。

スバチは自分を揺する手を避け、寝返りを打った。危機に陥ったファリトに助け舟を出そうと、昨日はファリトの叔母の部屋で夜通し奮闘する羽目になった。スバチは最大限同情心を刺激しそうな精神を示してみせた。けれど、手はなかなか止まらない。彼は苦痛に満ちた宣りを送った。

〈どうか、勘弁してください。朝からあれをする気力はありません。私は昨夜、あまりにも……〉

〈スバチ、しっかりしてください！　僕です！　〝あれ〟が何であれ、僕はあなたとそれをする気はありませんから！〉

スバチは驚いて仰向けになった。ああ、なんだ……。彼を揺り起こしているナガは、朝からそれを要求するマッケロー家の女ではなかった。思わず安堵のため息を漏らす。

〈なんだ、ファリトか。ああ、助かった。畜生、昨夜はまったく死ぬかと思ったよ。お前の叔母上のおかげで〉

ファリトは寝台に腰かけた。

〈そうですね。叔母上は、この前出産してからずいぶん経ってますからね〉

〈ああ、そうだな。まったくすさまじかったよ。女なんて、この先何年か、近くにも寄りたくない。ところで、何の用だ？〉

スバチはのろのろと起き上がった。疲れと早朝の冷気のせいだ。彼がどんな状態なのかを知っているファリトは焦《あせ》る気持ちを押さえ、スバチが通常モードになるまで待った。やがてスバチがどうにか話ができる状態になると、ファリトは用件を切り出した。

〈あのですね……摘出式に出るわけにはいかなくなりました〉

スバチはファリトをぼんやりと眺めていたが、やがてふいと目をそらして隣で寝ているカルを見やった。しかし、カルもやはりスバチに勝るとも劣らぬほど疲れ切り、死んだように眠っている。仕方がない。もう少し寝かせてやろう。諦めたスバチは苦痛を堪《こら》え、ファリトを宥《なだ》め始めた。

〈お前の友人……リュンだったか？　あいつの不安がお前に伝染したようだが、いいか、ファリト。摘出式の途中で死ぬことはない。そんなのは極めて稀《まれ》なことなんだ〉

〈そんなんじゃありません〉

〈摘出をしないと、ハテングラジュを発つことはできん。使命を完遂できないって宣りだ。いや、それ以前に、お前自身が生きていられなくなるぞ。いったいどうしたんだ？　宣うてみろ〉

〈昨日、ビアス姉上を怒らせてしまったんです。そのとき姉上がほのめかしたんですよ。怒りに

任せてのことだとは思いますけど……僕を殺すと……〉

スバチはたちどころに目が覚めた。周囲を見まわし、ドアの向こうに熱が感じられないのを確認してから注意深く宣る。

〈確かなのか、それは？〉

〈そう感じられました。僕には〉

〈ビアス・マッケロー様が、なぜお前を殺そうとする？〉

〈十二年も受胎できなかったからです〉

スバチは呆れたようにファリトを見つめた。ファリトが落ち着いた宣りを送る。

〈ビアス姉上は、いちども身ごもったことがありません。なので、男を熱望している。その一方で、子どもを作ってくれることのない弟のことはすごく憎んでるんです。つまりですね、僕に少し腹がたった。それが充分な理由になるんです。姉上にとっては〉

スバチはファリトの宣りからある奇妙な含みを読み取った。そして、自分がそれを読み取ったことに当惑した。

〈おい、馬鹿馬鹿しい質問かもしれないが、もしかして彼女、お前を……〉

〈あなたが想像している通りです、スバチ〉

〈ああ、なんてことだ〉

スバチは他の宣りを思い浮かべることができなかったので、もう一度宣うた。

〈なんてことだ〉

ファリトは悲しげな笑みを浮かべてうなずいた。

〈そうです。姉上は正気じゃない。強迫症ですよ、根の深い……〉

〈彼女が本当にお前に……それを要求したのか？〉

〈修練者に手を出したら女神の呪いを呼ぶ。そう宣うて、やっとのことで押しとどめました〉

スバチは同情のこもった目でファリトを見た。

〈そいつは災難だったな。よし、わかった。俺とカルが彼女の寝室に行こう。望むものを与えてやれば満足して、お前への憎悪など忘れるだろうよ〉

〈あと八日ですけれど、できますか？〉

〈交代で毎日行けば、妊娠の可能性が高いと思うんじゃないか？　彼女は……〉

〈でも、ビアスは望まないと思いますよ、それを〉

〈えっ？　どういうことだ？　子どもを欲しがっているんだろう？〉

〈ええ、それはそうです。ですが、ビアスがなぜ子どもを欲しがっているかって言うと、家長になりたいからなんです。彼女は家長の実子でもないし、ソメロみたいに最年長でもないでしょう？　だから……〉

〈ああ……そういうことか。娘以外に期待をかけられるものがないってことだな〉

〈そうです。姉が単に娘を産みたがっているのなら、あなたたちをあんなにあっさり叔母たちに譲ったりはしなかったはずです。でも、彼女には野望がある。だから、家の他の女たちを怒らせるようなことはしないはずです。となると、あなたたちは……そうですね、あと八日のあいだにせいぜい一回か二回しか彼女のもとへ行けません。それぐらいで、妊娠の可能性が高いとビアスが考えてくれるとは思えません〉

〈うーん……で、どうなんだ。彼女はいったいどんな方法でお前を殺そうとするのかな？〉

〈心臓塔に気を付けろと宣うていたので……摘出式の最中に、おそらく何らかの事故が起きるのではと〉

スバチは呆れ顔で宣うた。

〈そんな馬鹿な。彼女が守護者どもを買収でもするってのか？　不可能だ、そいつは〉

〈誰もそんなことは宣うてませんよ、スバチ。守護者たちについては、あなたより僕のほうがよく知っていますから。なんと言っても修練者ですからね。ですが、ビアスは優れた薬術師です。姉のことは決して好きではないですが、彼女の腕は信じるに値する。だからこそ、ビアスが作ったソドゥラクをくすねたんですよ。……まあ、ともかく、彼女の腕前をもってすれば、摘出式の途中で事故を起こすような薬を作れるかもしれない。そして、残る八日のあいだにそれを僕に摂取させる気なのかも……〉

スバチは渋い顔でファリトの宣りを繰り返した。

〈摘出式の途中で事故を起こす薬？　そんなものがあり得るのか？〉

〈わかりません。でも、心臓塔に気を付けろっていう彼女のほのめかしを他に説明できません。確かに、心臓塔で何事か起こるんです。摘出式の途中で〉

〈ふむ……そうか、わかった。薬だな。なら、この家の中で何も口にしないことにしたらどうだ？〉

〈どうやって？〉

〈俺たちと一緒に都市を出るんだ。そうすれば、家でものを食わなくても済むだろう？　カルは腕のいい狩人だ。お前はまだネズミより大きいものを食ったことがないだろうが、それはたいした問題じゃない。どのみち避けられないことだからな。大人になれば。とにかく外に出て、八日ぐらいは食いつなげられそうな大きな動物を狩るんだ。どうだ？〉

〈スバチ、僕があなた方とまた外出なんてできると思いますか？　他の人たちはともかく、親愛なる叔母上方は絶対に許さないでしょうね〉

スバチはうめき、精神を閉ざした。ファリトは焦りを覚えた。

――畜生、何を考えてる。結論はわかりきってるだろうが。計画変更だ。僕は今すぐ脱出しなけりゃならないんだ。

ファリトにとって永遠のように感じられる時間が過ぎ、スバチはようやく精神を開いた。

〈ファリト、お前が不安がるのはわかる。だがな、どう考えても、すべて仮定だ。そうじゃないか？〉

〈えっ？〉

ファリトは虚を突かれた。

〈ビアスがお前を殺そうとするって客観的な証拠を持ってるわけでもないし、彼女がお前をどうやって殺そうとするかさえ確実にわかってない。もちろん、お前はひとつの仮定を提示した。でもな、お前が宣るところの薬みたいなものは、俺は聞いたこともないぞ。お前だってそうだろう？　どうだ、違うか？〉

ファリトは認めざるを得なかった。スバチはふと思いついたように立ち上がり、服を着始めた。

〈そんな、見たことも聞いたこともない幻の薬を引っ張り出すまでもない解釈もある〉

〈え？　それは、どんな……〉

〈お前は否定したいかもしれんが、やっぱりこれは宣うておこう。ファリト・マッケロー、お前はいま摘出式直前のナガなら誰しもが感じる不安にとらわれている。そう認める気はないか？　いや、今ここで答えなくてもいい。自分は修練者であり、そんな荒唐無稽な不安心理などとは縁がない完璧に理性的なナガだ。そう宣りたいよな？〉

そのつもりだったファリトは、心の中でひと言、ふた言こぼした。スバチは続けた。

〈いいか？　完全に理性的な生き物などいない。考えてみろ。お前は、お前の友人のリュンみたいに摘出式のせいで不安がってるわけだが、その不安を認めるのがあんまり恥ずかしいことだから、姉に不安心理を投影しているのかもしれんぞ。今すぐ、つまり摘出式前に逃げ出さねばならない。お前はそう宣ろうとしているんだ。そうだろう？　よくある話……そんな気がしないか？〉

〈スバチ、僕は摘出恐怖症なんか……〉

〈待て。まず、この問いに答えてくれ。ビアスがお前を殺したがってるとしたら、なぜこの二十二年もの間そうしなかったんだ？　機会ならいくらでもあったろうに〉

ファリトは虚を突かれたようにスバチを見た。スバチがニッと笑う。ようやくファリトは答えをひねり出した。

〈二十二年じゃありません。昨日決心したんです。僕が昨日、彼女を怒らせたから〉

〈ふむ。これまで具体化していなかった憎悪が昨日、殺意に変わったって宣りか。まあ、いいさ。盃をあふれさせるのは、常に最後の一滴だからな。だがな、彼女がなぜ最高の権威者たちの前で

お前を毒殺しようとするのか、説明できるか？〉

〈最高の権威者？〉

〈心臓塔の守護者たちさ。摘出式の途中で事故が起きたら、守護者たちはお前の死体を綿密に検査するはずだ。ビアスの手際がどれほどのものかは知らないが、俺なら、トッケビの前で火遊びはしないがな〉

ファリトは宣りに詰まった。スバチが体温を高めるために窓辺に歩み寄りながら宣る。

〈お前の不安を笑い飛ばす気はない、ファリト。俺よりお前のほうがビアスについてはよく知っているだろうしな。それに、お前に少しでも危険要素があるならば、俺たちの使命もまた危険に直面することになる。だから……今のところ少し荒唐無稽に聞こえるのは確かだが、それでも俺は、お前の宣りについて真剣に考えてみる。そうだな、こうしよう。俺とカルは、できるだけ彼女のもとへ行く。彼女を楽しませるべく努め、同時に観察する。そして、お前はもう少し客観的かつ確実な証拠を見つけろ。くれぐれも気を付けてな〉

スバチの宣りは合理的だった。ファリトは突然、自分がとんだ間抜けになったような気がした。スバチの宣り通り、彼は摘出式が怖いと宣ることができず、ビアスが摘出式の途中で自分を殺すだろうと宣うたのかもしれない。考えれば考えるほど、ファリトは羞恥を覚えた。ああ、何をやってるんだ。そんなとんでもない薬なんて持ち出して……。

結局、ファリトはスバチの意見に賛同した。と同時に、くれぐれも注意しようと心に決めた。

＊

ケイガンは、プンテン砂漠に目をやった。

白く燃えたつ砂漠の上空はダークブルーに近かった。砂漠の空が青く見えることは滅多にない。空が青く見えるのはもっと湿気が多い土地だ。しかし、ケイガンはいま南向きの窓辺に座っており、プンテン砂漠の南には湿ったキーボレンの密林がある。なのでそこの空は青く、砂漠の面妖な白とのコントラストにより病的に青黒く見えていた。

ドアが叩かれた。入ってくるよう言うとドアが開き、足音が入ってきた。それがもう少し近づいてくるのを待ってからそちらを向く。

「お客様、こちらお持ちいたしました。テーブルの上に置けばよろしいでしょうか」

ケイガンはうなずいた。最後の酒場の年若い息子モティは、持ってきた鍋をテーブルの上に置いた。そして、訊かれてもいないのに言った。

「母はこれに触ろうともしません。父もです。それで、僕が持ってきました」

モティは棒を咥《くわ》えて持ってきた子犬のような表情を浮かべている。しかし、ケイガンは褒めてやらなかった。首をわずかに傾げて若者をじっと見る。モティは困惑した。

「あの……他に何かご入用なものでも？」

「いいや、ない。ご苦労だったな、モティ」

そう言われても出ていかずにぐずぐずしていたモティがふいに言った。

「あ、そうだ。お伺いするよう父に言われてたんですが、ご滞在は何日ですか？」

「長くはいない。トッケビひとりとレコンひとりを待っているのだが、じきに到着するはずだから」

それ以上話を引き延ばせなくなったモティは、追い払われたかのようにすごすごと部屋を出た。ひとり残ったケイガンはテーブルの上に置かれた鍋をじっと見た。そして、心の中ではモティの態度について考えていた。

しかし、人間とはなんと奇妙な生き物か――。最後の酒場のあるじに出会ってまだ二日も経たないが、それでも彼がどんな人物なのかは充分に察している。砂漠とそれが抱いている無限の脅威から酒場を守ってきたのだ。どれほど骨のある男なのかは推して知るべしだ。なのに、そのあるじはおそらく泣いて拒んだであろう妻に料理を強い、それを若い息子に持っていかせた。まあ、料理は手ずからしたかもしれない。しかし鍋を持って現れたのは若いモティだった。それは、ケイガンの望むところではなかった。

ケイガンはため息を吐くと、モティが持ってきた鍋の蓋を開けた。

そして、ナガの肉にかぶりついた。

カラボラで、ケイガンはすこぶる静かな生活を送っていた。彼の小屋には、他の空間をすべて合わせたのよりも大きな調理場がある。ケイガンはそこにありとあらゆる種類のナイフ、鋸《のこぎり》、トング、ハンマー、臼《うす》、鉄串などを取りそろえていた。巨大な鋳物の鍋を三つかけておける竈《かまど》もあった。その小屋を出て二、三日かけて南下し、寒さ（もちろんナガ的な意味で）で弱ったナガ偵察隊員を何人か捕らえてまた戻る。その間、彼は誰にも会わずに済んだ。彼の獲物を目にして悲鳴をあげる酒場のあるじも、未成熟な価値観しか持たず、自分の手に余ることには畏敬の念を抱いてしまうような愚鈍な息子もいないその静かな場所でケイガンはナガの死体を解体し、煮て食いながら平和に暮らしていた。

牧歌的な殺戮の日々だった。

ところが、ハインシャ大寺院が彼に言付けを寄越した。それでケイガンは今、この奇妙な酒場でふたりの同行者を待っている。そのことを思い出し、ケイガンは噛んでいた骨付き肉をテーブルの上に放り出すと、顔を覆った。オレノールが託していった手紙には、彼の同行者はトッケビとレコンであると記されていた。彼らにどう接したらよいものか、ケイガンにはわからなかった。人間との付き合い方もほとんど思い出せないというのに、トッケビとレコンとは……。トッケビというのはどんな輩《やから》だったろう。

脂汗まで流して必死で記憶を探っていたケイガンは、ようやく二十年余り前の相撲の記憶を頭から引きずり出した。すると、他のことも続いて浮かんできた。人間《キム》の――みなが知っていることだというのに、ケイガンはトッケビが人間をそう呼ぶということを辛うじて思い出した――勝利を阻止すべく最後に挑んできたのは城主のバウ・モリドルだった。一方、ケイガンはそのときすでに相撲など始めたことを悔やんでいた。とはいえ、負けたくはなかった。そのときの感情を思い出し、ケイガンは少し驚いた。そうか、あの頃はまだ勝負欲とでもいうものが残っていたのか……。自分ではなく誰か他の人間の過去を見ているかのような気分でケイガンはその最後の対戦に思いを馳《は》せた。チャプチギで投げたのだったか。ホミゴリで倒したのだったたか……。

しばし考え込んでいたケイガンは、じきに興味を失った。それが何だと言うのだ。一人勝ちしたのだから、勝ったわけだ。とりあえずは。それ以上考えることもない。どうでもいいことだ。

ところが、それから三時間後、ケイガンはそんな決定を後悔していた。

最後の酒場のあるじは、かなり遠く離れたところからトッケビのビヒョン・スラブルを見つけた。が、それが酒場にやってくる旅人だとは思わなかった。なぜなら、彼はこれまで空を飛んでくる客を迎えたことがなかったからだ。ビヒョンが最後の酒場にだいぶん近づいてきたとき、あるじはようやく気づいた。それがカブトムシに乗って飛んでくるトッケビだということに。

大きなカブトムシは砂を激しく巻き上げながら岩の横に降り立った。そして、その砂が静まる頃、トッケビはすでに階段の上にいた。酒場に飛び込んだビヒョンはあるじをちらりと見、あるじはほとんど躊躇《ためら》うことなく二階を指さしてみせた。

「あっちの、左の最初の部屋ですよ」

ビヒョンは左手に目をやった。酒場の一階の中央部分は天井までの吹き抜けになっていた。手すりのついた廊下がその周囲をぐるりと取り巻いており、二階の部屋が見える。あるじが指し示した部屋を確認したビヒョンは微笑んだ。

「昨夜の夢はいかがでしたか！　私のカブトムシは馬小屋に入れておいていただければ結構です！　あ、馬小屋はありますよね？」

あるじはうなずき、それを確認したビヒョンはそのまま二階に駆けあがると、ドアを大きく開けた。そして、驚いた目で彼を見つめている人間に声をかけた。

「昨夜の夢はいかがでしたか！　ところで、我が城主をどんなふうに土俵に叩きつけたんですか!?」

「私はケイガン・ドラッカーという」

ケイガンとビヒョンはしばしぼんやりと見つめ合った。自分の答えはどうもおかしかったようだ。ケイガンはそう思ったが、どこがどう悪かったのかわからない。確かはじめは名を名乗るべきだったはずだ。いや、トッケビは違ったか……？　一方のビヒョンも同じく自分が何かしくじったと感じていた。ただ、運よくビヒョンのほうは気づいた。自分が何をしくじったのか。ビヒョンは快活に笑った。

「ああ、これはすみません。ビヒョン・スラブルと申します。怒っておられるのではありませんよね？」

なぜビヒョンが申し訳なさそうに笑うのか、自分がなぜ怒らなければならないのか、ケイガンにはわからなかった。冷汗が出そうな思いでケイガンは慎重に問いかけた。

「ハインシャ大寺院から……？」

「はい、そうです。私をお待ちだったんですよね？」

「ああ」

沈黙。

「あの……どうやって我が城主を土俵に叩きつけたんでしょうかね」

「申し訳ないが、どんな技だったのか思い出せない」

「え？　ホミゴリですよ！　それを知らないトッケビはいません。城主みたいに腰の低い人にどうやってホミゴリをかけられたのかとお伺いしたのですが。なのに、どんな技で勝ったのか思い出せないとは！　あり得ません！　もしも私があなただったら、死ぬまでその話をするでしょうに。忘れてしまわれたんですか？　完全に？　確かに？　絶対に？」

「ああ、ええ……そうだな」

ビヒョンはとうてい信じられないという表情でケイガンを見た。ケイガンは不安になった。トッケビたちはどうだったろう。彼らも理解できないことは尊敬してしまうのだったろうか。思い出せない。頭が痛くなってくる。ケイガンは奥歯を嚙みしめてビヒョンを見据えた。

ビヒョンは肩をすくめ、背囊をおろして足元に置いた。

「まあ、そういうこともありますよね。二十年以上前のことですし、我々ほど相撲がお好きではないのなら」

ケイガンは安堵した。しかし、ビヒョンの話法──話の最後に常に質問を付け加えるという──が彼にまたも悩みの種を提供した。

「ところで、いまおいくつですか？」

ケイガンはしばし躊躇ってから、ビヒョンのほうへ椅子を押しやった。そして、ビヒョンが椅子に座る頃には答えをなんとか思いつけた。

「それはまた、なぜ訊かれる？」

「二十年以上前に相撲を取っていらっしゃったというので、ご年配の方かとばかり思っていたんです。それが、さほどご高齢ではなさそうに見えるので。ああ、相撲をとられたときかなりお若かったんですかね？」

「そうだな。若かったかな」

ケイガンは、ビヒョンのいわば〝疑問終結話法〟にはよいところもあると思った。

──相槌を打つなり質問を返すなりすればいいのだな。

ケイガンはその要領を試し、それがうまく通じることを確認すると、安堵した。そして、オレノールの手紙をビヒョンに手渡す頃には目の前にいるトッケビを観察する余裕まで取り戻していた。ビヒョンが手紙を読んでいるあいだ、ケイガンはかつての記憶とビヒョンを照らし合わせ、徐々にトッケビに関する知識を取り戻していった。

手紙を読み終わったビヒョンはそれをテーブルに置くと、首をひねった。

「うーん、この手紙には、私がもう聞き及んでいることしか書いてありませんね。私とあなた、そしてレコン……はまだ来ていないんでしょうか？　ああ、はい、そうですか。ともかく……その三人でまずキーボレンに入り、ムルン川に沿って下る。そして、歌を歌いながら川を遡ってくるナガを見つけ、保護してハインシャ大寺院まで連れていく。いや、実に素晴らしいですね。歌を合図に使うっていうアイディアは。限界線の南でその歌を聞けるのは私たちだけでしょう？　もちろん歌を歌うナガなんて、その人だけでしょうし。取り違える恐れもなく、誰かに見つかることもない合図です。で？　これで終わりですか？」

「ああ、終わりだ」

ビヒョンは首を左右に傾げた。その動作が何を意味するのかわからず、ケイガンは警戒した。しかし、さほど意味のない動作だった。

「私はこの手紙に出ていない部分が気になりますが。他の人もそうじゃないですかね。例えばこんな部分です。ハインシャ大寺院の人間《キム》たちは、なぜこのナガを連れてこようとしているのか。このナガはいったい誰なんです？」

「いや、私もおぬしが知っていること以上のことは知らぬのだ。想像もつかない」

「そうですか。じゃあ、これは説明していただけますかね。このムルン川というのですが、私は今日初めて聞きました。あなたはこの川を見つけられますか？」

「ああ、見つけられる。ペルドリ川はムルン川の主な支流のひとつだ」

説明を終えたと思ったケイガンは、ビヒョンが口をぽかんと開けているのを見て思い直した。

「だから、ペルドリ川に沿っていけばムルン川に行ける」

「そのペルドリ川っていうのはどこにあるんです？」

「砂漠を南に進めば一日以内に見つかるはずだ。大寺院がこの酒場を集結地に決めたのもそのためだろう」

「ああ、なるほど！　限界線の南について、ずいぶんとよくご存じなんですね？」

ケイガンはうなずいた。

「おそらく、私が〝案内人〟なんだろうよ」

「おや？　〝案内人〟ですって？　でも、何か他の意味がありそうな感じでおっしゃられましたよね」

余計なことを言ってしまったとケイガンは思った。説明するのが面倒だったからだ。しかしビヒョンは彼をじっと見つめている。その目から光線が発せられているような気がし、ケイガンは諦めて口を開いた。

「三だけが一に対向できる。古い言葉だが、ご存じか？」

「あっ！　はい。知ってます。この地上には四つの選民種族が存在しますが、そのひとつに対向するには残る三つの種族が力を合わせねばならない。そんなような意味ですよね。そう言えば、私たち救出隊は三つの種族が集まってますね。ひとりのナガのために。そのことをおっしゃってるんですか？」

「その通り。だが、そこに付け加えられている内容がある。若干古くさい話だが……一に対向するために三が集まったとき、その三つはそれぞれ案内人、妖術使い、対敵者になるというものだ。おそらくおぬしが妖術使いなのだろうよ」

「え？　でも、私は妖術なんて使えませんよ？」

「ああ、それは……なんと言うか、策略を使って身軽に飛び歩きながらに掻きまわすような役割を意味するのだ。必ずしも妖術を駆使する必要はない。まあ、おぬしらのトッケビの火は、他の者には充分に妖術に見えるがね」

「ということは、案内人も、必ずしも道案内する人とは限りませんね？」

「ああ。ハインシャ大寺院の僧侶たちはおそらく私が意思決定を担う案内人たるべきと考えているのだろう。ナガやキーボレンについてよく知っているから」

「では、まだ来ていないレコンが対敵者ということですね。ところで、対敵者っていうのは何です？」

ケイガンは小さくうなずいた。意思決定する者が人間で、策略担当がトッケビ。それと同じくらいレコンは対敵者として適役だ。昔話なんぞにこだわる間抜けな坊主どもが。

「ざっくり言うと、邪魔になるものはみんなぶち壊す破壊者かな。レコンにはぴったりだろう」

ビヒョンは二時間後、ケイガンが言ったことに全面的に同意した。

レコンは砂漠の旅を好まない。まあ当然なことだが、レコンのふさふさとした羽毛は敵の激しい攻撃を防いだり体温を維持したりするのにはよいが、暑さを避けるのには極めて大きな不利益しかもたらさない。それなのに、砂漠を旅する羽目になったとしたら、レコンはどうするか。走って砂漠を突っ切る。他の何者よりも速く（もちろん、カブトムシに乗ったトッケビは例外とせねばならぬだろうが）。

それで、地平線に現れた旅人の姿がみるみる……そして途方もなく大きくなってくるのを見たとき、あるじはたちどころに悟った。レコンが来たのだと。背後に砂嵐を起こして駆けてくるその姿はほとんど恐怖を抱かせるようなものだったが、あるじは狼狽《ろうばい》したりはしなかった。ふたりの先客のおかげだ。レコンはほとんど飛ぶのに近い速度で駆けてくると、階段なぞ上るのも面倒だと言わんばかりに三十メートルの崖をひと息に駆けあがった。とはいえ、さしものレコンも酒場の中に入ってくるときは速さを若干落とさざるを得なかった。七メートルにも及ぶ鉄槍を持って扉から入ろうとしたら、誰しも注意深く行動するものだ。

酒場に入ったレコンはすばやくあたりを見回した。そして、テーブルについて夕食をとっているケイガンとビヒョンを見つけると、まっすぐに近づいてきた。酒場の一階中央は吹き抜けになっている。つまり天井が非常に高かったわけだが、柱と見まがうような槍を手にのっしのっしと歩いてくる身長三メートルのレコンは、それこそ見る者を閉所恐怖症に陥らせそうな姿をしていた。ビヒョンは感嘆を禁じえなかった。一方、ケイガンは不安を感じていた。トッケビはどうにかクリアした。しかし、レコンは……。ケイガンはレコンにどう接したらよいのかまだ決めかねていたのだった。不安を隠し、ケイガンはどすんどすんと音をたててやって来るレコンをじっと見つめた。

ケイガンとしてはありがたいことに、レコンが先に嘴《くちばし》を開いた。

「トッケビと人間。どうやらここで間違いなさそうだな」

ケイガンは安堵した。ビヒョンが答える。

「ビヒョン・スラブルです。こちらはケイガン・ドラッカー。大寺院の依頼でいらしたんですよね？」

「ああ」

レコンはそう言ってから周囲を見渡すと、鉄槍を二階の手すりに引っかけた。ビヒョンはまた微笑み、座れる椅子が見つからずにレコンが床に座り込むと、ますます大きな笑みを浮かべた。床に座っても依然としてケイガンとビヒョンを見下ろしているレコンの姿が面白かったからだ。しかしレコンが嘴を開くと、ビヒョンはもはや笑っていられなくなった。

「俺はティナハンだ。そうだな……トッケビどもには多少不満があるかな」

ありがたいことに、ティナハンは彼が嫌悪しているトッケビの人格的欠点や種族の悪習について話しはしなかった。ティナハンがトッケビに対して抱いている不満はただひとつ、トッケビが絶対に空飛ぶ巨大魚ハヌルチに近づこうとしないということだった。ビヒョンはそれがなぜ問題になるのか尋ね、ティナハンの説明を聞くやいなや興奮して叫んだ。

「あなたがあの人なんですね！　ハヌルチ遺跡発掘者！　そうですよね？」

酒場のあるじが持ってきた酒樽の蓋を開けながら、ティナハンは憂鬱そうに言った。

「ああ、そうだ。お前らトッケビが手を貸してくれてりゃ、とっくにハヌルチの背中に乗ってたろうよ」

「でも、カブトムシが絶対にハヌルチに近づこうとしないんですよ。私たちとしても致し方ないことなんです。トッケビにだって、ハヌルチ遺跡に何があるのか知りたがってる者は多いんですよ。でも、カブトムシがどうにも言うことを聞かないんです。どんなによく訓練されてる奴でも、ハヌルチを見ると逃げてしまうんですよ。猫を見たネズミみたいに。そんな説明を聞いたことありませんか？」

「聞いたさ。とても信じられないんで一度実験もしてみた。ほんとに逃げやがった。ちっ！　お前らはカブトムシに手話まで教えてるんだよな。なら、何だってハヌルチがおとなしいって教えられないんだ、ええ？」

「ハヌルチが本当に攻撃的じゃないんなら、〝怒ったハヌルチのよう〟って慣用句は生まれなかったんじゃないか。そう思いません？」

「あのなあ、その馬鹿馬鹿しい慣用句は俺だってうんざりするくらい聞いてるさ。だがな、俺は怒ったハヌルチを見たことがない。ほんとに、ただの一度もだ。間違いなく事実無根だ。ハヌルチが何しろでかいから、その姿に怖気づいた抜け作どもが知りもしないで作った……」

そのとき、静かに聞いていたケイガンがふいに口を開いた。

「いや、必ずしもそうではない」

ティナハンとビヒョンは、ケイガンに目を向けた。ケイガンは淡々と言った。

「怒ったハヌルチはいた。そのハヌルチがなぜ怒っていたのかは伝えられていないが。そのハヌルチを怒らせた王国が地上から消えてしまったから」

ティナハンは首を傾げた。

「王国？　ああ、その、なんだ……王ってのがいた時代の話か？　昔のことだな」

「古い時代の伝承だ。だが、確かにそんなことがあるにはあった」

「だが、それは昔話だろう。信じられんな。どこのどいつが作り出した話なのかもわからんのだろう？」

「ハインシャ大寺院に行けば調べられるはずだ。そこの書庫には僧侶たちが命がけで守ってきた記録があるから。ああ、そうだ。大寺院の話が出たついでに言うが、そろそろ我らの日程について話をしたいのだが、構わぬか？」

ケイガンは内心安堵した。ビヒョンとティナハンがうなずいて同意を示したのだ。ケイガンはさっそく話を始めた。彼が最も得意とする話法――つまり、淡々と。

「私が知る限り、カブトムシにはふたりまで乗れる。レコンを除いてな。だがティナハン、おぬしはカブトムシに負けない速度で砂漠を走れる。ということで、明日の昼は寝ておき、日が暮れてからここを発とうと思う。私とビヒョンがカブトムシに乗り、ティナハンは駆けて。そうすれば明後日の朝までには問題なくプンテン砂漠の南に到達できるはずだ。その時点でカブトムシを帰し、休息をとってからキーボレンへ入ろう」

ビヒョンとティナハンは戸惑った。彼らは議論になるだろうと思っていたのだが、ケイガンの言葉は指示に近かったからだ。もちろん命令ではなく勧誘ではある。とはいえ、諸般の知識がまったくないふたりとしては同意するほかはない。そんな事態が続くことを察したビヒョンは手をあげてケイガンの話を遮った。

「お話の途中ですみませんが、ケイガン。私たちふたりにはどうも、あなたの言うことにうなずく以外にできることはなさそうな気がするのですが。率直に言いますと、私はナガについてはさほど知識がありません。大人になると心臓を抜き、言葉を使わないということぐらいですね、知っていることといえば。キーボレンについても、木が怖ろしく多いということ以外に何も知りません。あなたはどうですか、ティナハン？」

ティナハンは、嘴を少しねじ曲げてうなずいた。ビヒョンはまたケイガンに目を戻した。

「こういう状況ですから、私たちにいちいち同意を求める必要はないかと……。必要なことはすべてご存じのようですし、あなたが指示し、私たちが従うというふうにすればいいんじゃないでしょうか。あなたが案内人なんですから」

「しかし、おぬしらも必要な事項を承知していなければ。もしも私がキーボレンで死んだらどうする？」

「そんなことがあってはなりませんが、万が一そんなことになったら、私はあたり一面に火をつけて、できるだけ早く北へ逃げます。あなたがもしも死んだら残るはふたりだけ。二では一に対向できませんよね。三でないと……」

ケイガンはため息を吐いた。

「やっぱり、少しはわかっておいてもらおうか。おぬしが特技を発揮するというのは、それはよい考えではない。熱を見るナガは、その火を誰よりも早く察知するはず。とりあえず周囲のナガ偵察隊を追い払うことはできるだろうが、じきに……そうだな、三日以内に来られる距離にいるナガ偵察隊をすべて呼び集めることになろう。あの樹木愛好家どもは、木を燃やしたおぬしを絶対に許さないはずだ。ソドゥラクを大量に服用して襲ってくる無数のナガを前にしては、ティナハンの鉄槍も役にたたないだろう」

自分が貶《おとし》められるのよりも自分の武器が貶められるほうを大きな侮辱と感じるのがレコンだが、不幸なことにティナハンは自分の鉄槍を貶めるこの発言に対して腹をたてることができなかった。ケイガンの口にする言葉のうち、意味がわからないものがあまりにも多かったためだ。それで、ティナハンは質問した。〝熱を見る〟とは？　〝ナガ偵察隊〟、〝樹木愛好家〟、〝ソドゥラク〟というのは何のことなのか……。ビヒョンも同じく物問いたげな顔をしていた。

ケイガンは衝撃を受けた。

彼は初めて痛感したのだった。限界線以北と以南がどれほど長いこと断絶されていたのかを。数百年前、ナガの嵐のような北進が気温という絶対的な限界にぶち当たって中断され、ついに大拡張戦争が終わったとき、世界は真っ二つに分かれてしまったというわけだ。ナガの土地であるキーボレンとそれより北の土地に。後者は山や荒野、砂漠、草原、森、氷河などがある正常な世界だ。それに対し、前者には密林しかない。キーボレンというたったひとつの、世界の半分を覆う森しか。

ケイガンは、そこで喜劇的な要素を見出した。ただひとり――限界線に最も近い都市カラボラの最南端にナガを解体、加工、料理できる施設と装備を完備し、毎日のようにナガを食って生きているひとりの人間を除くすべての者にとって、今やナガや彼らの土地キーボレンは伝説の中の存在と大差はないのだ。ナガがもしも、ナガ以外でナガの真実を語れる者が必要になったとしたら、彼らは、彼らを最も憎悪する者のもとを訪ねるほかはない。大寺院の聡明な僧侶たちはそれを知っていた。

憎悪とは元来そういうものだ。

「あれ、泣いているんですか？　どうしたんです？」

ビヒョンの心配そうな声に、ケイガンは現実に引き戻された。目元に手を触れ、指先が湿っているのに気づく。涙が嫌いなティナハンは怒った顔でケイガンを見据えていた。ケイガンは目元を拭《ぬぐ》った。

「わからない。なぜ泣いたのか」

「何かご気分を損ねるようなことでも思い出されましたか？」

ケイガンはその問いを聞き流した。乾いた口調でティナハンの問いに答える。

「ナガは耳が悪いが、目はとてもよい。彼らの目は熱を見ることができる。よって、闇夜でも我らのような熱を持った生き物を見ることができる。〝ナガの敵はトッケビ〟という古くからの言い伝えはそこから来ているのだ。昔、腕のいいトッケビは人や動物の姿をしたトッケビの火を作り出し、ナガの目を騙《だま》したりした。体温と同じくらいの熱くないトッケビの火で」

ビヒョンはケイガンの涙などけろりと忘れた。トッケビである彼としても、そんな話は初耳だったのだ。

「うわあ！　本当ですか？　私のトッケビの火にナガが騙されるんですか？」

「そうだ。キーボレンに入ったら、おぬしのその技量が必要になるはずだ。おぬしが妖術使いだと言ったろう？　あと、樹木愛好家だが、それがどういうことかはおぬしらにも見当がつくのではないか？　彼らは自分のことを木の友と考えている。あながち的外れではないな。彼らは土地全体に木を植えているのだから。ゆえに彼らは木が燃えるのを忌み嫌う。彼らとて必要に応じて木を切ったり燃やしたりするが、そういうときは木の葬式をする。ああ、それから、これはナガがトッケビを嫌うふたつ目の理由だが、トッケビの火はナガを騙すが、木も燃やすだろう？」

ビヒョンは感嘆し、熱烈にうなずいた。ケイガンはティナハンに目を向け、残りの問いに答えた。

「ナガ偵察隊というのはキーボレンを歩き回る偵察隊のことだ。隊員はもちろん女だ。ふつう冒険心にあふれたナガや家での権力争いで負けたナガが主軸を成す。ナガの各都市はだいたいふたつから四つの偵察隊を組織している。主に偵察するのは限界線より南の地域だ。不信者――つまり我々のような者の侵入を警戒しているのだ。あと、彼らは木の手入れもする。木々の伝染病を抑えたり、山火事で疲弊した森を復元したり。実のところ、後者が主な任務と言っていい。キーボレンにやって来る者などいないから。それとソドゥラクだったな。それはナガの秘薬だ。限界線のあたりまで来ると、ナガは寒さで動きがひどく鈍くなる。だが、そのソドゥラクというのを服用すれば、短時間とはいえキーボレンで最も暑い土地にいるときと同じぐらいの速さで動けるようになる。よって、限界線付近の土地を歩き回るナガ偵察隊は常にソドゥラクを持ち歩く。色は赤い色だ。戦っているときに彼らが赤い薬を呑み込もうとしたら、必ずや阻止せねばならぬ。手ごわくなるから。それさえできれば、限界線付近でナガに出会っても太刀打ちできないということはない」

ケイガンが滝のごとく噴出させた知識はビヒョンとティナハンをほとんど窒息させた。ティナハンとビヒョンは同じ目でケイガンを見つめていた。いったいどこでそんな知識を得たのか。ふたりの目はそう尋ねていた。しかしケイガンは答えず、ふいと立ち上がった。

「あれ、どちらへ？」

「とことん泣いておこうと思ってな。そうすれば、なぜ泣いたのか思いが至るかもしれぬし。ひとりにしてもらえるとありがたい」

そう言うと、ケイガンはテーブルの脇に立てておいた双身剣を手にして出ていった。残されたふたりは怪訝《けげん》そうに顔を見合わせたが、そのときビヒョンが気づいた。酒場のあるじが彼らをちらちらと盗み見ている。

「おや、ご主人。私どもになにか御用でも？」

トッケビの丁寧な口調はあるじに勇気を奮い起こさせた。彼は心を決めると、厨房に駆け込んだ。そうして、鍋をひとつ持って戻ってきた。それをふたりが座っているテーブルに置くと、酒場の外を窺いながら口を開いた。

「申し訳ないが、お話が少しばかり聞こえてしまいましてな。お二方は、あの者とは今日が初対面とお見受けしたが……」

「ええ、おっしゃる通りです。それで？」

「あの者とは近づきにならぬほうがいい。常軌を逸してる！」

ティナハンはしばし悩んだ。ケイガンを仲間と考えるべきか否か。仲間とみなすなら、この無礼な酒場のあるじを懲《こ》らしめてやるべきだ。それこそ足が立たなくなるまで。しかし、ケイガンとは出会ってからまだひと晩も経っていないのだ。そのことに思いが至ったティナハンは、とりあえずそれについては保留とした。自分がたったいま怖ろしい危機に陥るところだったことも知らず、あるじは必死の形相でトッケビを見つめた。ビヒョンが首を傾げる。

「それは、さて……。涎《よだれ》を垂らしたり白目を剝《む》いたりなどはしていませんし、自分が万物の秩序を決定するのだ、などと主張してもいませんが。なぜそうお考えに？」

あるじは悲壮な表情を浮かべて鍋の蓋をつかむと、パッと開けてみせた。ビヒョンとティナハンはその動作に感銘を受け、その分、その中身を見たときには呆れた思いを隠せなかった。

「ふうむ。こいつはずいぶんと危険そうだな。冷めた肉スープか」

ビヒョンとティナハンに疑わしそうな目で見つめられ、あるじは自分がミスを犯したことに気づいた。

「ち、違うんです。これはただの肉じゃ……。ナガの肉なんだ！」

あるじは満足した。ティナハンとビヒョンから期待通りの反応を引き出せたからだ。ビヒョンは蒼白になって後ずさり、ティナハンは腰をかがめて鍋の中を覗き込んだ。

「あの者は、キーボレンを通って砂漠に入ったと言っていた。でも私が信じないとみるや、これを取り出して煮てくれと言ったんです。自分が食べるからと！　なんと怖ろしい……！　でも、怖ろしくて……言われた通りにするほかなかった。こんな目で見据えられて……生まれて初めて見ましたよ、あんな目は。残った肉をお見せしたいが、もうこれで最後だ。あの者が食べ尽くして！　あの者が食ったのだ。これを、喰ったんですよ！」

「うーむ、そいつは……本当にナガだったか？　他の動物と見間違ったんじゃないか？　いくらこのプンテン砂漠がキーボレンに近いとはいっても……あんた、ナガを見たことなんてないだろう？」

ティナハンは疑わしそうに言った。あるじが首を横に振る。

「それはそうだ。あたしだって、ナガの肉なんて初めて見たさ！　でも、見たらわかる。鱗で覆われた腕を持つ動物がこの世にナガを除いていますかい？　それを手に取ったとき、あたしゃ気を失うところでしたよ！」

ティナハンがやにわに箸を手にした。ビヒョンとあるじが目を丸くして見守る中、鍋の中を掻きまわし、肉塊をひとつ、またひとつと摘まみ上げ始める。その骨の形を矯《た》めつ眇《すが》めつした末にひとつをテーブルの上に置くと、穴が空くほど見つめる。ビヒョンもその肉を見た。そして、そこについているものを見た瞬間、吐き気を催して腰をかがめた。

疑う余地がなかった。かすかな鱗の跡。その先端についているのは爪だ。動物にはふつう見られない平べったい爪。


ケイガンは崖の端っこに腰かけ、美しいとは決して言えない夜空を見上げていた。

黒い空に広がってゆくかすかな星の光。そして魚の腹のように青白く光る月。砂漠の夜空はあたかも告発しているようだった。光がどれほど汚いかを。まだらになった光の下、砂漠は貞純な暗黒の中を流れていた。

引っ掻きまわされた汚水のような空を見上げているケイガンの目の前に巨大な手がぬっと突き出された。

ケイガンはその手を見つめた。大きな手のひらの上に小さな肉塊が乗っている。爪がついた肉塊だった。

「おい、あんた。こいつはサルじゃないよな。鱗があるからな。ナガなんじゃないか、ええ？」

ゆっくりと振り向いたケイガンは、はるか上方に見えるティナハンの顔とその隣、それよりははるか下方に見えるビヒョンの顔を順に見ると、また前を向いた。

「話があるなら座ってくれないか。首が疲れる」

ふたりはケイガンの隣に腰を下ろした。ふたりの頭はそれでもケイガンよりはるかに高いところにあった。ティナハンは、自分の手のひらの上の肉をまじまじと見ると、それを砂漠に投げ捨てた。

「さあて、説明してもらおうか」

「この酒場に来る途中で出会ったナガ偵察隊員の死体の欠片だ。ばらばらに切り刻んでから重要な部位をいくつか持ってきた。放っておいたらまた再生するに違いないから。その中に手もひとつ混ざっていたようだな」

ケイガンの口調は落ち着き払っていた。つられてティナハンも小声になった。

「そんなによく再生するのか？」

「頭を再生させたナガを見たことがある。一回こっきりだが」

ティナハンの鶏冠《とさか》が逆立った。

「あ、頭を？」

「ああ。彼女を倒したとき、私はとても疲れていた。時間をかけてあれこれ手を施す余力はとてもなかった。それで首を刎《は》ね、体は密林の中に捨てたのだ。首のほうは持ち帰って喰った。それが二年後だったか……。再会したのだ、彼女に。うれしそうだったよ、私に会えて。その二年のあいだに頭を再生させ、私を探し歩いていたらしい」

「そ……なんてこった。で、どうなったんだ？」

ケイガンはティナハンをしばし見つめ、また砂漠の暗黒へと視線を戻した。

「さてな……もう会うことはないだろうな」

ティナハンは、その結果についてはそれ以上訊かないことにした。代わりに他のことを質問した。

「ってことは……少なくとも二年以上、そのふざけたことをやってきたってことだな？」

「いや、もっとずっと前からだ」

「ナガを襲撃して、その……その死体を煮て喰ってたって……？」

「焼いて食うこともあるさ。ところで、いったい何を訊きたい？」

「何だと？」

ケイガンは単調に言った。

「言わんとしていることを明確にしてくれないか。非難しようと言うのか？　おぬしもナガを食いたいから助言を求めてるのか？　それとも私の生活に無意味な干渉をしようと言うのか？」

ティナハンは困惑した。実のところはっきりわかっていなかったからだ。自分が何を言いたいのか。そのとき、これまで口を噤《つぐ》んでいたビヒョンが声をあげた。

「非難しますよ！　非難して非難して、それでもまた非難します。これでおわかりですか？」

ケイガンはビヒョンに目を向けた。ぐっと握りしめた拳を虚空に突き立て、振り回しながらビヒョンは叫んだ。

「ナガもあなたと同じ人です！　人が人を喰らうなんて……どうしたらそんなことができるんです？　弁明してみてください。できるなら」

「するつもりはない」

ビヒョンは面食らった。振り上げた拳の行き場に困っておたおたしたが、気を取り直して言った。

「じゃあ、そのことの不道徳さを認めるんですか？　完全に？　明らかに？　絶対に？」

「望むなら、認めよう。実際、私にとっては別にどうでもいい問題だから」

「え？　それはどういうことです？」

「できるだけ単純に言えば、おぬしがなんと言おうと私にとっては別にどうでもいいということだ。罵《ののし》りたければ罵り、呪いたければ思うさま呪うといい」

「私が望んでいるのはそんなことじゃありません！　そのことが間違っているって認め、やめてください！　私が望んでいるのはそういうことです。いいですか？　わかりますか？」

「ああ、わかった」

「では、そのことを悔やみ、改めますか？」

「悔やみも、改めもしない」

ビヒョンは呆気にとられた。

「じゃあ、私を納得させてみてください。ほら！　なぜそんなことをするんです？」

「説明する気はない」

木に向かって叫んでいるようなものだ。ビヒョンはそう感じた。何よりもビヒョンを混乱させているのは、ケイガンがとうてい悪党のように見えないことだった。狂ったように笑ったりもせず、凶暴な瞳をぎらつかせたりもしない。無味乾燥な、しかし決して無礼ではない言葉を静かに口にしている。なりふり構わず叫びたい。ビヒョンはそんな無意味な衝動を覚えた。そのときケイガンがまた口を開いた。

「そんなに私の行動が気に入らないのなら、悪いが、私が与えてやれるものはひとつしかない。ビヒョン、おぬしはすべてのナガが私に対して持っているのと同じ権利を行使できる」

「権利？　どんな権利？」

「私を殺そうとする権利」

ビヒョンはびくりと身を震わせた。ケイガンはゆっくり立ち上がると、ビヒョンのほうへ身を向けた。彼の瞳は静まり返っていた。

「おぬしがそんなにも嫌悪している〝人が人を喰らうこと〟をやめさせる手立てはそれしかない。ビヒョン、私を殺すんだ。ただ、それを試みた場合、おぬしの安全は保証できない」

「それはつまり、あなたを殺そうとするならば、私を殺す。そういうことですか？」

「そうするしかなければ、そうする」

ビヒョンが勢いよく立ち上がった。ケイガンを見下ろして叫ぶ。哀願するような口調だった。

「ということはつまり、あなたも死にたくないってことですよね！　ナガもそうですよ。死にたくないに違いない。あなた自身も望まないことを、なぜ人にするんです？」

「わかっているからだ。彼らも死にたくないだろうと」

「は？」

ケイガンは右手をゆっくりと動かした。ビヒョンの目に双身剣が映った。それを持っているとは知らなかった。実はケイガンはずっとそれを握っていたのだが、巧妙な身のこなしや影、そして闇の中に隠れていて、目に入らなかったのだ。ビヒョンは驚いた。そんなに巨大な剣が、それこそ短剣か何かのように隠されていたということに。双身剣をゆっくりと持ち上げたケイガンは、それを肩の後ろの輪っかにかけながら言った。

「彼らがそれを望んでいないから、やるのだ」

ケイガンは、酒場の方角へ歩み去った。

＊

他の種族と共有するだけの芸術などこれといって持ち合わせていないナガだが、何も彼らに芸術がないわけではない。あまりに優れた視覚のせいで美術はないし、あまりに貧弱な聴覚のせいで音楽もない。けれど、申し分なく動かせる体があるがゆえに、彼らには舞踊がある。

体を動かす楽しさを感じるという舞踊の本質において、ナガの舞踊は他の種族のものと大きく変わらない。だが、舞踊の鑑賞においては違いが生じてくる。体の動きが作り出す流れとリズム。もちろん他の種族とてそれを楽しむことはできる。が、ナガはそれに加え、踊り手の周囲で動く気流を見る。

ナガたちは、踊るときに何やら独特なものを手に持っている。長い鉄の棒に木の柄《え》がついたそれを人間が見たら、おそらくこてを連想することだろう。踊り棒とも呼ばれるこれは実際にこてから派生したものであり、同じように火であぶられる。けれど、その使われ方においては何ら関りがない。

ナガの踊り手は、熱された踊り棒を手に持って踊る。踊り棒がないときは松明《たいまつ》などで代用したりもするが、松明では温度が高すぎて効果がはかばかしくない。熱された鉄の棒――つまり舞踊手の手に握られたふたつの燦爛《さんらん》たる光線が最も適している。舞踊手はそれらの光線でもって空気を戯弄《ぎろう》し、戦慄《せんりつ》させ、荒々しく飛んだり跳ねたりさせる。よってナガは、そしてただナガだけが、舞踊手の周囲に生じる言葉で形容しがたい色彩の饗宴を見ることができる。

ペイ家の女たちと逗留中の十人の男たちは、サモ・ペイが生み出すきらびやかな動きにみな呆けたように見入っていた。

歩き、うずくまり、跳躍し、くるくると回る一連の動作。サモが虚空に描き出す光の生地。それに乗って気流がまばゆく踊る。動作と動作の継ぎ目の瞬間、サモはナガに戻る。が、次の動作に入ったとたん、光でできた生命体に変わっている。見物人はみなサモから目を離せずにいた。

踊りが終わった。

男たちは目の前に置かれた水の器に手を浸すと、火鉢の表面に水滴を振りかけた。一方、女たちは心置きなく称賛を贈った。踊ったのがサモだったからだ。サモは軽くお辞儀をすると、踊り棒を火鉢に刺して中央から退いた。サモと比べられるのを厭《いと》う女たちはその場に居残ったが、男たちは違った。ふたりが同時に駆け出し、気まずそうに顔を見合わせる。譲り合う彼らを尻目に、サモは見物人の円陣から脱け出した。

サモが柱の横を通り過ぎようとしたときだ。柱の後ろから手が突き出された。

サモは驚いた顔でその手を見つめた。手は水の盃を握っていた。やがて、その手の後を追い、柱の後ろからリュン・ペイの顔が現れた。サモはぎこちなく盃を受け取った。

〈すてきな踊りでした。火鉢がすっかり冷えましたね〉

サモはにっこりと笑った。すべての見物人が先を争って水滴をかけたので、火鉢の表は冷たく冷えていた。熱い火鉢に冷たい水滴が飛んだときの温度の変化と空気の急激な動きは、ナガの目には流星のまたたきより強烈に映る。賛辞として使われるのに充分だ。従って、〝火鉢が冷える〟という宣《の》りは、ナガの慣用語で驚くほどの技量に捧げる賛辞となるのだ。

水を飲んだサモは、盃を返しながら宣うた。

〈あら、でも、あなたは水をかけもしなかったじゃない〉

〈人前に出たくなかったんです。摘出式に関する冗談はもううんざりなので。激励のつもりでかけられる宣りもです。もちろん、いい意味での宣りだってことはよくわかってますけど〉

リュンは目を伏せて続けた。

〈でも、僕は拍手をしましたよ。聞こえましたか？〉

サモは首を傾げた。

〈拍手？　なあに、それ。それが、聞こえたかって？〉

〈不信者たちは耳がいいですよね。音を敏感に聞き取る。彼らはね、賛辞を送るときには手のひらを打ち合わせて音を出すんです〉

リュンはやってみせた。サモは耳を傾け、弟の手から響いてくるその音を聞き取った。そして、短い笑い声をあげた。

〈嫌だわ、変なの。それがどうして称賛の意味になるの？　わけがわからないわ。ところで、あ

なたはどうしてそんなことを知ってるの？　ああ、ファリトが教えてくれたのかしら〉

〈いいえ。他の人から教えてもらいました〉

〈他の人？〉

〈ええ。他の人〉

〈ああ〉

サモは察した。リュンが誰のことを宣うているのか。そんな無言の共感はナガにも沈黙の時間をもたらす。サモとリュンはしばし精神を閉ざしたままで見つめ合った。リュンはぎくしゃくとあたりを見合わすと、宣うた。

〈ちょっと風に当たりませんか？〉

サモが先に立ち、リュンが続いた。ドアを開け、広間を出る。列柱が並んだ外の廊下は庭園に面していた。サモが庭園の中央に向かって歩み出る。後に従っていたリュンは、自分たちの行く先が東屋なのに気づいた。

東屋の石のベンチは真昼の陽ざしを浴びて熱されており、座り心地がよかった。ベンチに座るなり、サモは宣うた。

〈座って、リュン〉

すでに腰をかがめかけていたリュンは中途半端な姿勢で動きを止め、サモを見やった。サモが気分よさそうに笑う。リュンも当惑した笑みを浮かべ、サモの向かいに座った。サモが意地悪そうに宣る。

〈あなたは礼儀正しいから、女に座るように宣られなきゃ座らないでしょ〉

〈あの、サモ……昨日はずいぶんと無礼なことをしてしまって……〉

〈あらまあ、やっぱり礼儀正しい男ね、あなたは。そんなかしこまって言われたら、私のほうが困っちゃうわ。ああ、恥ずかしい〉

リュン・ペイは完全にどうしたらよいかわからなくなってしまった。サモは柔らかく宣うた。

〈昨日は悪かったわ。みっともないところを見せちゃって。ずいぶんとびっくりさせちゃったみたいね。ごめんなさい。まさか泣くなんて、自分でも思わなかったわ〉

〈あ、いえ……大丈夫です、僕は〉

〈ははあん、まったく大丈夫じゃなかったってことね〉

リュンはまた困惑し、サモは体をやや傾けて空を見上げた。

〈無理なお願いかとは思うけれど、もう忘れて〉

リュンは石のベンチに視線を向け、黙りこくっている。サモはまた視線を下げると、正面からリュンを見た。

〈私の子どもにはなってもらえなくても、友だちにはなれるわよね。私が望んでるのはね、何も難しいことじゃないの。つまらない雑談がぎっしり書かれた手紙なんかをやり取りして、何年かに一度でもいいから、あなたがたまたまハテングラジュを通るときに会って話をし、時には私があなたに会いに旅したりする。そんなことなのよ。それがあなたには窮屈？〉

〈サモ、僕は……〉

リュンは言い終えることができずに精神を閉ざした。しばらく待っていたサモは、確認するように宣うた。

〈私はね、代用品なんか望まない。だって、そんなのは自己欺瞞《ぎまん》だと思うから。でも、あなたの目にそう映ったんなら、私の態度や振る舞いに何か、それなりの原因があったって宣りでしょう。直すわ。だからね、こう思ってほしいの。私がこれから宣ること。それが、いちばん私の本心に近いんだって。私が望んでるのはね、子どもじゃなくて友だちなのよ〉

リュンはかぶりを振った。

〈でも、友だちなんて、あなたにはもう充分いるでしょう〉

〈この世にはね、多ければ多いほどよいものがあるのよ。そうね、例えばすてきな笑い話とか、感謝の宣りとか。いい友だちもそんな部類に属するんじゃないかしら〉

リュンは、そういう意味で宣うたわけではなかった。すべての家族から慈しまれているサモ・ペイのような女性が友だちに飢えているわけがない。彼女は、リュンにつながりを残しておこうと宣うているのだ。そして、そのつながりの片側にサモ自ら立ってくれると提案しているのだった。

リュンは悟った。自分がどれほどサモ・ペイを愛しているか。心臓を失うことはペイの名を失うことであり、ペイの名を失うことは、サモ・ペイとのつながりを失うことだ。弟でもない、かといって彼女の寝室に入ることもできない、何者でもない関係。なのに——すべての関係が消えるのだとリュンが考えていたそのとき、サモは友だちという名のつながりを差し出してきた。あんなにひどく傷つけられ、銀涙まで流したにもかかわらず。

リュンはうなずいた。サモは明るく笑った。

〈ありがとう。そうだ、中で踊らない?〉

〈いえ、もう少しここにいます〉

〈そう〉

サモが立ち上がる。背を向ける前、彼女は石のテーブル越しに手を差し伸べ、リュンの手の甲を軽く叩いた。そして、宣うた。リュンが宣りたかった宣りを。

〈ありがとう、リュン〉

リュンは何の宣りも返せないままサモを見送った。

放心状態で座っていたリュンの傍《かたわ》らを数万の意味になり得た瞬間が流れ過ぎていった。ついに何の意味にもなり得ないまま。何も映っていなかったリュンの視野にある物体が入って来たのはかなり経ってからのことだった。

リュンは、心臓塔を見ていた。

都市のどこにいても、その二百メートルの高さの塔は目に入ってくる。その美しい塔を眺めながら、リュンは自分に驚いていた。このところ彼が心臓塔に目をやったときはいつも、その視線は怒りに彩られていた。なのに、いま彼はほとんど怒りを感じることなく心臓塔を見ている。なぜだろう……。リュンは考えてみた。

答えはあっさりと出た。心臓塔は心臓を奪ってゆくところ——つまり、彼とサモ・ペイの関係を強奪する者たちがいるところだ。ところが、サモはさっきリュンに新たな関係を与えてくれた。それは彼らが奪うことのできないものだ。

リュンは両手を合わせ、そこへ額をつけた。

そして、突然声をあげて泣き出した。

怒りは消えた。ところが、今度は鱗が剝《は》がれ落ちるほどの恐怖に襲われたのだ。常にそこにあったけれど、これまでは怒りに隠れていた恐怖。それがリュンの心の奥深くから湧きあがってきたのだった。リュンはサモに感謝すると同時に彼女を恨んだ。憤りにかられていれば、心臓塔を睨みつけることができた。ところが今のリュンには銀色の涙で顔と両手を濡らす以外、何もできない。十一年が過ぎたというのにリュンの中のある部分は依然として十一歳のままなのだ。リュンは今、十一歳の少年として泣いていた。

十一年前、心臓塔の中のある手がいとも易々と〝死〟を行使した。そのとき全身から血を噴き出して倒れたひとりの男の姿は、リュンの永遠の悪夢となった。

その男の名はヨスビ。

リュンの父親だった。

ついにシャナガ星が月の後ろに隠れた。そして、ファリト・マッケローは絶望的な気分にとらわれていた。

カルとスバチは、ビアスが毒薬を作っているという決定的な証拠をつかめなかった。まあ、もとより彼らにできることはなかったのだ。なぜならビアスが彼らの前で毒薬の瓶を数十本並べたとしても、その瓶に〝毒薬〟と記されていない限り彼らにはわかりようがないのだから。その点を、ふたりは素直に認めた。が、と同時にカルは指摘した。家長になりたがっているビアスがそんな危険なことをするわけがない――。

〈摘出式の途中で死者が出たりしたら、とんでもない騒ぎになるはずだ。そうだろう、ファリト？　死んだのがたとえ男だったとしても、塔にとっては不祥事だ。誰かが責任を取ることになるだろうし、そのために綿密な調査が行われるだろうよ。そうなったら、腕のいい薬術師であるビアスは真っ先に疑われるんじゃないか？　そんな危険を冒すことはさすがにしないだろうさ、彼女は。それも、単にお前が憎いって理由ひとつで。理性的に考えて、ビアスがお前を殺そうとするわけがない。どうなんだ、ファリト。ビアスは理性的なナガだろう？〉

もちろん、ビアスは理性的なナガだ。十二年間も子どもを産めずにいるのに完璧に自分を律しているのだ。類《たぐい》まれなる理性の保持者と言うほかはない。ファリトはカルの宣りを受け入れようと心を決めた。

しかし、ファリトは相変わらず浮かない気分のままだった。最後の贈り物として家からもらったきれいに洗われた衣服を身に着けても、気分はまったく上向かない。

永遠に去っていく息子のために、マッケロー家は地位のある家らしい準備を整えてくれた。きれいな服、何日か着られる余分の服、金片の包みと鋭利な短剣。さらには踊り棒までそろえられているのを見て、ファリトは苦笑せざるを得なかった。踊りにはまったく素質がないと言っていいファリトに踊り棒をくれるというのは配慮とは言いがたい。文句のつけようがない支度をしてやったということを誇示したいだけなのだ。

ファリトはやはり家が準備してくれた小さな背嚢《はいのう》にそのすべてを突っ込むと、順繰りに家の女たちに挨拶に回った。

ドゥセナ・マッケローとソメロ・マッケローの態度は非の打ちどころがなかった。励ましの宣り――上下をよく認識し常に礼儀を忘れないように、等々――を送ったうえで、若干わざとらしく名残を惜しむ。対するファリトも二十二年のあいだ育ててくれたことへの謝意を表したうえで、その恩は絶対に忘れないという宣りで答弁を締めくくった。もちろん、恩だのなんだのは完全に無意味な宣りだ。今日家を出れば、ファリトとマッケロー家の間には何の関係もなくなる。

しかし、カリンドル・マッケローはファリトを驚かせた。怖ろしい宣りを聞かされるに違いないと思いながらカリンドルのもとを訪れたファリトは、いきなり抱きしめられて気絶するところだった。

〈とうとう私ひとりになるのね。あなたがいなくなったら〉

何のことなのか、わかる気がした。彼とカリンドルはどちらも家長ドゥセナの実子だ。けれど、家長になる可能性が高いのはドゥセナの実子ではないソメロだ。もちろんソメロは家長継承者にふさわしい品格を備えている。でも、実際に彼女が家長になったら家長の実子であるカリンドルは居心地の悪い思いをせざるを得ないだろう。ファリトは所詮《しょせん》男なので、どのみちカリンドルにとって頼れる存在にはなり得ないのだが、いざいなくなると思うと何らかの思いが込み上げたのだろう。ファリトは躊躇った末に、注意深く慰めの宣りを送った。

〈姉上、ソメロ姉上は人徳者です〉

カリンドルは猛々しい目でファリトを睨みつけた。

〈なによ、あんた。何が言いたいの？　ええ、そうよ。ソメロは徳だけが取り柄よ。野心だの狡《こう》猾《かつ》さなんかも持ち合わせてればよかったろうに〉

カリンドルが何のことを宣うているのやら意味がわからず、ファリトは当惑した。しかし、カリンドルは説明しようとしなかった。

その意味にファリトが気づいたのは、ビアスの部屋の少し手前まで来たときだった。驚きのあまり、ファリトは廊下の真ん中で思わず立ち止まった。

カリンドルは、ソメロが〝野心だの狡猾さなんかを持ち合わせていないから〟、ビアスに家長の継承を奪われることになるかもしれないと懸念しており、そうなったときのことを怖れているのだ。ソメロは徳を持ち合わせているナガだ。よって、カリンドルに若干の気まずい思いはさせるだろうが、それ以上の害にはならない。しかし、ビアスが家長になったりしたら、カリンドルの残る人生の日々は単に気まずいだけでは済まないだろう。

〈ビアスがソメロを差し置いて家長になる――。それが現実的に可能なんだろうか。カリンドルがそう考えるのにはどんな根拠があるんだろう〉

ファリトが考え事を中断して扉を叩こうとすると、そこには立ち入り禁止の札が出ていた。思いにふけっていて気づかなかった。また何か危険な薬術実験でもしているのだろう。もとより会いたくもなかったので、これ幸いとさっさと背を向ける。最後の挨拶ができないからといって、残念な気持ちなどみじんもない。

正門の前でカルとスバチがファリトを待っていた。ふたりとも武装し、どこか気がかりそうな顔をしている。彼らに心配されていることに気づいたファリトは、ことさらに明るく宣うた。

〈さあ、行きますか！　心臓を抜きに〉

ペイ家では、リュン・ペイが摘出式の準備をしていた。文句のつけようがないとはいえ真心はこもっていない贈り物を受け取った友とは違い、リュンのほうはそれなりに心のこもった贈り物を受け取った。しかし、うれしい気持ちにはなれなかった。

〈男は武器を持たないとね、リュン。密林をひとりで歩き回ったりするのよ。何に出くわすかわからないんだからね〉

サモ・ペイの武器庫に案内されたリュンは、呆気にとられていた。踊りの才能というのはそもそも武術の才に通じる部分が多く、優れた舞踊家であるサモは、同時に優れた武術家でもある。そんな彼女の所有する武器なのだから、みな立派なものには違いない。だが、それがうんざりするほど多いのだ。サモはそれを全部手に取ってみるようリュンに勧めていた。

熱意の感じられないようすで武器を見て回っていたリュンの目が、壁にかけられたサイカーのところで止まった。

サイカーはナガの伝統的な剣だ。重ねた羊皮紙十枚をいちどに切れなければサイカーとは呼べないと宣られるほどの鋭さを誇る。リュンの目に留まったものは、サイカーのうちでも極めて高級なものだった。とはいえ、剣に関する知識など持たないリュンにその値打ちがわかったわけではない。単に、波のような刃文が気に入ったのだった。

そのサイカーを手に取ると、何度か振るってみる。そうしてサモを振り返ったリュンはびっくりした。彼女がどこか奇妙な表情を浮かべていたのだ。

〈あっ……すみません。姉上が大切にされているものでしょうか？〉

リュンはそのサイカーを元あったところに戻そうとした。しかし、サモは手を振ってそれを止めた。

〈違うの。いいのよ。私が使ってるものじゃない。あなたが真っ先にそれを手に取ったので驚い

ただけよ〉

〈何か特別なサイカーなんですか？〉

〈ええ、そうよ〉

サモは宣るべきかどうか迷っているようだったが、しまいに柔らかく宣うた。

〈そのサイカーはね、あの人が使っていたものなの〉

リュンはハッとした。サモに向けていた目をまた伏せ、手に持ったサイカーを見つめる。

〈あの人……ですか？〉

〈そう。あの人〉

〈でも……処分しなきゃならなかったんですよね？　あの人の持ち物は全部……〉

〈そうね〉

サモは微笑んだ。リュンは手が震えてくるのを感じた。このままではサイカーを取り落としてしまいそうだ。そう思い、両手で握り直す。そしてびくりとした。サイカーが手の中で蠢《うごめ》いたような気がしたのだ。もちろん、単に彼の手が震えていたからだったのだが。

目のあたりまでサイカーを持ち上げたリュンは、刃の根本のあたりに何か消された跡があるのを見つけた。正確に宣ると、消されたのではなくて、もともとあったある文字に模様を付け加え、文字が模様に組み込まれて見えなくなるようにしてあった。そのことを知っていなければ、まず気づかないに違いない巧みな手際だ。しかし、リュンは模様の中の文字を読み取った。それは、ある名前だった。

〈よく……隠しておけましたね〉

〈私のサイカーを一本手放したの。それに見せかけてね。それはあなたが持っているといいわ。あの人も反対はしないと思う〉

そう言うと、サモは櫃《ひつ》を開けて剣帯を見繕い、リュンに差し出した。リュンはややぎこちない手つきでそれを腰に巻いた。礼を言おうとしたリュンは、ふと宣うた。ほとんど発作的に。

〈ひとつも残っていないはずだと思っていたので……とっくに諦めていたんですけど、実は何かひとつ持っていたいと思ってました。父の持ち物を〉

サモは、リュンの〝父〟という宣りに少し驚いた。

〈父、ですって？〉

リュンは困惑顔になった。

〈あの、父っていうのは、その……〉

〈ああ、ううん、違うの。その宣りの意味は知ってる。不信者の迷信よね〉

〈迷信？〉

サモは困ったように笑った。言い争いたくはない。でも、リュンは引き下がるようすがなかった。

〈そう、迷信。父親なんてものは、いないのよ〉

〈じゃあ、姉上はどうしてこのサイカーを持っていたんですか？　姉上も父上の娘だから、それで持ってたんじゃないんですか？〉

サモの顔にまた驚きが浮かんだ。

〈あなた……そのことも知ってたの？　ええ、そう。私の母親の相手が彼だった。それは確か。

でもね、私は父親っていう……そのおかしな迷信を信じてたからそれを持ってたってわけじゃない。ヨスビは私の武術の師匠だったのよ。私はね、師匠との思い出にそれを持っていたの〉

サモの冷静な答えは、リュンを苦しくさせた。サモは一歩前に進み出てリュンを正面から見ながら宣うた。

〈リュン、私もそうだしあなたもそうだけれど、私たちはあの人がくれたものだけでできてるわけじゃない。〝父親〟っていう、その馬鹿馬鹿しい宣りをどうしても使いたいって言うなら、そうね。母上が食べた動物や飲んだ水、そんなものまで全部父親と呼ぶことになるわ。馬鹿げたことでしょ？〉

〈わかってます。よくわかってますよ〉

〈ええ、そうね。私も信じてるわ。あなたがよくわかっているだろうって。だから、取り消して。その宣りを、ここから出ていく前に私の前で〉

〈取り消す……？　何をですか？〉

〈父親って宣りよ。取り消して。今後、二度とそんなことは宣らないって約束して。そんな迷信にとらわれていたら、正しい考え方ができなくなるわ〉

リュンは心の中で苦笑した。

――そんなこと、約束できるわけがない。十一年前の記憶を消してもらえるんならともかく。

けれど、リュンはうなずいた。ペイという名を失おうとしている今、彼が唯一愛しているペイを失望させたくなかったのだ。

〈わかりました。そうします〉

他の家族にも挨拶をし、リュンは外に出た。正門の前でペイ家に逗留している十人の男が待っていた。

リュンは軽い衝撃を受けた。彼らがみな軽装なのだ。

彼らのような護衛者は多くの場合、心臓塔で摘出式を終えたばかりの処女《おとめ》を追い、他の家に移っていくものだ。なのに軽装をしているということは……この男たちはリュンを送り届けた後、みなペイ家に戻って来るつもりなのだ。十人の、そろって軽装をしている男たち。そんな護衛を引き連れてハテングラジュを歩く。それは、途轍もない羨望と嫉妬の的になることを意味する。

リュンは近くにいた男に声をかけた。

〈あの、みんな戻ってくるんですか？　この家に〉

〈ああ、そうだ。リュン〉

もうペイとは呼ばれなかった。リュンは注意深く宣うた。

〈でも、心臓塔に行けば、今日成人になる処女がたくさんいるでしょうに……〉

男は笑顔を見せた。

〈俺はこの家が好きだ。他のみんなもそうらしい。お前の宣る、その処女たちは……そうだな、今日成人になるお前みたいな若造どもには魅力的かもしれんがな〉

リュンはにわかに激しい嫉妬を覚えた。この男たちは戻ってこられる。でも、リュンは——この家で生まれ育ったというのに、もう二度とこの家に戻ってはこられないのだ。

＊

ティナハンは、自分の去就をはっきりさせた。大寺院と自分が結んだ契約に言及すると、ケイガンの奇癖は任務遂行の障害にはならないと宣言したのだ。その説明にはレコンらしい明快さがあった。

「俺があいつと仕事をするに当たって、考慮すべきことはひとつだ。あいつが役にたつか、たたないか。で、いいか？　ケイガンはナガとキーボレンについちゃ最高の専門家だ。まあな……ケッ、そりゃそうだろうさ。ナガを取って喰ってるんだ。知らないわけがないよな。だから、俺は同行する」

「ティナハン、あなた、自分の言ってることが正しいと思いますか？　まわりでどんなことが起ころうと、自分と関係ないなら構わないって、その態度が？」

「そうだな。正しくはないかもしれんさ。だがな、自分と何の関係もないことにいちいち嘴を突っ込むってのも、それはまた性悪のお節介焼きがやることじゃないか？　ともかくだ。俺が思うに、ナガと俺とは何の関係もない……と言うか、そうだな。正直なところ、世界の半分を独占して自分らだけで生きてこうって輩なんぞに気を使う義理はないな。だから俺は、ケイガンがナガを煮て食おうが焼いて食おうが気にせん」

個人主義者がみなレコンという論理は成り立たないだろうが、その逆はそれなりに有効なようだ。ビヒョンは言葉を絞り出した。

「ナガも人です。違いますか？」

「お前、斗億神《ドゥオクシン》も人だと思うか？」

ビヒョンは口を噤んだ。あの醜悪な斗億神が人とは思えない。ティナハンは嘴の先をいじった。

「人として生まれればみんな人か？　人らしく振る舞ってこそ人だろうが。ナガは人らしく振る舞わん。だから俺は、あの糞みてえな連中のことは気にしないことにする。それに……ちっ！　あいつの……ケイガンの態度は公平じゃないか。頭の悪い卑怯者みたいなことは言わん」

「頭の悪い卑怯者？」

「頭の悪い卑怯者はな、〝俺はお前を罵り、苦しめ、殴り殺してもいいが、お前は俺にそうするな。それは、想像もできない〟って言うんだ。だが、ケイガンはそうじゃなかった。むしろ、すべてのナガには自分を殺そうとする権利があると言った。当然っちゃ当然だが、それを口にするのは難しいぞ」

「それは、一見格好いいけれど、結局みんな一緒に互いを標的にしてイカした殺人狂になりましょう。そういうことじゃないですか。違いますか？」

「殺人ってのはな、相手が人のときに使う言葉だ」

結局、それが問題だ。ビヒョンはそう判断した。ナガを人と見ることができるか。その観点から、ビヒョンはこの旅に参加すべき個人的な理由を見つけ出した。ケイガン・ドラッカーの奇怪な行動を評価するには、ナガについてもっと知る必要がある。だから……。

ビヒョンとティナハンが同行を受け入れると申し出たとき、ケイガンは軽くうなずいてみせただけで、他にこれといった反応は見せなかった。そしてさっそく現実的な事柄を検討し始め、それに伴ってティナハンとビヒョンは、さほど願わしいとは言いがたい感情——つまり、自分たちは何もできない間抜けだという気分を噛みしめねばならなくなった。ケイガンが彼らを若造扱いしたわけではない。むしろ、ケイガンの態度からは、心配りのようなものが感じられた。否、確かに心配りがされていた。しかし、ふたりはどうも、ケイガンのその心配りが必要なだけ、正確にきっちり計量されて使用されているという気がしてならなかった。

例えば、ケイガンは常識とは完全に反対の指示を出した。暑くなればなるほど分厚い服を着ろ。周囲にナガがいそうなら、できるだけ騒げ。追跡されたら、できる限りゆっくり逃げろ。それでも見つかりそうならば、四方から見える岩に上れ。ティナハンとビヒョンは、面食らった顔をするしかなく、するとケイガンは、それらの指示について説明した。暑くなればなるほど、ナガに出くわす確率が高くなる。よって、体温を隠す分厚い服を着なければならない。ナガは音を聞いて追いかけてくるわけではない。なので、周囲にナガがいそうだったらできるだけうるさくしてキーボレンの野生動物を四方に逃げさせ、熱を見るナガの目をごまかす。いたずらに速く動くことで体温を上昇させてナガの格好の標的になってやる理由はないから、追跡されたらむしろゆっくりと動くべき。真昼の熱帯で、岩は陽に照らされて非常に熱くなる。ゆえにその上に座っていれば、ナガは熱い岩と熱い人の区別がつかなくなる可能性がある。

ビヒョンとティナハンは感嘆し、笑う準備をした。ケイガンが言葉のしまいに〝実に不思議ではないか？〟などと言ってかすかな笑みでも浮かべたならば、ふたりは同意の笑みを送り、それらの事実についてひとしきり楽しく談笑を交わしたことだろう。しかし、ケイガンは冗談めかすこともなく笑みを浮かべることもなくさっさと次の指示事項を伝え始め、笑う準備をしていたふたりを当惑させた。

ケイガンの親切というのはそんなふうだった。必要だと思えば、説明されるほうが居心地悪くなるぐらい根気よく説明する。が、その説明のいかなる部分においても笑ったり微笑んだり軽い冗談を付け加えたりはしない。二、三時間後、話したことをぜんぶ理解したかとケイガンに問われ、理解はおろかすでに記憶もあやふやで、その貴い知識が完全に混乱していたにもかかわらず、ふたりは慌ててうなずくのだった。

「もちろん！」

翌日の黄昏の頃、彼らは顔に憎悪と安堵感を同時に浮かべたあるじを残し、プンテン砂漠の南をめざして旅立った。ビヒョンとケイガンはカブトムシに乗り、ティナハンは彼らの後を駆けて。ケイガンがカブトムシに慣れているのを知ったとき、ビヒョンは挫折感を覚えた。ビヒョンはケイガンに見本を示してやるつもりだったのだ。説明とはどのようにするものなのか。が、ケイガンは泰然とカブトムシに乗った。そのうえ、カブトムシの体について――どこは触ってもよく、どこはいけないのかなども熟知していた。そうして、絶望的な気分で難癖をつける種を探していたビヒョンのことを、おかしな人だと言わんばかりに見つめてきたのだった。カブトムシの背に座っているケイガンの姿勢から注意すべき点をひとつも見つけ出せなかったビヒョンは、あたふたとケイガンの前に座った。

三人は、砂漠の夜を横切っていった。

遠くから彼らを見る放浪者がいたとしたら、その壮大さと騒がしさに驚きを禁じえなかったことだろう。カブトムシの羽ばたきの音は獰猛なほどだったし、砂漠の砂の上を疾風のごとく駆けるティナハンの背後には小型の砂嵐が巻き起こっていた。そのため、彼らの姿は古代の名もなき怪獣が咆哮しつつ砂漠を駆けてゆくかのように見えた。カブトムシのような形の頭と砂でできた体を持つ珍獣。

しかし、そうやって騒々しく駆けていく三人は、その一方で稀《まれ》に見る寡黙な旅人でもあった。ケイガンとビヒョンは、左右で轟音をあげて動く羽のせいで言葉を交わすことができないし、彼らの下を走るティナハンも当然ながら、ふたりと話をすることができない。それで、彼らはプンテン砂漠ができて以来、最も騒がしい旅人であると同時に、最も静かな旅人たちと言えた。

そうして彼らは騒音の中、沈黙しながらキーボレンをめざして駆けていった。

＊

冷酷の都市ハテングラジュは沈黙の中にあって、喧騒に満ちていた。

ナガにとって最も重要な行事がある今日のような日にも、ハテングラジュは建設以来常にそうだったように静かだった。そこではいかなる言葉も叫びも歌も聞こえない。しかし、ナガにのみ許された精神の言語を聞くことができたなら、ハテングラジュの大通りや建物、街角や広場を飛び交う宣りに茫然とすることだろう。興奮した幼いナガはやりすぎかと思われるほど精神を開けっぴろげにしており、彼らの護衛はそれを押しとどめるどころかむしろ煽《あお》っていた。そこには、声を使う人も理解できる理由があった。戦場でのように、みなが興奮して思い思いにしゃべり、叫び声をあげる場所では、沈黙を守る人間のほうがむしろ不快感を覚え、不安にとらわれる。周囲の荒々しい感情と精神に同調できないからだ。宣りを使うナガたちはそんな作用にはるかに敏感に反応し、従って、みなが興奮して精神を大きく開き、騒ぐこの場所で無理に精神を閉ざすことは、精神に極めてよくないのだ。

それで、リュン・ペイは大通りの真ん中で頽《くずお》れるように膝をついてしまった。彼はこれまで頑固に精神を閉ざしていた。

リュンを護衛していた男たちは当惑し、リュンを振り返った。まわりは心臓を摘出するために心臓塔に向かうナガでいっぱいで、みなこちらをちらりちらりと盗み見ている。運よく護衛のうち人生経験豊かな年輩のナガがすばやく冷静さを取り戻した。護衛たちはリュンを抱え上げ、手近な建物の階段に座らせた。ソヴァという名の年輩のナガは、他の護衛にリュンの姿を隠すように立たせた。そして注意深くリュンを観察した。

〈リュン？　しっかりしろ。大丈夫か？　俺だ、ソヴァだ〉

リュンは、両目をソヴァに向けていた。けれど、どうやら何も見えていないらしい。リュンを注意深く見ていたソヴァは、リュンが口をぱくぱくさせているのにふと気づいた。声を出している……。それに気づいたソヴァは慌てて聴覚に神経を集中させた。聴覚を使わなくなって久しいので、ソヴァがリュンの言葉を聞き取るまでにはかなり時間がかかった。

「ダメだ……行けない。ダメだ……」

ソヴァは、リュンがなぜそんな行動を見せるのかわかる気がした。摘出式のときにそんな姿を見せる年若いナガを彼はこれまで何人も見てきた。もちろんリュンのように深刻な者はいなかったが。

〈しっかりしろ、リュン！　大丈夫だ、落ち着け〉

「死にたくない……死にたくないんだ！」

〈死んだりしない。心臓を摘出するだけだ。むしろ死を避けられるようになるんだ。さあ、落ち

着け、リュン〉

「違う。死ぬんだ。死ぬことになるんだ。ああやって、僕も、僕も！」

〈僕も？　ペイ家に摘出式の最中に事故に遭った者がいたか？〉

ソヴァは面食らった顔で周囲の護衛者たちを見回したが、答える者はいなかった。家のことを男たちが知るわけがないのだ。またリュンを振り返ったソヴァは、リュンが腰に差したサイカーをぎゅっと握りしめているのに気づいた。リュンがサイカーを振り回しでもしないか、不安になったソヴァは力を込めてリュンの肩を押さえつけた。

〈死んだりしない。絶対にそんなことはない。リュン、さあ、立て。摘出式に出なければ、むしろ死ぬことになるんだぞ！　熱い血のせいで狩られることになるんだぞ！〉

「嫌だ！　嫌だ！　そんなのは嫌だ！　誰も僕の心臓を奪えない！　家に帰る、家に帰る！」

ソヴァは狼狽《うろた》えた。どうしたらいいんだろう……。誰かこの難局を解決してくれる人がいないか探すように、彼は周囲を見渡した。そのとき彼の目にある人物が映った。ソヴァは鋭い宣りを発した。

〈ファリト！　修練者ファリト！〉

大通りを歩いていたファリトは、出し抜けに浴びせかけられた宣りに驚いた。彼を護衛していたカルとスバチは剣を握りしめたほどだった。周囲を窺っていた三人は、じきに異常なようすで集まっているナガの群れを発見した。ファリトは彼らの背後に座り込んでいる友の姿を見つけた。

〈リュン？〉

ファリトは急いでそちらへ向かおうとした。ところが、スバチがファリトの腕をつかんだ。スバチはファリトに精神を集中させて宣うた。

〈駄目だ。罠《わな》かもしれん〉

ファリトは当惑したが、精神を集中させることはできた。

〈罠？〉

〈俺たちの計画がバレたのかもしれんぞ〉

〈リュンはそんなこととは関係ない！　行かないほうが、かえっておかしく思われますよ〉

スバチは首を横に振りたかった。リュン・ペイのまわりに集まっているナガはあまりに多い。しかし、ファリトはすでに動き始めていた。スバチとカルは顔をしかめ、すばやく後を追った。

彼らの危惧は、あああありがたいと言わんばかりのソヴァの宣りのおかげでようやく解消された。

〈おお、すまないな。このリュンの友だちだな、君は？　こいつをちょっと宥《なだ》めてくれないか。摘出恐怖症らしいんだ。俺たちはなにせ、こいつについてはまったく知らないから〉

ファリトはうなずき、リュンの傍らにしゃがみ込んだ。リュンは空を仰いで口をぱくぱくさせている。ファリトのことは見えていないようだ。

〈声を出してる〉

ソヴァに言われるまでもなく、ファリトも気づいていた。ファリトは聴力に神経を集中させた。すると、じきにリュンのむせび泣きが聞こえてきた。

「家に帰る。ああ、ダメだ！　家はダメだ。家には帰れない。僕には行くところがない。僕は死ぬんだ。僕は……」

リュンの状態が極めて深刻だということを、ファリトはたちどころに悟った。リュンの肩をつかむと、ファリトは精神を最大限に集中させ、錐《きり》のような形にした。

〈ディデュスリュノ・ラルガンド・ペイ！〉

できる限り集中させたファリトの宣りは、周囲のナガには聞こえなかった。しかし人々は見た。リュンの姿に変化が生じるのを。リュンは目をぱちぱちさせると、ファリトを見た。焦点を失って泳いでいた彼の目にファリトの姿がぼんやりと映り、形を取り始める。

〈アスファリタル・セパビル・マッケロー？〉

集中に欠けるリュンの宣りは周囲の人たちにも聞こえた。皆このおかしな呼称を聞いて怪訝に思ったが、カルとスバチはハッとした。彼らはすばやく目を見合わせ、聞き間違いでないことを確認した。ファリトはリュンの肩をぎゅっとつかみ、リュンに対してだけ宣りを送り続けた。

〈よしよし、リュン。しっかりしろ。立ち上がれるか？　いや、いい。立たなくても。もうしばらく座っていよう〉

ファリトが集中した宣りを利用しているのをようやく悟り、リュンは精神を集中させた。

〈どうしたんだろう、僕は。ここはどこ？〉

ファリトはサッと周囲を見まわした。

〈セン邸の表門の前だね。君がどうしたのかって？　それはこっちが訊きたいよ〉

ファリトは摘出恐怖症という宣りは送らなかった。

〈どんなことを考えた？〉

〈考えた？〉

リュンはそう宣うたが、その顔はまるで何も考えたくないというような表情だった。気をよそへそらしたほうがいい。そう考えたファリトの目に、リュンが握りしめていたサイカーが映った。ファリトはそのサイカーを顎で指し示した。

〈家からの贈り物かい？　いいなあ、君は。僕がもらった剣なんかさ、紐を切るぐらいしか能がなさそうな短剣だったよ〉

何のことを言われているのかわからないといった顔をしてリュンは自分の腰に目をやった。その視線がそこに釘付けになる。

しばらくしてリュンがまた精神を開いたとき、ファリトはリュンの顔が歪むのを見た。

その宣りは異常なくらいに落ち着いていた。

〈どうもみっともない姿を見せちゃったみたいだね。手を貸してくれてありがとう。ファリト〉

〈えっ？　ああ、うん。立ち上がれそうかい？〉

〈僕の肩を押さえつけてる手をどけてもらえればね。肩が痛いよ〉

ファリトは苦笑いした。彼が手をどけると、リュンは何事もなかったかのように――まるで石ころに躓《つまず》いて転んだだけだというように、土埃をパッパッと払って立ち上がった。ところが、その動きがまたもビクリと止まった。リュンの視線を追ったファリトは、その先に心臓塔を見た。

ファリトがリュンの肩をとんと突いた。リュンがファリトを振り返る。夢から覚めたときのようなぼんやりした目をしている。こんなときどう宣るべきなのか、ファリトにはわからなかった。

〈リュン、もう行かないと〉

〈え？　あ、ああ。そうだね。行かなきゃ〉

そう言いながらも、リュンはやはり足を前に出せずにいる。ファリトとしてはもう少し一緒にいてやりたいのは山々だったのだが、向こうでスバチとカルがいらいらと見ているのに気づかぬふりはもうできなかった。

〈じゃあ、心臓塔で会おう。大丈夫だよな？〉

〈もちろん〉

まったくそうとは聞こえない調子でリュンは繰り返した。

〈もちろん、大丈夫さ〉

ファリトがリュンと同行しないのを、リュンの護衛は不審に思ったりはしなかった。護衛の数が同じくらいならともかく、今のように片方の護衛があまりにも少ない場合、一緒に歩いたら他家に護衛を委託したかのように見える可能性が高い。地位のある家ではそんなことはしない。もちろん彼らの想像力がもう少し豊かだったら気づいただろう。ファリトは家――それもあと少しで関係がなくなる家の名誉など気にしないということに。しかし彼らにはそんな能力はなく、それでリュンの護衛はファリトに謝意を表すと、リュンを促《うなが》して先に立って歩き出した。

後に残されたファリトは悲しい顔でリュンの後ろ姿を見送った。彼の感情は友の痛みに身を寄せ、並んで歩いていくことを求めていた。でも彼の理性は仲間と一緒にいるべきだと言っていた。

歩み寄ってきたカルが首を振りながら宣る。

〈十日前にお前が行ってやったのに、あんまり効果がなかったようだな、ファリト。摘出恐怖症って宣りは聞いたが、あんなにひどいのは初めてだ。心臓塔で騒ぎを起こしたりしないか、心配だな〉

〈護衛の人たちが、ちゃんとしてくれますよ〉

〈それを願わないとな。剣も持っていたし。それもずいぶんとでかいのを。騒ぎを起こしたら大

ごとだ〉

ファリトはリュンの話はこれ以上したくなかった。歩き出し、話題を変える。

〈じゃあ、さっきの話の続きをしましょうか。ムルン川をどうやって見つけるんです？〉

〈ああ、そいつは心配ない。あんな川は他にないからな。北へ向かってまっすぐ行って、反対の川べりが見えないぐらいに大きな川があったら、それがムルン川だ。見つけられないほうがおかしいさ〉

〈でも、見つけたのが実は湖とか海だったら？〉

〈水を舐《な》めてみれば海じゃないってことはわかるし、水が流れていれば湖じゃない。とにかく見つけたら、あとは水が流れる方向に逆らって行けばいい。簡単だろう？〉

そして、スバチとカルは野外生活についての助言を並べ立て始めた。彼らが先を争って聞かせてくれる知恵を整理すると、次のようになる。〝キーボレンでナガが飢え死にすることはほとんど不可能だが、狩りに充分に慣れるまではそんな馬鹿馬鹿しい、恥とさえいえる死を迎える可能性もある。心臓を抜いたナガは事故で死ぬことはない。それを肝に銘じ、常に果敢に行動しろ〟

興《きょう》に乗ったカルは、初めて狩りをしたときにイノシシの牙に貫かれ、そのまま引きずられながらもそいつの首を絞めて殺したという信じがたい話を持ち出した。ファリトは気が遠くなった。もしもファリトがイノシシを――とうてい絞め殺すなど不可能なその太い首を見たことがあったとしたら、大笑いして済んだことだろうが。

〈ありがとう〉

自分が狩ったイノシシを龍と戦えそうな怪獣に祭り上げていたカルは一瞬面食らい、ファリトを見つめた。ファリトは繰り返した。

〈ありがとう〉

カルは、何のことだと尋ねようとした。が、すぐに考えを変えてニヤリと笑った。

〈さあ、心臓を抜きに行こう〉

スバチもニッと笑った。ファリトはもはや何も宣らず、友が歩いていった道を歩き始めた。


護衛と別れて心臓塔の中に入ったとき、リュン・ペイはすでに決意を固めていた。逃げよう――。とはいえ、リュンがそういう決心をしたのは何もそのときが初めてではない。十一歳のときのことだった。

よって、心臓塔に足を踏み入れた瞬間、リュンの生涯のうち十一年は、にわか雨に打たれた泥の塊のごとく力なく溶け、消えていった。結果としてリュンはそのとたん、十一歳の少年に戻ってしまっていた。もちろんリュン自身はそんなことには気づいておらず、よってリュンは信じていた。自分は二十二歳の若者の理性と判断力をもって行動していると。とはいっても、心臓塔の一階広間に誰とも目を合わせたくないと言わんばかりの顔で立っていて、出し抜けに廊下に向かって疾走するのが果たして成人らしい行動なのかは疑わしいところだ。ともかくリュンが駆けていくとき、驚いた目で彼を見つめるナガが少なくとも七人はいた。

いつ守護者たちがやって来て連れていかれるのかわからないというのに席を空けることは、明らかに常識的な行動ではない。しかし、驚いたナガたちがリュンを呼び止める間もなく、リュンは廊下の奥に姿を消した。ナガたちは当惑を隠せなかったが、やはり席を空ける気にはならなかったので黙って待つことにした。摘出恐怖症という宣りが交わされたがそれもわずかの間で、興奮しきった彼らはじきにリュンのことを忘れた。

リュンは、廊下を走りながらひとつのことだけ考えていた。他の出口を探さないと――。正門からは出られない。心臓を抜かぬまま、ナガで混みあっているであろう正門から出ようとしたら、どんなことになるかわからない。護衛たちももういない。心臓塔から出てくる処女になんの関心もないリュンの護衛たちは、みなペイの邸に帰っていったはずだ。万にひとつ、彼らが残っていたとしても、心臓を抜いていないリュンを保護してはくれないだろう。

心臓に思いが至ったリュンは、びくりと足を止めた。

自分の胸を触ってみる。心臓が激しく打っている。リュンは恐怖にかられた。心臓塔の守護者たちはもちろん心臓を持ったリュンを見ても驚いたりはしないだろう。道に迷ったのだろう、ぐらいに思うはずだ。とはいえ、守護者たちに見つかったら、リュンはなすすべもなく引っ立てられ、摘出されてしまう。それは、リュンとしては絶対にごめんこうむりたい結末だ。

運のいいことに、リュンは心臓塔の内部構造を知っていた。完璧に知っているわけではないが、少なくとも自分がどのあたりにいるのか見当をつけるぐらいには。周囲を見回しながら昔の記憶を探っていたリュンは、自分が東の階段に向かっていることに気づいた。東の階段を上がると展示室と倉庫、特殊図書室などがあるはず……。それを思い出し、リュンは内心で快哉を叫んだ。それらの施設はみな摘出式とはまったく関連がない。心臓塔の守護者はみな摘出式のためにてんてこ舞いのはず……。リュンは決断すると、急いで東の階段に向かった。

しかし、二階の展示室と倉庫の前に来たときリュンは落胆した。摘出式の行事で忙しい守護者たちは、それらの施設に鍵をかけてしまっていた。当然といえば当然だ。が、リュンは、もしや自分が隠れようとすることを見抜かれ、前もって閉められてしまったのでは……そんな非理性的な恐怖にまで襲われた。やむを得ず三階へ上がりながらも、リュンは不安を抑えられなかった。三階にある特殊図書室はいつも開放されているのだが、そこには司書がいるはずだ。

しかし、三階に着いたリュンは、司書の席が空いているのを見つけた。悩む暇もなく図書室のドアを開ける。開けてしまってから司書がもしや図書室の中に入っているのでは、と思いつき、リュンは凍り付いた。だが、図書室には誰もいなかった。

すばやく図書室の中に飛び込むと、ドアを元どおり閉める。さしものリュンも、そのときは音というものに無頓着なナガに過ぎず、ドアは今にも砕けそうに大きな音をたてて閉まった。

心臓塔の広間に足を踏み入れたファリトは、あちこちでさんざめいているナガたちを見回し、ほとんど大混乱に陥っていた。二十二年のあいだ自分の家と心臓塔、あとは友人の家ぐらいしか行き来しないナガにとって、そんなにたくさんのナガが集まっているようすは当然衝撃でしかない。もちろん道でもたくさんのナガと行き交う。でも、そういうときは常に護衛が一緒にいた。でも、いま彼はひとりなのだ。

しばらくして、ファリトはようやく他の者たちも同じ気分だろうということに思いが至った。すると、今度は若干の優越感のようなものが込み上げてきた。修練者であるファリトにとって、心臓塔は馴染の建物だ。他の者たちは、おそらくファリトよりはるかに気おくれしてしているはずだ。

とはいえ、広間を見回したファリトは自分の考えが間違っていたことに気づかされた。ナガの処女たちは若者たちを相手に摘出式が終わったら家に来る約束を取り付けるのに余念がなく、心臓塔の内部などには関心もなさそうだった。若者たちもそれは同様で、恥ずかしそうに処女たちを避け、自分たち同志で集まって、どの邸の誰が妊娠可能期だとか、どの邸の居心地がよいかなどといった話に夢中になっている。

修練者である彼には何ら関わりのないことなので、ファリトは話には加わらず、静かに広間を突っ切っていった。その途中でペイ家の名が何度も言及されているのに気づき、ファリトは苦笑いした。彼らのうち、本当にペイの邸を訪れるほど勇敢な若者はそうそういないだろう。常に逗留する者の多いペイ家に、たったいま心臓を摘出したばかりの若造が訪ねていったりしたら子ども扱いされるのは目に見えている。おそらく若者のほとんどは摘出式直後には虚脱感に襲われるという話が嘘ではなかったことを知り、ハテングラジュを後にして放浪生活に入ることだろう。従って、処女たちが若者たちの気を引こうと必死になったところで、どのみち無駄骨なのだ。ファリトはもはや彼らには構わず、リュンを探すことにした。

そのとき、誰かが彼を呼び止めた。

〈ファリト・マッケロー〉

何の気なしに振り向いたファリトは驚いた。彼に宣りを送ってきたのは広間の脇、廊下の影の中に立っていた守護者だった。おかしい……。守護者がそんなふうに自分を呼ぶなんて。怪訝に思いながらもファリトはとりあえず居住まいを正した。

〈こっちへ来い〉

フードを目深にかぶった守護者の宣りは、度が過ぎるぐらいに単純だった。個性はほとんど省略され、意味だけを伝達するタイプの宣りだ。ナガの宣りは不信者たちの言葉とは違い、こんなふうに完全に個性を抑えて発され得る。誰の宣りなのかわからなくなっても困るので、そんなふうにはほとんどしないが。ファリトは不快感を覚えながらも、礼儀正しく答えた。

〈申し訳ありませんが、僕は摘出式を控えておりまして〉

〈単純に宣れ。他の者の注意を引かぬよう。お前が来る直前、リュン・ペイが逃亡した〉

ファリトは仰天し、自分も宣りを単純化させた。

〈逃亡？〉

〈そうだ。特殊図書室に逃げ込み、たてこもっている。摘出恐怖症らしい。お前が説得しろ〉

宣りが単純化されていたので、彼と守護者のやり取りを気にかける者はいなかった。守護者がどうしてそんなおかしな宣りをするのか合点がいったファリトは注意深く歩き出した。さっき我武者羅に走っていったリュンとは違い、ファリトはゆっくり動いた。他の者たちの注意を引くことなく広間から脱け出す。ファリトが廊下に出ると、守護者は足早に東の階段に向かった。後を追いながら、ファリトは質問した。

〈もしかして、誰かに怪我をさせたりはしていませんか？〉

〈まだそんなことはしていない。長引いたらどうなるかわからないが〉

目の前に倒れている死体を見て、リュン・ペイは衝撃のあまり倒れそうになった。

心臓を摘出したナガは、ふつう事故では死なない。病気にもかからないし、体の一部が欠損してもあっという間に再生される。ただ、完全に不死とは言えないのは体が二桁以上の欠片になったらさすがに死んでしまうからで、今リュンの前に横たわっている死体がそうだった。

とはいえ、その死体には依然としてナガの特徴が残っていた。がくがく震える膝をなんとか折り曲げ、リュンは死体の欠片が散らばる床に片膝をついた。

〈なんと……おっしゃいました？〉

散乱する死体の欠片の間から宣りが聞こえた。

〈返して……くれ〉

激しく震える手で、リュンは床に落ちている首をとん、と突いた。首はぐらりと傾いたが引っくり返りはしなかった。歯を食いしばってその首を持ち上げると、まっすぐに立てる。

片側の目は完全に破壊されており、もう片方の目もひどく膨れている。それでもとりあえず、首はリュンを真っ向から見る形にはなった。抑えがたい恐怖に今にも気を失いそうになったとき、首が弱々しい宣りを送ってきた。

〈ラルガンド……？〉

リュンはびくりとし、首をまっすぐに見た。やはりひどい有様だ。しかし、リュンはやっとのことで、その顔と自分の知る名を結びつけることができた。

〈ユベックス……？　司書のユベックス様ですか？〉

特殊図書室の司書をしているユベックスはうなずこうとした。もちろん無意味な試みだ。首を刎ねられたら、人はもううなずけない。ユベックスはそれに気づいて動揺したが、やがて絞り出すように宣うた。

〈で……お前は……どうやってここに入った？〉

〈ぼ、僕は、摘出式で……〉

〈どうして特殊図書室に……入れた？　司書の私が許可してもいないのに……〉

首が胴から離れてしまったからか、ユベックスは頭が朦朧《もうろう》としているようだ。彼の宣りは、話をするあいだにも、みるみる力を失っていた。死んだとも生きているとも宣れない状態で、このまま宣り続けるのは無理というものだろう。気持ちが焦《あせ》ったリュンは、思わずその首をつかんで揺さぶりそうになったが、手が触れる直前に仰天して手を引っ込めた。

〈ユベックス様、誰がこんなことを？〉

ユベックスはぼんやりした目でリュンを見ると、ふいに何かに気づいたように宣うた。

〈私は、攻撃されたのか……？　どうなんだ、ラルガンド？　私は死ん……だのか？〉

〈誰がやったんです？　誰があなたをこんなふうにしたんですか？〉

ユベックスの首は答えなかった。宣りでも表情を通じても。ああ、死んでしまったのか、とうとう……。そうリュンは思った。ところが、リュンが立ち上がろうとしたとき、ユベックスの首からか細い宣りが流れ出た。

〈マッケロー……〉

リュンは頭を殴られたような気がした。マッケローだって？　じゃあ、ファリト……？　しかし、どう考えても彼が特殊図書室の司書をバラバラに切り刻み、書架の裏に隠す理由がない。リュンはまた膝をつき、ユベックスの首に向かって力の限り精神を注ぎ込んだ。

何かの精神の流れが感じられた。ユベックスの精神だと思って奮い立ったリュンだったが、やがて気づいた。方向が違う……。

誰かが駆けている。特殊図書室に向かって来ているようだ。

恐怖がよみがえった。

リュンの視線は司書の死体に向かっていた。けれども実際に見ているのはヨスビの無残な最期だった。ほぼ無意識のうちに、リュンはユベックスの体が隠されていた書架の裏に隠れた。そこはほとんど人目につかない場所だ。ユベックスが微弱な精神を発していなかったら、リュンもユベックスの死体を見つけられなかったろう。リュンがその密やかな場所に身を隠したちょうどそのとき、図書室のドアが大きな音をたてて開いた。

そして、リュンが聞き違えるはずがない宣りが聞こえてきた。

〈リュン！　リュン・ペイ！〉

ファリトの宣りだった。切実さのこもった友の宣り。それを聞いた瞬間、リュンは思わず立ち上がり、友の名を呼ぼうとした。しかし、まさにそのとき、リュンは思い起こした。自分が逃亡者であること。それからユベックスの最後の宣り。リュンはまた体を縮こまらせたが、思いついて書架の本を一冊そっと押した。本の間に隙間ができ、入り口のほうを盗み見ることができるようになった。

ドアの近くに立っているファリトを見たとき、リュンはまたも立ち上がりたくなる衝動にかられた。けれど、ファリトの後から守護者がひとりやって来るのに気づき、再び身を縮める。ファリトの後から入ってきた守護者はフードを目深にかぶっており、誰なのかはわからない。それでも守護者の服というだけでもリュンの恐怖を刺激するのには充分だった。恐怖にかられたリュンは、これ以上できないくらいきっちりと自分の精神を閉ざした。

そのとき、リュンはおかしな光景を見た。

ファリトの後からやって来た守護者がドアの横手の書架に歩み寄った。守護者の手が書架の上のほうを探る。やがてまた下ろされたその手に握られていたもの。それは、血に濡れたサイカー――。

混乱と恐怖でリュンが固まっていると、守護者はゆっくりと背後からファリトに近づいた。

そして、無防備に立っていたファリトの背中めがけてサイカーを振るった。

リュンは悲鳴をあげた。しかし、その悲鳴は彼の内部で木霊しただけだった。リュンは失念していたけれど、彼はまだ精神を閉ざしていたのだ。

サイカーの切れ味は驚異的だった。そのため、我が身に何が起こったのかファリトは咄嗟《とっさ》にわからなかった。しかし、やがて力ないうめきを漏らして頽《くずお》れた。彼の背中から血が勢いよく噴き出す。まだ心臓を抜いていないファリトの体からは、おそろしい勢いで血が噴き出した。守護者はすっと脇にどき、その血を避けた。

〈なぜ……？〉

ファリトはうつ伏せに倒れて宣うた。守護者が笑みを浮かべ、ファリトの体を蹴りつける。ファリトの体は仰向けになった。その顔の前に自分の顔を差し出すと、守護者はゆっくりとフードをあげた。

〈ビアス・マッケロー！〉

ファリト、そして隠れていたリュンが同時に同じ名を叫んだ。

ビアスは残忍な笑みを浮かべた。

〈そうよ。おバカさん〉

〈薬を使うとばかり思ってたのに……こんな単純なやり方を……〉

〈教えてあげる。単純な方法こそが最高の方法なのよ。人生の哲学にするといいわ。ああ、まあ……それに従って生きるのはもう難しいでしょうけどね〉

ファリトの体から噴き出す血をうれしそうに見ていたビアスはふと思いついたように付け加えた。

〈あいつみたいに何度も刺す必要はないわね、あんたのことは〉

ファリトの体が痙攣《けいれん》し始めた。

〈リュン？　まさか、リュンを？〉

〈違うわよ。ユベックスよ。あのうざったい特殊図書室の司書。薬術書籍をちょっと見たいって宣うたら、大喜びで案内してくれたわよ〉

〈じゃあ、リュンは？〉

〈リュン・ペイが逃げたっていうのはほんとよ。さっき、広間であんたを待ってるときに逃げてくのを見たわ。今ごろ塔のどこかをうろうろしてることでしょうよ〉

ほとんどやさしげにさえ感じられる口調で丁寧に答えると、ビアスはまた書架の上を探った。そこから大きな羊皮紙の束のようなものを取り出して机の上に広げ、その上にサイカーを置くと羊皮紙でくるむ。次に着ていた守護者の服を脱ぎ、それを裏返す。するとなんと、ナガの学者がよく着ている外出着のようなものになった。

服をまた着込んでから机の上に置かれた羊皮紙の束を手に取ったビアスはいまや高名な薬術師

の姿だった。物陰から見ていたリュンは魔術でも見ている気分になった。倒れているファリトも同様だ。ビアスは倒れている弟に満足げな笑みを送った。

〈それにしても美しいわね、あんたの血は。忘れられそうにないわ、ファリト〉

〈あなたは……まともじゃない。ビアス……〉

〈さあね。血をどくどく流して倒れてるあんたと私、さて、どっちがまともかしらね〉

冷酷に答えたビアスはふいに腰をかがめた。書架の陰のリュンの口からうめきが漏れる。ビアスにはもちろんその音は聞こえない。彼女は倒れているファリトの唇に口づけた。ファリトは怖気をふるって叫んだ。

〈やめろ！〉

ビアスはやめなかった。だいぶ経ってようやく唇を離した彼女は背を伸ばして立った。舌で唇を舐めると、優雅にさえ見える笑みを浮かべる。

〈じゃあ、元気でね。ファリト〉

そして、ビアスはドアを開け、出ていった。

とどめを刺さずに行ってしまったビアスをファリトは呪った。意図してのことだろう。彼女はおそらく望んでいる。自分の血でできた血だまりの中、苦痛にあえぎながら息絶える瞬間を待つ、そんなファリトを。これまでそう悪態をついたことはあった。でも、今は確かに宣れる。狂っている。ビアスは……。

〈死にたくない……。ああ、誰か……誰か来てくれ……！〉

苦痛のあまり精神が集中できない。ファリトは悟った。いまや自分は心臓塔を上るのはおろか、周囲の人に聞こえる程度の宣りすら発せられないのだ。声を出してみようかと思ったが、その無意味さはよく知っている。ナガは声にはまったく無頓着だ。それに、どのみち叫ぶ力もない。それでもファリトは必死に精神を集中させようとした。

〈助けてくれ！　どうか助けて……！　誰かいませんか！　このままでは死んでしまう。誰か……！〉

けれど、無駄だった。精神を集中させればさせるほど苦痛はいや増す。激しい痛みで頭が朦朧としてきた。

そのとき、ファリトは気づいた。誰かの精神が近づいてくる。

前を見ようとしたが、よく見えない。そのときファリトは気づいた。自分が涙を流していることに。不信者の透明な涙とは違い、ナガの銀涙は視野をほぼ遮ってしまう。銀色の闇に向かってファリトは叫んだ。

〈そこに誰かいますか！　助けてください、どうか……！〉

〈ファリト、僕だよ。リュンだ〉

〈リュン？　リュンだって？〉

ぶるぶる震える指がファリトの目元を掠《かす》めた。銀色の闇が掻き消え、リュンの顔が覗いた。顔を歪めて彼を見下ろしている。

〈ごめん。ほんとにごめん。閉鎖が長すぎた。動けなかったんだ、まったく。やっと……今やっと動けるようになって、それで……防げなかった。防ぐこともできたのに。ごめん。情けないよ

……なんてことをしたんだ、僕は。防げなかった！　防げたのに、僕は……！〉

リュンが何を宣うているのか、ファリトにはわからなかった。でも、尋ねる必要はない。抑圧されていたリュンの精神は、開放されるやいなや嵐のような勢いでファリトに注ぎこまれていたからだ。最も密やかな部分まで、意識的には開くこともできない部分まで完全に開かれたリュンの精神。それを感じ、ファリトはハッと息を呑んだ。

ファリトはすべてを知った。

リュンがなぜ逃げたのか。そして、リュンがこれまでに見聞きしたことも。精神閉鎖の後遺症で動けず、友が攻撃されているのを見ているしかなかったリュンの心の内は自責の念にあふれており、それを見たファリトはとうてい責めることなどできなかった。宣りや文字ではない、精神それ自体を見たのだ。ゆえに、そこには完全な理解だけがあった。

ファリトは理解した。

さらに他のことも。恐怖に怯《おび》え、混乱しているリュンは、自分が見聞きしたことを整理できていなかった。一方、ファリトにはわかった。姉がどんなふうに殺人計画を練ったのか。我が目で見たかのようにユベックスの死体を思い浮かべたファリトは、ビアスの残忍さに改めて歯噛みした。

そのとき、ファリトは妙な気分になった。リュンの精神が完全に開かれていたため、ファリトはリュンのすべてを知り、リュンの視野さえも共有していた。リュンの目を通じて自分の姿を見られることを知ってファリトは驚いたが、取り乱したりはせず、むしろ冷静になった。混乱に陥ったリュンの精神とじかにぶつかったおかげだ。ファリトは冷静にリュンの視覚を利用し、自分が生き延びるのが難しいという判断を下した。それに伴う恐怖などもほとんど感じることなく、彼は思案した。冷静に、自分が何をすべきなのかを。

〈リュン、聞いて〉

〈ファリト、ごめん。ほんとにごめん。僕が防がなきゃならなかったのに。なんで動けなかったんだろう……〉

〈ディデュスリュノ・ラルガンド・ペイ！〉

リュンはびくっとして正気に返った。そして、途轍もない恐怖に襲われた。リュンは感じていた。〝自分の中に入り、ファリトを見ているファリト〟を。

それは、彼我《ひが》が混乱し、内と外が互いを否定し、結果が原因を構築した瞬間だった。宣りを使うがために、精神の作用に慣れ親しんでいるナガにとっても、その瞬間の混乱はまさに恐怖そのものだった。しかし、ファリトはリュンが恐怖にかられるのを許さなかった。ファリトはリュンの精神をロックし、リュンの精神そのものへの支配権を乱暴に行使した。

他人の精神を支配するなど、それこそ魔術の領域でないと不可能なことだ。しかし、彼らはナガだ。そのうえ一方の精神は完全に開かれている。そんなこともあり、それはあるていど成立し得た。結果的に、リュンは恐怖ではなく頭が割れそうな頭痛を感じた。彼はうめくように宣うた。

〈こんなことが……〉

〈うん、できるとは思わなかったよ、僕も。でも、この状況に対するそれらしい理論を構築してる暇はない。よく聞いて。ディデュスリュノ・ラルガンド・ペイ〉

ファリトは、リュンにとって最も権威ある呼称を意図して使った。

〈僕はもう助かりそうにない。でも、いいかい？　そのことについて、君は責任を感じることはない。みじんもだ。いい？　繰り返すよ〉

そして、ファリトは驚異的なことをやり遂げた。リュンに責任を感じる必要はないという宣りを数限りなく繰り返し、同時に他のことを宣うたのだ。ひとりが宣るふたつの宣りを、リュンは呆気に取られて聞いていた。


〈僕の死について、君には何ら責任がない。

ディデュスリュノ・ラルガンド・ペイ。君にできることはなかった。不可抗力だったんだ。君は僕を助けたいと思ってくれた。僕はそれだけでいい。心からありがたく思ってる。僕の死について、君には何ら責任がない。僕を殺したのは君じゃない。僕を殺したのは君じゃない。君のせいじゃない。君のせいじゃない。僕を殺したのはビアス・マッケローだ。君のせいじゃない。君のせいじゃないんだ〉

〈僕の宣りをよく聞くんだ。ディデュスリュノ・ラルガンド・ペイ。君にはすべきことがひとつある。ビアスは、自分が単に憎んでいた弟を殺したのだと思っているだろう。でも、彼女は同時に僕の使命まで破壊した。でも僕はね、命は渡してしまったけれど、使命までは絶対にぶち壊しにはさせない。だから君に頼む。僕の使命を完遂してくれ。僕の最後のお願いだ〉


リュンが友の死を傍観したという自責の念に生涯とらわれることをファリトは望んでいなかった。リュンは驚愕しながらも、精神を閉ざすことはできなかった。

〈頼み……って、何？〉

リュンの罪悪感を完全に押さえ込んだと確信したファリトは宣りをひとつにした。

〈北へ、北へ行くんだ、ずっと。そしたら巨大な川にぶつかる。ムルン川だ。そこで君は三人の不信者に会うことになる〉

〈不信者!?〉

〈そうだ。トッケビ、人間、そしてレコン。君を案内してくれる人たちだ。君はね、歌を歌わなきゃならない〉

ファリトはまた精神をふたつに分け、自分が習った歌をリュンの精神に植え付けながら宣うた。

〈いいかい？　この歌だ。これを合図にして、不信者たちと落ち合うんだ。そうしたら、彼らに連れられて限界線を越える。僕の背嚢を持っていってくれ。役にたつものが入っているから。限界線を越えたらハインシャ大寺院のジュタギ大禅師《だいぜんじ》という人に会うんだ。その人が教えてくれるはずだ。何をしたらいいのかを〉

衝撃的な宣りだった。リュンは心底驚き、ファリトを見つめた。ファリトが力なく微笑む。

〈うん、そうなんだ。君の知ってる僕――忠実で保守的で、いつも道徳的なことばかり宣る修練者ファリトはね、実は陰謀家なんだ。どうだい？　なかなかのお芝居だったろ？〉

〈人間に何を……、どうして？〉

〈お願いだよ。ナガのためなんだ。時間がないから、簡単に説明するよ。限界線の南には敵がいないって君は宣うたよね。敵は心臓塔にいるって。あのとき、君はヨスビの件から考えて、そう宣うたのだろうけど……〉

リュンの精神を隅々まで覗き込んだファリトは、ヨスビに関する事実も知っていた。

〈実はあのとき君は真実を宣うたんだ。驚いたことに。ナガの敵は心臓塔にいる〉

〈ナガの敵……？〉

〈そうだ。君は人間と力を合わせてナガの敵を倒すんだ。君にしかできないことなんだよ〉

〈僕にしかできない？　どうして？〉

ファリトはもう一度リュンの神名を呼んだ。

〈なぜなら、君はディデュスリュノ・ラルガンド・ペイだから〉

リュンは顔を強張らせてファリトを見た。ファリトの目からまた銀涙が流れ出している。苦痛のせいだろうか。けれど、その目は笑っていた。

〈これはね、守護者か修練者にしかできないことだ。〝足跡のない女神〟の夫だけができることなんだ。自分はもう修練者じゃないなんて宣らないでくれよ、ディデュスリュノ・ラルガンド・ペイ。僕は常々不思議に思っていた。君がなぜ修練者の地位を返納したのかって。今わかったよ。ヨスビのことがあったからなんだな〉

ファリトがヨスビについて知っていることに、リュンは衝撃を受けはしなかった。衝撃を受けるだけの判断力もなかったのだ。

〈僕の父を殺したのは……守護者たちだった〉

〈そうか。それで、修練者ではいられなくなったってわけか〉

〈そうだよ、ファリト。うん。僕は耐えられなかった〉

〈わかるよ。でも、君は神名を授かった修練者だった。君は〝足跡のない女神〟の名を知ってる。君の女神はラルガンドだろう？　ラルガンドと呼べば、君は女神を呼ぶことができる。君がいま

修練者でもそうでなくても関係ない。女神が君に与えたのは名前であって、地位じゃないから。重要なのは名前なんだよ〉

リュンはまた衝撃を受けた。

〈本当？〉

〈ああ。君が修練者としてもう少し勉強してたらわかったことだ。君は女神を呼べる。女神が君に名前を与えたから。ハインシャ大寺院に行ってすることも、それと関連があるんだ。だから、君には資格がある。それに……〉

ファリトは苦痛に歪んだ笑みを浮かべた。

〈君は、僕の友だちだろ。しかし僕は運がいいな。だって、この非常時に僕以外に資格がある人間を見つけられるなんて、そうそうないことじゃないか？〉

リュンの視界が銀色にかすんだ。ファリトの目を拭《ぬぐ》ってやろうとして、リュンは気づいた。涙は自分の目から流れ出ていた。

ファリトの精神は、いまや疲れ果てていた。

〈さあ、行くんだ、もう〉

〈ファリト、しっかりしてくれ。助かるよ、きっと。いま誰か呼んでくるから〉

〈駄目だ〉

助かる可能性はないという意味でファリトは宣うたのだったが、リュンは人を呼んでは駄目だという意味に受け取った。リュンの精神はいまだ開かれていたので、ファリトはリュンの誤解に気づいた。けれど、ファリトはその誤解を解かなかった。彼は疲れ切っていた。もう望むこともない。

最後の力を振り絞り、ファリトは力を行使した。リュンが拒むことのできない支配力を。

〈行け！　ディデュスリュノ・ラルガンド・ペイ！〉

リュンはパッと立ち上がった。そして、外へ走り出ていった。

ひとり残ったファリトは長いため息を吐いた。背中の痛みももう感じない。寒さらしきものが四方から体に染み込んでくる。ファリトはしかし、それが温かいと感じた。

自分はリュンを利用した。それはわかっている。あのとき、ファリトにとって使命の重要性など大きな問題ではなかった。仮にリュンが失敗したとしても、さほど残念にも思わないのではないだろうか。どのみち成功したかどうかなど知る由もないのだから。

ファリトが望んだのは、自分の生と死に意味を付与すること。ただそれだけだった。自分ができることはすべてやった、という――。それは、死の恐怖を前にして威厳を守るためのファリトなりの方法と言えた。

それで、ファリトは恐怖を感じることなく穏やかな気持ちで彼の女神を呼ぶことができた。

セパビル、我が女神よ。

視野の内側に何かが浮かんだ。白く光っている。と同時に闇だった。また銀色の涙が瞳孔を覆っているのだろうか……？

いや、そうではない。そんな気がした。

空から降りてくるその何か――光りながらも暗い、ゆらめくものに向かってファリトは微笑んだ。

心臓塔の奥深い場所。否、高い場所。

　密やかな場所というと、ふつう地下もしくはそれと似たようなところにあるものだ。だが、二百メートルという圧倒的な高さを誇る心臓塔の場合は、高いところであるほど密やかになる。数千段の階段を上がらなければたどり着けない心臓塔の高層部に些細なことで上がろうとする者はいない。よって、いま心臓塔の五十五階の小さな部屋に集まっている三人の場合、その会合の密やかさは推して知るべしだろう。五十五階まで歩いて上がるという苦労を甘受した末の会合なのだから。

　とはいえ、そんな犠牲を強いられるのは彼らのうちふたりだけだ。残るひとりはその苦労をする必要がない。なぜなら、五十五階のその部屋はその人物のものなのだから。よって、必ずしもナガの文化と慣習と歴史に精通しておらずとも、彼が強大な力の所有者であることを察するのは難しくないだろう。他の者たちをして五十五階まで歩いて上らせる者が持つ権力の大きさを推し量るには、人の普遍的な常識さえあれば充分だ。

　その部屋の主――守護者セリスマは、最も偉大な守護者のひとりだった。冷酷の都市ハテングラジュの守護者のうちでも最も尊敬を集める守護者の群に属する彼は、まさしく五十五階に居住するだけある者と言えた。彼が最後に五十五階を歩いて降りたのはもう十数年前のことになる。豊かな雨が彼の飲み水で、ひと月にいちどずつ不運な修練者が今にも死にそうな顔で持ってきてくれる、やはり今にも死にそうな山羊や羊、子牛、鹿などが彼の食料だった。セリスマは、実に偉大な守護者なのだ。もちろん、そんな偉大さを謳歌できるのも、不摂生など難なく耐えられるナガだからこそなのだが、それは彼の偉大さにさほどの傷をつけるものでもない。

しかし、その偉大なセリスマは今、この上なく不幸な顔でふたりの訪問者を見つめていた。

ふたりの訪問者もまたのどかな顔ではなかった。もちろん、この途方もない高さまでその足で上がって来たわけだから、この世にふたりといない楽天主義者であろうとも多少つらそうなそぶりを見せざるを得ないだろう。しかし、そんな形而下学的な悩みの種以外に彼らには形而上学的な悩みの種もありあまるほどあった。ふたりの訪問者のひとりであるスバチは、困惑した顔で報告を続けた。

〈森で服と本が見つかったそうです。調査者によりますと、その服と本はいちど水に濡れたものと推測されるとのことです。その年若い殺人者は心臓のある位置に濡れた本を当て、濡れた服を身に着けたうえで摘出式を終えたナガたちに紛れ、自然に外に出たようです。それで、心臓を摘出しなかったことに気づかれずに済んだのかと……〉

報告を聞いていた守護者セリスマは、スバチの顔を見ながら宣うた。

〈ところで、なぜそんなに困った顔をしているのだ?〉

〈いえ、その……どこかおかしい気がしまして。そのリュン・ペイという者が摘出恐怖症らしき症状を呈していたのは、私もカルもこの目で見ています。ですが……これは、あまりに辻褄が合いません〉

スバチの隣に立っていたカルが同意するようにうなずく。セリスマは宣うた。

〈どういうことだ？　説明してみよ〉

〈事件を時間の流れに沿って整理してみますと、まず広間にいたリュン・ペイが逃亡します。恐怖にかられているかのような必死な姿だったそうです。その姿は多数に目撃されております。その後しばらくしてファリト・マッケローが広間に到着します。しかし、ファリトは誰にも気づかれずにどこかへ姿を消します。そして摘出式が終わった後ファリトとユベックスの死体が特殊図書室で守護者によって発見されます。守護者が出した結論はこうです。〝リュン・ペイは摘出恐怖症にかかっていた。逃げ出した彼は特殊図書室に隠れ、摘出式が終わるまで待って他の者たちに紛れて逃げようとしたのだ。これは何ら不思議なことではない。摘出式に関する身の毛のよだつような話を過度に聞かされた者が時おりしでかしてきたことだ。だが、今度の事件が他と異なる点は、リュンが実際にその試みに成功し、その過程で自分を発見した者たちを無残に殺害したという点だ〟だいたいこのようなものです。そして、守護者たちは家門評議会にリュン・ペイの処罰を求めました〉

〈言っておくが、私も守護者だ。そんなことをみな説明してもらわなくても構わぬが？〉

〈申し訳ありません。ですが、この事件の不可思議な点を示すには、それらをみな確認しながら進む必要があるかと思いまして。まず、摘出恐怖症にかかってどこかに隠れる。それは守護者の結論通り、理解できます。しかしその場合、人に見つかった際に取る行動は泣き出す、発作を起こすというものになるのではないでしょうか。守護者を切り刻み、最も親しい友人を背後から切り殺すというのはそぐわない気がします〉

〈恐怖にかられたら、人はとんでもない非理性的な行動をとったりするものだ〉

〈だとしても、ではリュン・ペイが心臓塔を出るときに見せた理性的な対処。それはどう考えたらよろしいのでしょう。ついさっきそんな残酷な殺人を犯した若者がですよ、落ち着き払って自

分の心臓を隠すための手段を模索するということは納得できかねます〉

〈正気でない者も、ある部分では驚くほど緻密だ〉

〈ですが、依然として問題は残ります。ファリト・マッケローはなぜ特殊図書室に行ったのでしょうか。なぜ広間で守護者たちを待たずに特殊図書室に行き、友人のサイカーに斃《たお》れたのでしょうか〉

〈他の者たちからリュンが逃亡したと聞き、彼を見つけようとしたのかもしれないだろう〉

〈いいえ、それは違います。ファリトが広間に着いてから、彼と宣りを交わした者はひとりもいないのです。ファリトがリュン・ペイの逃亡を知っていたとは思えません〉

〈で、そなたの結論は？〉

スバチは断固として宣うた。

〈私たちの計画が嗅ぎつけられたのです。そのリュン・ペイという者は、緻密に準備された暗殺者だったのでしょう。そして、摘出恐怖症にかかったナガの仕業のように見せかけようとそんな芝居をしたのです。その者は、二度――大通りと広間で、そんな姿を見せました。そして、適当なところに隠れていて、ファリトがやって来ると誰にも気づかれずに宣りを送り、呼び出しました。ファリトは摘出恐怖症にかかった友を助けたいと思ったのでしょう。リュン・ペイはそのようにしてファリトをおびき出すと、特殊図書室で殺害したのです〉

守護者セリスマは手を組み合わせてややうつむいた。

〈では、気の毒なユベックスは？〉

〈とりあえず殺害現場を構築する目的で手にかけたのではと。彼を惨殺することで、リュン・ペイが友人をも殺せる状態だという点を際立たせようという意図もあったのでしょうし。ファリトだけ殺害したとしたら、おかしいと思われたでしょうから。親友なのですし。ですが、ユベックス司書も殺すことで、それが狂気にとらわれた無差別殺人であるかのように見せかけたんです〉

〈だが、なぜそんな芝居をしたのだろうか。我々の計画が気づかれたのなら、私たちを直接攻撃してくるのではないか？　なのに、なぜそんな複雑な手段でファリト・マッケローを殺す？〉

〈おそらく、警告かと。私たちについて正確にはわかっていないのでしょう。それで慎重になっていたためかもしれません。万一そうならば、私たちにはまだ希望があります〉

セリスマはかぶりを振った。

〈いや、その仮定はありそうではあるが、そなたは重要な情報を知らない。ファリトとリュンは、ありきたりの友人ではない。ふたりについては私がよく知っている。なぜなら……〉

〈リュン・ペイがかつて修練者だったからですか？〉

守護者セリスマは驚いた顔でスバチを見た。

〈知っていたのか？〉

〈偶然知りました。あの日、大通りでリュンが倒れたとき、ファリトがリュンを宥めたのです。そのとき、リュンがファリトをこう呼びました。アスファリタル・セパビル・マッケロー。それはおそらくファリトの神名かと思われますが？〉

セリスマはうなずいた。スバチは続けた。

〈それに、ファリトの態度からいって、ファリトもまたリュン・ペイの神名を呼んだのだろうと思われます。それは聞こえませんでしたが、どうでもよいことです。互いの神名を知っているというのは、彼らがひとところ同じ修練者だったという意味ですよね。そして、おそらくリュン・ペイは途中でリタイアしたのでしょう〉

〈彼らは七歳のとき、一緒に修練者になった。リュンは途中でやめたけれども、彼らの友情は続いていた。十五年間の友情だ。あやつらとて、いくら何でもそんな友人をリュンに殺させるのは無理ではないか？〉

〈人を殺人者に仕立てあげるすべはいくらでもあります。リュンが修練者の地位を返納してから自分の家にばかりいたといっても問題にはなりません。なぜなら、ペイ家には常に男たちが多数訪ねていきますから。継続的な洗脳と教育が行われることも可能でしょう〉

セリスマは、ひどく困惑した表情になった。そのとき、静かに聞いていたカルが宣うた。

〈引っかかることがあります〉

スバチとセリスマはカルを見た。カルは冷静に宣うた。

〈ファリトは死ぬ前、自分が殺害されるだろうと宣うていました。殺害者の名も告げられました〉

セリスマは驚いた顔でスバチを見た。しかし、スバチはイラついたように宣うた。

〈おい、あの荒唐無稽な宣りか？　あれはファリトの摘出恐怖症の歪んだ表出だ。お前もそう考えていただろう？〉

〈待て〉

偉大な守護者が宣うた。

〈私が聞いていないことがあるようだな〉

スバチはしかめっ面で説明した。

〈ファリトは宣うていました。姉のビアス・マッケローが自分を殺すだろうと。ですが、それはファリトの摘出恐怖症、姉に対する恐怖と憎悪、そしてビアスの優れた薬術の腕などに基づいた被害妄想です。ファリトはビアスが毒薬で自分を殺害すると信じていました。ですが、ファリトはサイカーで殺されました。リュン・ペイがサイカーを持っていたことはみな見ておりますし〉

〈ビアス・マッケローにファリトを殺す理由があったのか？〉

セリスマに問われ、スバチとカルは顔を見合わせた。彼らのそんな態度を怪訝に思ったが、守護者は何も言わずに待った。

しばらくして、カルが注意深く単語を選びながら宣うた。

〈これは私たちの推理ではなく、ファリトの推理なのですが……ビアス・マッケローは子どもを欲しがっています。もちろん、それを望まぬ女はいないでしょうが、ビアスはその目的のためなら人が思いも及ばぬ手段を取ることも辞さぬ。そう思っていたようです。それで、ビアスはファリトにある提案をし、ファリトはそれを拒んだようすです〉

宣りを終えたカルは驚いた。セリスマは少しも当惑していなかったのだ。彼は悲しそうにうなずいた。

〈そんなことがあったのか〉

〈驚かれないのですね？〉

〈ビアス・マッケローは、そんなことを初めて考えた女でもないだろうし、また決して最後に考えた女でもないだろうさ〉

カルとスバチは、宣りに詰まってしまった。セリスマは淡々と宣うた。

〈女たちが、男たちのことをどう考えているか知っているだろう。表では男のことを考えるふり、配慮するふりをしているが、結局彼女たちが望んでいるのは男を寝台に寝かせ、その体液を搾り取ることだけだ。男が知性を持たない動物だったらいいのにと思っていることだろうよ。実のところ、あるていどはそう考えているさ。男など、放浪する動物に過ぎぬ。そんな動物に拒まれたら腹がたつこともあろうさ〉

カルとスバチはほろ苦い思いで同意せざるを得なかった。セリスマは、やれやれというように首を振り、続けた。

〈ファリトの推測以外に何かその仮説を裏付ける証拠があるのか、カル？〉

〈そうですね。あの日、彼女は自室で研究中でした。ですので、彼女を見かけた者は誰もいません〉

〈単に彼女を見かけた人がいないからと、彼女が殺人者と断定することはできないはずだが〉

〈はい。ですが、彼女は、高名な薬術師で、従って、特殊図書室の閲覧権を持っているはずです。他の人の目を避けて邸を出てから、摘出式当日の混乱に紛れて心臓塔にひそむこともできるでしょう。そうして、ユベックスを殺して特殊図書室を無人にしておいてから、弟をそこに誘引して殺すこともできたのではと思われます〉

〈ビアス・マッケローは閲覧権を持っている。だが、その日、彼女が特殊図書室に行ったかどうかは確認するすべがない。ユベックスが死んだのだから。となると、彼女の疑わしい点といえばファリトへの憎悪。他にはないことになるな。もちろん、憎悪というのは殺人の最も普遍的な理

由のひとつだが〉

カルは何か答えようとしたが、セリスマは手を振って押しとどめた。

〈ファリト・マッケローは死んだ。彼の殺害犯は必ずや見つけ出し、処罰する。だが、殺害犯を見つけ出したからといって、ファリトが生きて戻ってくるわけではない。それと同様に我らの計画も再開は不可能だ。計画は失敗に終わった。修練者の中から適当な者を探してみなければならぬかな……〉

スバチは神経質な仕草で剣の柄《つか》を握り、また離した。

〈また一年待つということですか？　彼らがそんな時間をくれるでしょうか〉

〈仕方がないだろう。それについては話し合ったではないか。これは修練者にしかできぬことで、ナガは摘出式を終えなければキーボレンを大手を振って歩き回ることができない。だから次の摘出式を待ち、適当な者を探すほかはないだろう〉

宣りを終えたセリスマは、カルが妙な顔をしているのに気づいた。守護者の視線に気づいたスバチもカルを振り返った。カルは注意深く宣うた。

〈ことによると、一年待たなくてもよいかもしれません〉

〈何のことだ？　他に修練者がいたか？　何人かはまだ放浪に出ず、ハテングラジュに残っているとは聞いているが、その中に適当な者がいるのか？〉

〈おります。少し妙な候補者ではありますが。かつては修練者で、キーボレンの地を必ずや逃亡せねばならない理由を持つ者です〉

ふたりは戸惑い、カルの精神をじっくりと覗き込んだ。そして、そこからある名前を見つけ出した。

〈リュン・ペイ！　あの殺人者を!?〉

スバチは驚愕して叫んだが、カルは断固として宣うた。

〈もしもファリトの仮定が正しければ、殺人者はビアス・マッケローであって、リュン・ペイではない。だが、リュンには限界線を越えて逃げねばならない理由がある。心臓を抜いていないのだから。そしてリュン・ペイは神名を持つ元修練者だ〉

カルはセリスマを見た。

〈リュン・ペイを追跡する許可をお願いいたします、守護者セリスマ。もしも彼が殺人者でないのなら、我々に手を貸してくれるかもしれません。死んだ友人の使命を受け継ぐことになるのです。積極的に助けてくれる可能性があります〉

セリスマは沈鬱な表情で宣うた。

〈もしも殺人者だったら？〉

〈だったら〉

カルは自分の剣を一瞬握ってみせた。

〈守護者ユベックスとファリトの復讐ができる。そうではないですか？〉

〈復讐権を要求します〉

家門評議会の会場は、一瞬静まり返った。もちろん、ナガの集まりは常に静かなので、それはナガ的な表現に過ぎず、つまり評議会の構成員みなが一瞬にして精神を閉ざしたという意味に解釈されねばならない。評議会の構成員である各家門の代表者らは、みな議長席を見つめた。

評議会の議長ラト・センは、ナガたちが〝歳の皮膜〟と呼ぶ皮膜のかけらが顔と手の甲のあちこちに残る老いたナガだった。皮膜がきれいに剝がれなくなったために生じる現象で、ナガの間ではその姿が年輪の証拠と尊敬の根拠となる。しかし、その偉大なラト・センも、復讐権という宣りには当惑を隠せなかった。

〈今、復讐権とおっしゃったか。ビアス・マッケロー〉

〈はい〉

半円の形をした議席に座っていた家の代表者たちは、ようやく弱い宣りを送る余裕を取り戻した。礼儀を込めて微弱に発される彼女らの反応はいずれも何を馬鹿な、というもののようだ。

〝当然だ〟ラト・センは彼女らの反応を理解できた。と同時にソムナニ・ペイに対し抑えきれぬほどの怒りが込み上げるのを感じた。

半円の議席の内側にはふたつの机が互いに向き合う形で置かれていた。そこにはこの事件の利害当事者であるペイ家とマッケロー家の代表ふたりが向かい合って座っている。ペイ家の長女であり、家の代表であるソムナニ・ペイはペイ家の側の椅子に座っていたが、ビアスが今どんな宣りを送っているのやら意味がわからないという表情を浮かべていた。内心歯ぎしりをしていたラト・センは、公平さに欠けるという批判を受けるのを覚悟のうえで今一度時間を引き延ばすことにした。

〈では、マッケロー家としては、ペイ家に対し復讐の権利を行使する。そういうことですか？〉

〈そうです〉

ラト・センは悲鳴をあげたい思いだった。ソムナニ・ペイは依然としてぼんやりした顔をしている。その顔を見ていたセン議長は、ふと思い至った。ソムナニ・ペイは、復讐権というのが何なのか知らないのだ。〝なんてこと。そうか、知らなかったというわけか!〟セン議長はすばやく戦略をたててから宣うた。

〈ずいぶんと古風な権利を要求されるのですね、ビアス・マッケロー〉

〈ですが、正当な権利です〉

〈わかっています。ですが、ここにお並びの議員の皆さんのうちには伝承学に関心がない方もおられるでしょう。そこで、私がその方々のご理解を助ける意味で、マッケロー家が何を求めているのかについて、しばし追加説明をいたします〉

ラト・セン議長としては、正直そんなことはしたくなかった。しかし、紛争を回避するのが議長の最優先の任務だ。それを遂行するためには、面目ないが致し方ない。ビアスが抗議しかけたが、議長は怖ろしい眼で一瞥してそれを制した。

〈お座りなさい、ビアス・マッケロー。何を宣りたいのかはわかります。ですが、公平さに欠けるなどといった侮辱的な宣りをあなたがすることは許されません。復讐権というのはあまり使用されない表現です。あなたがそのような稀な表現を使ったこと自体、すでにこの評議会に対する冒瀆《ぼうとく》になり得るという点を指摘しておきたいと思います〉

ビアスは不満そうに腰を下ろした。一方のソムナニ・ペイは、ようやく何が起こっているのか理解したらしい顔になった。ソムナニがよく知りもしないことについて承服や拒否を示す前にそれが何なのか教えてやろうとセン議長は危険を冒しているのだ。彼女は議長に感謝の目配せを送った。しかしセン議長は憤りの表情を浮かべただけだった。

〈復讐権とは、ショジャインテシクトルを指す表現です〉

ソムナニが仰天し、立ち上がった。

〈あり得ません！〉

〈お座りなさい、ソムナニ・ペイ！　あなたに発言権を与えた覚えはない！〉

ソムナニ・ペイは慌てて腰をおろした。自分に好意を示してくれる議長を怒らせる必要は少しもない。とはいえ彼女は腰を下ろすと、怖ろしい目でビアスを睨みつけた。議長は、今度はソムナニ・ペイとビアス・マッケローの両方に怒りの顔を向けた。

〈また、暗殺者指名権とも宣られます。このように、よく知られた表現は多いので、ご参考にしていただければと思います。ビアス・マッケロー〉

ビアスはやむなく頭を下げてみせた。セン議長は続けた。

〈簡単に宣れば、マッケロー家はファリト・マッケローの死の代償としてペイ家の一員を暗殺者に指名できる権利を望んでいるというわけです〉

議席で鋭い宣りがいくつも弾《はじ》けた。精神をきちんと閉ざし損ねた議員たちのものだ。彼女たちは慌てて精神を閉ざそうとしたのだが、ラト・セン議長の怒りに燃えた視線を浴びてしまった。ラト・セン議長はふと、騒乱を理由にこの議会を閉会にしてしまいたい誘惑を感じた。しかし不可能な願いだ。ラト・セン議長は議員席をじろりと睨みつけてから、厳格に宣うた。

〈理解できていない方々はいないようですね。ソムナニ・ペイ、どうです？〉

ソムナニは、〝ありがとうございます〟と宣うたが、その顔は依然としてビアスのほうを向いていた。席から立ち上がったソムナニは、拳を握りしめて宣うた。

〈〝足跡のない女神〟に誓い、こんなバカげた要求は聞いたことがありません。暗殺者を指名するなんて、そんなことは不可能です。ファリト・マッケローは男です！　我がペイ家はこんなあり得ない要求は断じて拒否いたします！〉

ビアスは議長に発言権を求めてから宣うた。

〈ソムナニ・ペイ、ショジャインテシクトルには拒否する権限などありませんよ〉

〈ですが、男ではありませんか！〉

ソムナニはまたも発言権も得ずに叫んだが、ラト・セン議長はもはや怒る気力もないと言わんばかりに黙って見守っていた。ビアスは冷笑した。

〈ですが、男である以前にマッケローです。ファリト・マッケローは心臓を摘出する前に死んだのです。死んだ時点では依然マッケローだったというわけです。よって私たちは、我がマッケロー家の一員の死についてショジャインテシクトルを要求する権利を持っているのです〉

ソムナニは、今度は発言権を得てから宣うた。

〈マッケローは心臓塔に入ってから、そこで死亡しました。あなたの家では心臓塔まで彼を護衛しました。マッケロー家の護衛は、確かに生きているファリトを心臓塔に送り届け、そして護衛の任務を終えました。よって、心臓塔に入ったときからファリトはマッケローの一員ではなかったのです。家が護衛しない者がその家の一員ということですか？　そんなことは常識的にあり得ません。もしもファリトが摘出式の途中で事故死したとしたら、あなた方は心臓塔の守護者を暗殺者として指名するのですか？〉

ソムナニの反論はそれなりに立派なものだった。多くの議員が彼女に同調するのをセン議長は感じていた。ソムナニの宣りが質問の形で終わったので、ビアスは直ちに答えた。

〈再考の価値もない宣りです、ソムナニ・ペイ。常識外れなのはそちらです。私の弟であるファリトは、あなた方の家をしばしば訪れていました。ペイ家に滞在するあいだ、ファリトは我が家門の護衛から護衛されていましたか？〉

ソムナニは唸《うな》り声をあげんばかりにビアスを睨みつけた。が、答えなかった。ビアスは笑みを浮かべた。

〈その沈黙は、ファリトがあなた方の家の中で護衛されていなかったという意味に受け取らせてもらいます。あなたの論理に従えば、そのときファリトは護衛されずにいたからマッケローの一員ではなかった。そういうことになりますね。こんな理屈に同意されるのですか、皆さんは？〉

ソムナニはカッとして叫んだ。

〈リュンもやはり男です！　我がペイ家の一員ではありません！　その者のしたことで、ペイ家の者が暗殺者として指名されるなんて、そんなこと……〉

ソムナニの戦略ミスだった。ラト・センは精神的にうめいた。ソムナニ・ペイは、〝護衛〟に関する部分で今少し食い下がるべきだった。ビアスは相手のミスを見逃さなかった。

〈いえ、リュン・〝ペイ〟ですよね。ファリト・マッケローと同様、リュン・ペイもやはり心臓を摘出していない状態で殺人を犯しました。これは確認済みの事実です。よって、これはペイ家の一員がマッケロー家の一員に対して犯した罪です。ショジャインテシクトルの構成条件を完璧に満たします〉

評議会の議員たちはビアスの弁論に感銘を受けたようだった。男が男を殺した事件に家対家の解決方式であるショジャインテシクトルを求めるという宣りに呆れていた彼女らも、ビアスの弁に説得力があると認め、好意的な精神を開放し始めた。ソムナニはその雰囲気を読み取り、ますます絶望的な気分に陥った。と同時に、彼女は思った。ビアスのことがまったく理解できないと。いったいあの女は何を考えてこんなことを……？　補償金を受け取って静かに終わりにすればいい問題なのに。こっちがすでに提議したというのに。男なんかに支払う金額としては多すぎるぐらいの額だった。それを受け取るほうがはるかに賢明なのに。一体全体なぜ暗殺者を指名しようって言うの？　たかが男でしょう。女ならばともかく……。

ふと、怖ろしい考えがソムナニの頭に浮かんだ。その瞬間、彼女は理解した。ビアスの意図を。彼女はビアスを見た。驚愕のあまりつかえつかえ宣る。

〈じゃ、じゃあ……あなたは、誰を指名しようと……〉

ビアスは顔全体に笑みを浮かべて宣うた。

〈あなたの家には例外と法度に精通し、皆の尊敬を集めている方がいらっしゃいますよね。マッケロー一同の尊敬と信頼を込めて、リュン・ペイを暗殺する者としてサモ・ペイを指名したいと思います〉

ソムナニ・ペイは、荒々しい宣りを続けざまに吐き出していた。評議会の議長室で送れるような宣りではなかったが、ラト・セン議長は彼女を許すことにした。その場に居合わせてもいないビアスに向かって殺伐とした宣りを浴びせかけていたソムナニは、しまいに議長に矢を向けた。

〈議長、いったいどうしてあんなことを許可されたんです？〉

〈静かになさい、ソムナニ。議員たちはみな賛成する雰囲気だった。それは、あなただってわかってるでしょう。あの状況で私がビアスの要求を退けたりしたらどうなったと思うの。結論を下すのを少し待つことぐらいはもちろんできた。でも、そんなことをしたらビアスは直ちに議員投票を要求したはず。そして、勝利したでしょうよ。あなたの家のために、私にそんな侮辱と危険を冒せって宣りなの？〉

ソムナニは少し冷静になった。

〈助けてくださったことは、もちろん忘れません、議長。まったく、あの女が補償金を拒んだときに勘づくべきだった。でも、まさか男のことでショジャインを要求するなんて思ってもみなかったんです！〉

〈省略しないで。意味がおかしくなるでしょう。シクトルがないじゃないの〉

ああもう、この人はまたどうでもいいことをいちいち……。そう思っていたソムナニは、じきに気づいた。議長はそんなつもりで宣うたのではなかったのだ。セン議長は机の上に置かれた包みを見ていた。ソムナニはそれを指しながらも、実は指したくないというように手を引っ込めるという滑稽な姿で宣うた。

〈それは……シクトルですか？〉

〈そうよ〉

ソムナニは一歩後ずさった。

〈私は持ち帰れません、そんなもの。サモにそれを渡すなんて、とても！〉

〈でも、持っていかなきゃならないの。すでに決定は下されたのだから。知ってるだろうけれど、サモ・ペイに与えられる時間は三日だけよ。その間に遺言を残して周囲を整理し、このシクトルを持って旅立たなければならないの。そしてリュン・ペイの首を取って来るの。絶対に途中でやめることなどできないし、休んではならない。手ぶらで戻って来ることも許されない〉

〈わざわざそんなふうに宣らなくても……〉

〈いいから黙って聞きなさい！　このまま伝えなさいってことよ。ここには妥協もなく、ごまかしも許されず、うやむやにされることもない！　リュン自身または暗殺者が死んだことが確実になるまでは、絶対にショジャインテシクトルは終わらない。ふたりのうちひとりが死ななければ、ファリト・マッケローの命の値段を支払ったことにはならない。わかったわね！〉

〈でも、マッケロー家は……ファリトの死のためにそうしているのではありません。サモをハテングラジュから追い払おうとしてるんです！〉

〈もちろん、わかってるわ。だから議員たちがみなビアスに同調したのよ。サモの態度が他の家に途方もない傲慢として映っているのよ。子どもを産む気がないのに男という男はみなさらっていくのだから。まさか知らなかったわけじゃないわよね。サモがいっそ子どもを産んでいたら、まだ腹がたたなかったでしょうけれどね。それなら純粋に競争で敗れたってわけだから。でも、今のサモはね、食べもしないネズミを奪って水に放り投げてるようなものよ。それがどれほど憎しみを買う行いか、まさかわからないわけじゃないでしょう？〉

〈サモは、そんな気はまったくありません！〉

〈そんなことはわかってる！　でも、そうだとしても、あなたたちがサモを説得するべきだったのよ！　結局、あなたたちのせいなのよ。リュン・ペイを愚かな殺人者にしたのも、サモ・ペイを憎悪の的にしたのも、あなたたちがサモという幸運を享受するだけして、用心を怠ったからでしょう！　そのツケを支払うことになったの！　でなければ、このハテングラジュでは生きられないってこと！〉

ソムナニは強張った顔で議長を見た。依然として拒否の表情を浮かべていたが、議長にはわかった。真実を受け入れる準備ができたのだ。老いた議長は疲れたように椅子に背を預け、机の上のシクトルを見やった。

暗殺者のためにのみ作られ、暗殺者によってのみ使われる頑丈で鋭利な剣。それが頑丈に作られている理由は、世界の果てまでも暗殺対象を追跡できるようにだ。また鋭利な理由は肉親を切るときに少しでも苦痛を与えないようにだ。生まれついての戦士であるレコンがこの剣をとても欲しがっているのだが、シクトルがナガ以外の種族の手に渡ったことはない。暗殺が終わったあと、暗殺者がシクトルを折ってしまうからだ。

ラト・セン議長はシクトルに関する古いフレーズをひとつ思い出した。血縁者の血を飲むために創造された乱暴な化け物。セン議長は力なく宣りを結んだ。

〈いっそ、こんな機会が与えられたことに感謝なさい、ソムナニ。サモがリュンの首を取ってくれれば、彼女への他家の憎悪が少しでも和らぐだろうから。家には何の役にもたたない男をひとり殺せばいいのよ。幸運と言えるんじゃないかしら〉

その時刻、マッケロー家では、ビアスが家長から受けた熱烈な称賛にのぼせ上がるまいと努めていた。ドゥセナ・マッケローは娘が成し遂げたことをほとんど信じることができなかった。

〈よくやったわ！　これこそスレンダーシャフトで龍を仕留めるということ。あのトッケビ女がハテングラジュから出ていくのをこの目で見られるなんてね！〉

〈リュン・ペイのおかげですよ〉

〈男の愚かな行いが役にたつとはまったく、驚くばかりだわ。うちのバカ息子を殺してくれるなんてね。それにしても、心臓を摘出していないからまだマッケローの一員。うまいことを言ったこと！　捨てた餌で大魚を釣り上げた格好ね。お前の能力には本当に感心するわ。薬術にしか能がないのかと思っていたら。ああ、もちろん、それも立派なことだけれどね。でも、家のことにも能力を発揮するとは思ってもみなかったわ〉

ビアスは緊張した。気の良い人物のようにおおらかに喜びつつも、ドゥセナはその宣りの中に精巧な罠を仕掛けていた。ここでうっかりへりくだったりしたら野心家の烙印《らくいん》を押されてしまう。たかだか偉業をひとつ成し遂げたぐらいでソメロ・マッケローが得ている信任に挑むのは無理だ。いっそ傲慢に振る舞ってしまおうか。家長はそれを自信の表れと受け取るかもしれない。しかし、それもまた危険だ。

利那の時間だったが、途方もない思案の末に、ビアスは適切な答えを選びだした。

〈私はただファリトの死を伝えられて、なんてことだろうと、信じられない思いでした。摘出前だったがために、呆気なく死んでしまったのでしょうね。でも、だからこそ彼はまだ私たちの責任下にあったというわけです〉

ドゥセナは笑った。

〈論理的だこと。それが学者の態度っていうものなのかしら〉

〈相手がペイ家だったというのが幸運でした〉

運よくドゥセナは満足した。ビアスは挨拶をし、家長の前から退いた。マッケロー家はそれこそ祝杯ムードだった。おそらくハテングラジュのほとんどの家が喜んでいることだろう。ビアス・マッケローのおかげで。ビアスはソメロとふたりの叔母からもさんざん褒められ、応接室に行くと、そこには他家からの手紙や贈り物が山と積まれていた。贈り物の中で特に印象的だったのは、金の軸と羽根がついた立派なスレンダーシャフトだった。ビアスは思わず高笑いをしてしまった。

スレンダーシャフトというのは細くてしなやかな矢のことだ。スレンダーシャフトで狩りをするときは、まず命中させておいて、傷を負った獣が疲れて倒れるまで追跡する。つまりは致命的な傷を与えるのは無理な矢だ。当然、その対象は草食動物に限られてくる。襲いかかってくる獰猛な獣にスレンダーシャフトを放つのは、喧嘩を売ることに等しい。よって、〝スレンダーシャフトで龍を仕留める〟という宣りは、呆れるほど弱い一撃で巨大な獲物を倒すという信じがたい偉業を成し遂げたという意味になる。しかし、どこの家がこんな象徴的な贈り物を……？　確かめたところ、セン家だった。ビアスは納得した。大家《たいか》らしい品格ある贈り物だ。

上機嫌で部屋に戻ったビアスは、部屋の真ん中にぽつねんと座っているカリンドルに気づいて笑みを引っ込めた。

〈あら、カリンドル。どうやって入って来たの〉

部屋の鍵はかけてあった。ビアスは呆れ顔でカリンドルを見たが、カリンドルは説明せず、笑みも浮かべなかった。ただ、無表情にビアスを見つめている。その態度はビアスの気分を損ねた。みんなから称賛を浴びた者に向ける視線としては、無礼としか言いようのない視線だったのだ。

〈なぜそんなふうに見るの？〉

〈それはなに？〉

カリンドルは、ビアスが抱えている贈り物やら手紙を指さした。ビアスはそれをテーブルの上にドサッと置いた。

〈あちこちから贈り物が来てね〉

カリンドルもセン家の贈り物を見つけた。たちまち面白そうな顔になり、宣る。

〈スレンダーシャフトで龍を仕留めたってことね。誰が送ってきたの？〉

〈セン家のラディオール・セン〉

〈ははあ。家長のラト・センでも最年長者のスイシン・センでもないってことね。やっぱりたいした家だわ。印象的な贈り物をしながらも、抜け道は用意しておくのね。ラディオール・センが出来損ないだっていうのは誰もが知る事実だものね〉

ビアスは気分を害した。

〈他の人がもらった贈り物の評価を引き下げるのがあなたの趣味だったなんて知らなかったわ。男の評価を引き下げるほうじゃなかったかしら〉

〈男を殺すのよりはましだと思うけど〉

ビアスはあやうく狼狽《うろた》えそうになった。カリンドルは彼女の顔をじっと見ていたが、やがて立ち上がった。ビアスの脇を通り過ぎ、テーブルに歩み寄る。そして、テーブルの上に置かれていた贈り物の中から装身具をひとつ摘まみ上げた。熱をよく吸収する銅で作られたしゃれた品だった。

〈もらっていくわ、これ〉

ビアスは呆気にとられた。

〈何ですって？　なにを……〉

〈何年か前、部屋の鍵を失くしたでしょう〉

ビアスは精神を閉ざした。これでわかった。カリンドルがどうやって鍵のかかった部屋に入れたのか。カリンドルを睨みつけていたビアスは、カリンドルの無表情な顔が恐怖を隠すための仮面であることに気づいた。カリンドルは装身具をじっと見つめて宣うた。

〈あの日、ここに来たの〉

〈あの日？〉

〈摘出式の日。ファリトが死んだ日〉

ビアスはびくりとし、脇の寝台をちらりと見やった。カリンドルは冷ややかに宣うた。

〈寝台の下に何かあるみたいね〉

ああ、何なの、この子……！　ビアスは理性を失いそうになった。そんなことまで知っていたのか？　カリンドルが隠しておいたサイカーを見つけたのだとしたら、すべてはおしまいだ。ビアスは歯を食いしばり、丸腰で飛び掛かる覚悟をした。

しかし、ビアスはそこで動きを止めた。カリンドルが装身具を身に着けている。

彼女が自分を告発する気なら、あんな装身具をくれと言う必要はない。そのとき、ひらめいた。

取引きをしようとしている……？　カリンドルのこれまでの宣りをひとつひとつ思い起こしてみる。〃印象的な贈り物をしながらも、逃げ道は用意しておくのね〃ビアスの口元に笑みが浮かんだ。

装身具を身に着けたカリンドルが壁を向いて宣うた。無関心な表情を作っている。

〈あの日ね〉

〈あの日？〉

〈助かったわ。いろいろ教えてもらえて。それにしても薬術って難しいのね。姉さんみたいな凄《すご》腕《うで》の薬術師が家族でほんとによかった〉

ビアスは会心の笑みを浮かべた。

〈何か知りたいことがあったら、またいつでもいらっしゃいな〉

〈そうするわ。じゃあね〉

カリンドルは部屋を出ていった。

ひとり残ったビアスは考えた。誰が勝利し、誰がより多くを得たのか。もちろん多くを得たのはカリンドルだろう。彼女はビアスがあの日、部屋を空けたのも知っているし、犯行道具だったサイカーも持っている。念のために寝台の下を見たが、それは消えていた。些細なものだとはいえ、装身具をひとつ持っていった。

しかし、勝利したのがどちらなのかは判然としない。おそらくカリンドルはソメロよりビアスのほうが次の家長になる可能性が高いと考えたのだ。ビアスを告発するよりも弱点を握ることにしたのはそのためだろう。しかしカリンドルが装身具をして象徴して見せた〃取引き〃は危険なものだった。まあどちらにせよ、カリンドルがビアスの共謀者となってくれた今、勝利したのはふたりと言わざるを得ないだろう。そう言えば……。ビアスはそのとき思いが至った。この家では鍵が壊れたり紛失したりすることがよくあったことに。カリンドルはいったいいくつ鍵を持っているのだろう。ビアスはふと、わずかではあるが恐怖を感じた。

ソメロのように最年長者でもなく、ビアスのように野心に満ちているわけでもないカリンドルが生き残るためにしてきたことが鍵を収拾することだけだろうか。カリンドルをよく観察せねば。ビアスは考えた。もちろん、その前に部屋の鍵を変えなければとも。

ソムナニ・ペイは、あたかも自分の手足がちゃんとくっついているかどうか気にしているかのように見えた。視線をどこに据えるか決められずにいる彼女に助け舟を出そうとサモ・ペイがシクトルに目を向けると、ソムナニはようやくサモをまっすぐに見て精神を開いた。

〈どういう宣りなのか、わかる？〉

サモは肯定に当たる、しかし明確な単語には還元できない宣りを返した。うなずくのと似ているが、ナガのこんな不明確な宣りにはより複雑な余韻が込められる。サモは今、自分が理解したのかよくわからないけれど、どうせ肯定せねばならないのではないか、というふうに宣うたのだった。ソムナニはその不明確な宣りを詰《なじ》るように、冷たく確固たる宣りを送った。

〈リュンを追跡して、殺しなさい。そうして、その首を取ってくるの。ショジャインテシクトルが完了したって証拠が必要だから〉

サモは依然としてシクトルに目をやったまま宣うた。

〈でなければ、私の首でも？〉

〈やめて！　そんな宣りは……〉

〈暗殺者か暗殺対象のうちひとりが死ねばいいのでしょ？〉

〈でも、駄目よ。今回死ぬべきはリュンのほうよ。いい？　リュンを仕留めるの。辛《つら》いでしょうけれど、そんなに難しいことじゃないはずよ。あのお馬鹿さんは心臓を持ったまま逃げた。だから、たとえあなたにできなくても偵察隊員がやってくれる。そんなに長くかからないわ、きっと。だから、あなたは追跡する真似だけして戻ってくればいいの〉

ソムナニはそのときサモの精神の中に奇妙な染みのようなものを見つけた。それに神経を集中させたソムナニは気づいた。それが確固たる意志というよりは、感情的な志向であることに。しかしそれが意味するところはソムナニを戦慄させた。

ソムナニはサモの手をしっかりと握りしめた。

サモは驚いた目でペイ家の長女を見た。ソムナニは、サモの精神と融和させてしまおうとでもいうような勢いで宣りを浴びせた。

〈駄目よ〉

〈姉さん〉

〈あなたが死ぬことないわ。しっかりして！　リュンはね、どうせ生きてはいられないわ。心臓を抜いていないナガがキーボレンで生きていけるわけがない。それに、あの子は守護者と修練者を殺した。愚かな男のやることとはいえ、かばいきれないわよ。あなたが同情する価値さえないわ、あの子には。あなたに殺されることだって、あいつには身に余る光栄よ！〉

ソムナニは改めてビアスへの憎悪を感じた。これはひどい侮辱だ。たかが男ひとりを捕らえるために、家の最も尊敬されている女を暗殺者に指名するなど。しかしソムナニは、ラト・セン議長の宣りを思い出した。〝いっそ、こんな機会が与えられたことに感謝なさい〟ソムナニは自分の記憶をそのままサモに送り、サモにラト議長の宣りを聞かせた。サモがうつむく。

〈わかったわ。女が責任を取らなければね〉

そして、サモはシクトルをガッとつかみ取った。何か宣ろうとしていたソムナニは、その勢いに驚いて精神を閉ざした。シクトルをつかんだサモは、それをゆっくりと鞘《さや》から抜いた。

シクトルは、サイカーと似た形をしている。人間やトッケビ、もしくはレコンがしばしばこれがかの貴いシクトルだと言って自慢げに剣を見せることがあるが、それらの剣はどれもサイカーだ。シクトルはキーボレンから持ち出されたことがない。サモにさえも、いま自分の手に握られているのがサイカーなのかシクトルなのか見分けがつかないのだ。サモはしばしその刃を見つめていたが、やがてふい、と横を向いた。

そこには石のテーブルがあった。ソムナニが驚いた顔で見つめる中、サモはシクトルを高々と振りかざした。

そして、ひと息に石のテーブルに突き立てた。

火花が散り、石のテーブルの端が下に落ちた。ソムナニはシクトルの威力に驚きながらサモを見た。彼女はシクトルの刃を確かめていた。

〈欠けたりはしていませんね〉

〈やっぱりシクトルね。どうやって折るのかは知ってるわね？〉

〈ヒチャンマの葉で拭ってから、石に強く叩きつけるんですよね〉

〈そうよ。よくわかってるのね。じゃあ、準備なさい〉

〈はい〉

ソムナニはサモの部屋を出た。ひとり残ったサモは、シクトルの刃をじっと見た。サイカーと同じ波形の刃文が入ったシクトルの刃に奇妙に歪んだサモの顔が映っている。刃から目をそらし、今度は床に落ちた石の欠片に顔を向ける。それを見ているうちに突然眩暈《めまい》を感じ、サモは横にあった椅子に座り込んだ。彼女の頭にリュンと交わした宣りがふいに思い浮かんだ。

〝僕は、あなたが産むことのない子どもの代用品にはなりたくありません〟

〝私の子どもにはなれなくても、友だちにはなれるわよね？〟

サモは力なく笑った。自分が産むことのない子どもも、友情を分かち合う友もいなくなってしまった。後に残ったものといえば、その彼の首を取るという暗殺の使命だけ――。

サモはシクトルを持ち上げ、左腕に当てた。

それをつかみ、ぐいと引く。

シクトルの鋭利さに、サモは改めて驚いた。痛みはほとんど感じられなかった。もしかして切れていないのでは、と思われたほどだ。けれど、シクトルの刃にはサモの血がついていた。ハンカチを取り出してその血を拭い取る。これでシクトルは見つけ出せるようになった。同じ血が流れる者を。サモは試しにシクトルを手に取り、あちこち向けて見た。思った通りだ。どこへ向けても柄《つか》が熱を帯びる。今ここがペイ家の中だからだ。けれど、いったん外に出たら……シクトルはリュンを見つけ出すだろう。たとえこの世の果てにいても、必ずや。この剣は完璧だ。血縁者の血を飲むための剣として。刃についた血と同じ血を見つけ出すのだから。
翌日、サモ・ペイはハテングラジュを発った。

体温がゆっくりと上昇している。露わになった皮膚に染み入った熱気が血の流れに乗り、より暗いところの皮膚へと移ってゆく。その熱気がついに目の周囲と頭まで上がってきたそのとき、リュンは目を開けた。

日が昇っていた。

自分がどんなふうに眠りこけていたかに気づき、リュンは小声で悪態をついた。彼は木の下の、他から丸見えの場所に横たわっていた。四日間、何も食べずに走り続けたあと、ひもじさにアルマジロを一匹丸ごと食べてしまったのが間違いだった。ナガはふつうアルマジロをうまく捕まえられない。アルマジロの硬い皮膚は体温をあまり感じさせないからだ。でも、そのアルマジロはミスを犯した。体を思いっきり縮め、丸くなって身を守ろうとしていたのだ。丸まったアルマジロを踏みつけて転べば、いくらナガでもアルマジロに気づく。リュンのような狩りの初心者でもだ。サイカーの鋭い刃にアルマジロの鎧《よろい》は何の役にもたたず、五日ぶりに飽食したリュンはぐっすりと眠り込んでしまったのだった。

こんなのんびりしている場合ではないのに……。しかし、リュンは相変わらず木の下に寝そべったまま、ぼんやりした目で上を見上げていた。

枝はひどく絡み合っていた。どの枝がどの木のものなのかとうてい見分けがつかない。樵《きこり》の斧など触れたこともない巨大な木々は、化石のような印象を与える。その絡み合った枝を見て、リュンは血管のようだと思った。互いを包み込んで育っていく葉は、血管から流れ出す緑色をした血だ。

ファリトの体から噴き出した血のような。

リュンは、びくりと身を震わせて起き上がった。

リュンは、心の内でファリトを恨んだ。友情をもって、ファリトはリュンの精神に強力な結び目を残した。それは罪悪感を司る部分で、それをほどくことはリュンにはできなかった。もちろんリュンは、ファリトの死を阻止できなかったことに罪悪感を覚えるべきだと思っている。でも、それはあくまでも理性的な判断であって、感情はいっさい伴っていない。それでリュンは、自分がファリトを本当に愛していたのかも信じられなくなっていた。

——なぜ君のために心から哀しめなくしたんだ、ファリト！

憤っていたリュンは、ヨスビのことを考え始めた。ヨスビの死の悲しみをファリトのほうへ向けようとしたのだ。でも、感情というものはそんなふうに配分されたりはしない。激しすぎる感情を減らして足りないところへ移すなど不可能なのだ。

代わりにリュンを捉えたのは、父親の死に際して感じた恐怖だった。ヨスビの最後の姿の上にユベックスの姿が重なり、その上にまたファリトの姿が重なる。恐怖を拭えぬまま、リュンは急いで立ち上がった。

——こうしてはいられない。

リュンは周囲の灌木《かんぼく》に歩み寄った。木の葉の面では露《つゆ》が渇きかけている。それでもリュンは、上のほうから慎重に葉を払い始めた。露を集めようというのだ。案の定、一番下まで払ってもいくらも集まらなかった。やむなく集められた分だけでも飲み、口元を拭う。そして、太陽の位置から方向の見当をつけた。

——あっちが東か。なら、北はこっちだな。

腹が重く、どうにも気分がすぐれなかった。食べ物を嚙まないナガは消化が遅い。ネズミより大きいものを食べたことがなかったリュンは、今の自分の状態にかなりの違和感を覚えていた。バラバラになった肉塊が原形をとどめたままで胃の中を転げまわっているような気がし、不快感すら覚える。

「慣れるんだ。どうせ、男は死ぬまでこんなふうに食事をするんだから」

声を聞いて、リュンは怯《おび》えた。それが自分の独り言だと気づくまでにかなり時間がかかった。同時に、リュンは自分が声を意識していることに驚いた。

キーボレンの密林には実に豊かな音があふれていた。

自分の耳に聞こえる音がすべての音ではないことを、リュンは重々承知していた。彼の弱い聴力で捉えられる音など限られている。しかし、にもかかわらず、リュンは圧倒的といえるほどの音にさらされ茫然とした。音などこれまでろくろく聞いたことがないというのに、それがどんな音なのか、リュンは宣ることができた。

森が目覚める音を聞きながら、リュンは北をめざして歩き始めた。友の死を悲しむことさえできなくなった彼に残されたものは、友の遺言を盲目的に追求することだけだった。

彼が後にした地面には、銀色の閃光が細く光っていた。

第3章　涙のごとく流れる死

水を嫌うという点において、ナガはレコンと通じるところがある。しかしレコンが石ころ並みの泳力しか持たないことから水を怖れるのに対し、ナガは水の冷たさゆえに泳ぐのを好まない。子孫が父母の名を受け継ぐという点において、ナガは人間と通じるところがある。しかし人間が父親の名を受け継ぐの対し、ナガは母親の名を受け継ぐ。死の恐怖を退けたという点において、ナガはトッケビと通じる。しかしトッケビが死んだ後にも存在できるがために死を怖れないのに対し、ナガは心臓を摘出することで驚くべき生命力を得ているだけだ。（中略）霊肉が依存し合わないという特徴を持つがゆえに、トッケビは神に近い種族と言われたりもする。しかしながらそれは誤解である。トッケビとて霊と肉が共に誕生するのは他の種族と同様であるし、たとえ肉が滅びて後も霊として存在できるとはいえ、それは他のトッケビの肉が近くにあるとき――すなわちトッケビの共同体と接している状態でのみ可能なことだ。もしも、あるトッケビが離れたところでひとり死んだら、そのトッケビの霊魂は火で自らを包み、生きているトッケビを探して猛烈な勢いで飛んでゆく。時にトッケビがいないところでトッケビの火が見つかることがあるが、それこそがひとり死んだトッケビの霊魂である。（中略）殺されるということがあり得ないトッケビに肉体的な脅威を与えて怒らせることはほぼ不可能だ。が、トッケビのきさくな性情を甘く見、彼らを圧迫するような過ちを犯したりしたら、それは最悪の災いへの近道となることだろう。あの無道で邪悪なペシロン島の人々が犯した失策がまさしくそれだ。

――ガイナー・カシュネップ『考える動物たち』

朝が来た。葉脈を伝って流れていた露《つゆ》が葉先で止まる。その中に逆さになった世界を抱き込みつつ膨れ上がっていった露はしまいに落下する。まるで世界の重みに耐えかねたかのように。落ちた露が草の葉に当たり、濃い草の香が広がっていく。

地面を窺《うかが》っていたケイガンは、顔をあげた。

彼はキーボレンにいた。

ケイガンの周囲には巨大な気根が帳《とばり》のように広がっており、その暗い肌理《きめ》に沿って露を含んだ苔《こけ》が光っていた。言葉では言い尽くせないほど多くの影が絡み合い、積み重なる巨大な原始林の中では、ケイガンは塵ほどの小さな染みだった。

露をたっぷり含んだ花を摘むと、ケイガンはそれを口に咥《くわ》えた。唇の間で花びらを滑らせ、口中に残った露を吟味しつつ目を閉じる。静謐《せいひつ》な朝だった。ケイガンはその沈黙の時間をできるだけ引き延ばしたかった。たとえここが、彼が愛することのできない森であっても。

しかし、ケイガンはじきに花を地面に捨て、身を返した。

蔓《つる》と灌木《かんぼく》をかき分けて野営地に戻ると、ティナハンはもう起きていた。しかし、ビヒョンはまだカブトムシに寄りかかってぐっすり眠っている。ケイガンがやって来るのを見つけたティナハンは、羽毛をぶわりと膨らませて言った。

「鬱陶しい天気だな……。ところで、どこか行ってきたのか?」

「ああ、様子見に。何かの形跡があるかどうか。ナガ偵察隊の形跡を見つけた」

ティナハンが緊張して鉄槍をつかむ。しかし、ケイガンは首を振った。

「大丈夫だ。十日前のものだから」

「十日? なんだ、そんな古い跡も残ってるのか?」

「あいつらほど騒々しく跡を残していく連中もいないからな。木の枝だろうが草の葉だろうが泥濘《ぬかるみ》だろうがお構いなしに踏みつけて歩くのだ。何しろ音を気にしないから」

偵察隊は総勢八人だった。彼らの進行方向と逆方向へ向かっていたので、また出くわす可能性は低い。とはいえナガ偵察隊の移動方向は不規則なので、ケイガンは確信したりはしなかった。ナガ偵察隊は好き勝手に動く。集結地や要塞、もしくは根拠地といった概念が彼らにはないからだ。ナガ偵察隊は、いちど偵察に出たら一年や二年、場合によっては五年も偵察を続ける。他の種族ならば、資源補給の問題でとうていそんな偵察活動は不可能だろうが、キーボレンの中にあってナガ偵察隊は、補給倉庫の中で偵察活動をしているようなものなのだ。ケイガンがこの危険な旅を敢行しながらも食料のことで頭を悩まさずに済むのもまた、ここがキーボレンだからだ。ここで見つかるのはナガ偵察隊の足跡だけではない。森の動物たちの足跡も数えきれぬほど残っているのだ。

「だが、ずっとひとところにいるのは利口なことではない。ビヒョンを起こして、出発するとしよう」

真昼のキーボレンは、暗く湿っぽく重たげだ。

熱を隠すために手足を覆う分厚い服を着込み、どこから現れるかわからないナガ偵察隊を警戒して注意力をひたすら酷使しつつ、人間、トッケビ、そしてレコンは歩いていた。それにしても、キーボレンがもたらすこの重圧感――。それを防ぐのは不可能だった。太陽の放つ無慈悲な矢もキーボレンの頭の部分を貫くことができず、その下の部分には果てしない影が広がっている。数千年のあいだ陽の光がいっさい届いたことのない場所もあるに違いない。この地のどこかには、きっと。ビヒョンとティナハンはそんな確信を持つに至った。

一行はペルドリ川に沿って南へ進んでいた。分厚く巨大な木の葉は無作法に伸び、彼らの頬をぴたぴたと打ってくる。苔に覆われた木の根っこは罠《わな》のように足を捕らえる。木々は旅人や地図製作者の便宜などはまったくお構いなしで彼らだけの法則に則って育っていた。なので、百メートル進むために数百メートルのまわり道を強いられるぐらいは茶飯事だ。十歩先に何があるのか断言するのは極めて難しい。固い地面が現れるのか、枯れ木がぷかぷか浮かぶ水たまりが現れるのか、はたまた崖が現れるのか。実際、遠くからは森の一部に見えていたものが、近づいてみたら蔓や苔や木の葉で覆われた断崖だったと気づくことがしばしばあり、そのたびに彼らはまた数百メートルも回り道をさせられるのだった。一行は、何度もペルドリ川を見失いそうになった。冷静かつ根気よく一行を導くケイガンがいなかったら、救出隊はとっくの昔にキーボレンの密林で道に迷い、さまよっていたことだろう。

とはいえ、ビヒョンは快活だった。

音に気を配る必要がないのをいいことに思うさま騒ぎたて、大声で笑う。時には後ろから付いてくるカブトムシに歌など歌ってやっていた。そんなことをビヒョンは心から楽しんでいるらしい。彼は時おりケイガンを見やった。こんな楽しいキーボレンがなぜ悪名高いのか理解できぬという顔で。一方のケイガンはというと、ナガ偵察隊と遭遇した瞬間に楽しさなどは伝説か何かになってしまうことを知っているので、ビヒョンがはしゃいでいるのに水を差したりはしなかった。イノシシよりも大きな音をたてて歩いてくるカブトムシも気にしなかった。

実はケイガンは、カブトムシを連れていくのに難色を示したのだった。彼の最初の計画では、カブトムシはキーボレンに着いたらすぐに返すことになっていた。ところが、ビヒョンが異議を唱えた。カブトムシは分厚い外皮を持っているので熱をさほど発散しないし、変温動物だからナガ偵察隊の目を引くことはないはずだ。ビヒョンの主張を最後まで聞くと、ケイガンはカブトムシを指さして言った。

「しかし、大きすぎる」

いくら熱をあまり発散しないからといって、体の長さが六メートルもある生き物が歩いていたら、目につかないわけがない。けれどもビヒョンはそれに対しても物申した。大きさで言えばティナハンの鉄槍のほうがはるかに大きい。それに、もしもの場合はカブトムシに乗って舞い上がることができるではないか——。後者の主張は、ケイガンにとっても魅力的ではあった。

「しかし、カブトムシは木を齧《かじ》り、花をちぎって食らう。そんなふうにされたら、我らが愛しの樹木愛好家たちは怒り心頭に発して追いかけてくると思うが。奴らの関心は、ひたすら木に注がれているのだ」

「でも、野生のカブトムシだっているでしょ？　それに、注意を引かないよう少しずつ食べさせることもできますよ。我らがナーニは小食なほうなんです。ガタイに似合わずね」

ナーニというのはカブトムシの名だった。その名を聞かされたとき、ビヒョンのただならぬ命名感覚に、ケイガンとティナハンは鳥肌の立つ思いだった。堂々たる角《つの》と分厚い甲皮を持つカブトムシが、ナーニとは……。結局、ケイガンは〝案内者〟としてカブトムシの同行を許した。そうして自分の決定に責任を負う者らしく、ひっきりなしに騒々しく木を齧るカブトムシの振る舞いを黙認した。ビヒョンが保証した通り、ナーニは木を台無しにしたりはしなかった。でも、ほとんど一時間おきに木に飛びついた。その姿をじっと見ながらティナハンは考えていた。ビヒョンとナーニのどちらのほうがうるさいか、判断するのは至難の業だ……。

しかし、ビヒョンと彼のカブトムシが口を噤《つぐ》むときがついにやって来た。そろそろ夕食の準備をする時間だった。その食材として、ケイガンは木の上を飛び回るサルに目を付けた。

「ティナハン、お願いしてもよいか？」

ティナハンはうなずくと、石ころを拾った。ビヒョンが後ろを向くのを待ち、木の上めがけて石ころを投げる。とはいえ、それが石ころというのはあくまでレコンの基準であって、サルにとってはほとんど岩に等しかった。矢よりも速く飛んでいった岩はサルを一撃であの世に送り、おまけとして大量の枝葉を落下させた。

ビヒョンがまだ後ろを向いているうちにナーニが穴を掘った。ケイガンとティナハンがサルの皮を剝《は》いで解体し、巨大な木の葉でくるんで地中に埋める。その後は、ビヒョンの出番だった。ケイガン、ティナハンのふたりは関心のないふりをしつつ、実は魅入られたようにビヒョンの作業を見ていた。

同行者のひとりがトッケビだと知ったとき、ケイガンは悩んだ。トッケビの火食の習慣をいかにして放棄させるか。限界線を行き来しながら無数のナガを相手にしたケイガンとはいえ、ナガのように生きたまま食べはしない。しかし、火をたくという危険を冒すよりはいっそ生肉を喰らうほうがましだと考えていた。しかしトッケビは果実さえも焼いて食う。生食などできるわけがない。ケイガンの悩みは深かった。

ところが、ビヒョンは実にトッケビらしいやり方で問題を解決した。ティナハンが信じ切れずにそっと地面に触れるのを見て、ビヒョンは大声で笑った。地面は冷たかった。しかし、彼らが地面を掘り起こすと、完全に焼けた木の葉とこんがり焼けたサルの肉が現れたのだ。ビヒョンは地中にあるものをトッケビの火で焼いたのだった。焼けた肉を食いちぎりながら、ケイガンは考えていた。トッケビは水中でも火を起こせると聞いたが、あながちでたらめでもないのかもしれない……。

ケイガンはまた、自分がいま愉快な気分だということに気づき、戸惑った。

ケイガンは、キーボレンに対して好意を持ったことがなかった。彼が森に対して抱く感情は単純で、確固たる論理にもとづいて導出されるものだった。ケイガンはナガを憎悪している。ナガは森を愛している。よって、ケイガンは森を憎悪した。世界のすべての森を燃やす権限と世界のすべてのナガを燃やし尽くす権限、そのどちらか一方を選べと言われたら、彼は躊躇《ためら》うことなく前者を選ぶだろう。焼き殺す？　それでは生易しい。森を燃やすのだ。そうすれば、ナガたちに途方もない苦痛を与えてやれる。

なのに……西に傾いた太陽が世界に向けて最後の光を投げかけるとき、森が日没の哀歌を歌い始めるとき、森の髪の間から漏れ入るオレンジの光線が質感を持った血肉のように虚空を滑るとき、カブトムシを撫《な》でさすっていたトッケビがふと振り返り、おどけた笑みを浮かべるとき、ケイガンは明日という未知の時間を楽しい気持ちで待つことができた頃に戻ったような錯覚を覚えた。食事を終えてから、ケイガンは双身剣の来歴を説明してほしいというビヒョンの求めを快く受け入れながら、そんな自分を不可思議に感じた。

「その昔、一振りの剣に満足できなかったレコンの剣士がいた。靴も二足、手袋も二枚で一組なのだから、剣も二振り必要だ。彼はそう考えたのだ。そこで彼は、〝最後の鍛冶屋〟を訪ね、二振りの美しい剣を作らせた」

ティナハンはにんまり笑ってうなずいた。傍《かたわ》らにはうずくまるカブトムシ。その巨大な体にはビヒョンが凭《もた》れ、ケイガンと向かい合って座っている。燃え上がる夕暮れの中に熱帯の密林は、あたかも赤く変色した絵のようだった。風景の深みが信じられないぐらいに無視されている。

「その剣の名はヒマワリとツキマワリといった。レコンはその二振りの剣を振るって敵を倒し、偉業を成し遂げた。無数のレコンを倒し、レコンの美女を奪い、邪悪な斗億神《ドゥオクシニ》の中でもいちばん怖ろしいとされるものを退けた。そして、しまいに彼は気づいた。自分が王となっていることに。それは、レコンの手で築かれた最初で最後の王国だった。王は、責任感というものを持ち合わせていた。彼はヒマワリとツキマワリを鞘《さや》におさめ、王国を統《す》べるのに専念した。ところが、時の流れの前ではさすがの王も無力だった。彼は年老いていった。すると、ナガどもが老王の地を欲し始めた。ナガはその地に森を作ろうとしたのだ。ナガとて老いた王の偉大な伝説は知っていた。それでも彼らは信じた。自分たちは、それを成し遂げることができると。なぜなら、王には世継ぎがいなかったのだ。息子が生まれなかったわけではない。しかし彼らは王の傍らに残っていなかった」

ティナハンはわかる気がした。家の名が受け継がれていくのはナガと人間だけだ。レコンの場合は……。

「みな伴侶を求めて旅立った。だよな？」

「そうだ。そなたらレコンが王国を建設できない理由がそれだな。それはまた、そなたら種族の話を人間である私から聞かされる理由でもある」

「いや、だが……その王にだって臣下がいたはずだろう？　そいつらは……あっ！」

「その通り。みな人間やトッケビだったのだ。彼らは王のことが好きだったが、王のように強くはなかった。ところが王の敵は不死のナガだ。そこで、老王は立ち上がった。我が物を自ら守るために。戦場を駆ける彼の姿を目の当たりにし、ナガどもは呆気にとられた。とうてい年老いた王とは思えなかったのだ。ナガの歴史上、最も恥辱にまみれた敗北だったはずだ。言いがかりを好む者どもは、へそ曲がりの連中は、言うかもしれない。戦場が寒すぎた――。つまり、ナガは寒さのせいで力を発揮できなかったのだと。しかし、王は偉大だった。何者も貶《おとし》めることができないほどに。しかし王は、その戦闘で片手を失くしてしまった。これは多少信じがたい話ではあるが、ひとりの勇猛なナガが剣を握った王の手を呑み込んでしまったので、王は自らの手首とともにナガの首を刎《は》ねた。そんな伝説もある」

その光景を想像したビヒョンが妙な息の音をたてる。それでもケイガンの話は続いた。

「ともかく、王は自分の二振りの剣を使えなくなった。けれど、老いた王はどちらかひとつを選ぶことなどできなかった。どちらも王の人生そのものだったのだから。彼はレコンだった。おそらく最もレコンらしいレコンだったろう。自分が建てた王国ではなく共に戦った二振りの剣こそが、王が生きてきた日々の証だった。彼が手に入れた無数の美女ではなく、その二振りの剣こそが王の真の伴侶だったのだ」

ティナハンは自分の鉄槍に目をやると、うなずいた。

「それで……」

「そうだ。王は二振りの剣を携え、また最後の鍛冶屋を訪れた。ティナハン、おぬしはよく知っているだろうが、最後の鍛冶屋はひとりに対し、一度だけしか武器を作らない。二度目はないのだ。もちろん王も、そんな要求はしなかった。彼の頼みはヒマワリとツキマワリをひとつの剣にしてほしいというものだった。最後の鍛冶屋はその願いを受け入れた。完成した剣は、ふたつの刀身を片手で振るえるよう、柄《つか》はひとつになったものだった。王は満足し、その剣をマワリと名付けた。それがこの剣だ。王のプライドさ」

三人の語り部は、トッケビを殺せる。話にのめり込んだビヒョンは唾を呑み込んで尋ねた。

「で、その王は？　どうなったんですか？」

「老いて死んだ。王が死ねば、王国は霧散する。誰もがそう信じていた。しかし、そうはならなかった。王の部下だったひとりの人間がその王国を引き継いだのだ。その王国は意外にも長く続いたのだが、ついにナガの無慈悲な攻撃の前に崩れ去り、今ではナガの森に覆い尽くされて痕跡すらも残っていない。伝えられているものと言えば、退くということを知らなかった英雄王に捧げられた歌、それとこの剣マワリだけだ」

ビヒョンは驚いた。彼も知っている名だったのだ。

「英雄王！　そのレコンの王が英雄王だったんですね。じゃあ、それが英雄王の剣なんですか？」

「そうだ」

「じゃあ、少なくとも千五百年も前の剣ってことになりますよね？　なのに、どうしてそんなに完璧な状態なんですか？」

ケイガンが答えるまでもなく、ティナハンが鉄槍を指して言った。

「最後の鍛冶屋で作られた武器はな、手入れさえちゃんとすれば、ほとんど永久に使えるんだ。だから、一生に一度作ればいいのさ」

うなずいたトッケビはふと人間の顔を見……そして、その視線はそこに釘付けになった。ケイガンは木の根元に背をもたせ掛けて座っており、弱々しい陽ざしがひと筋、彼の顎と胸を斜めに横切っていた。ケイガンの厳しい視線は泥だらけの足を見下ろしているようだったけれど、同時にもはや振り仰ぐものを失った男の視線のようにも見えた。何とも言えぬ奇妙な気分にとらわれ、ビヒョンは質問した。

「あなたは、誰なんですか？」

ケイガンは顔をあげた。そして、世の荒波を乗り越えてゆく些細な能力をもって日々を送る、疲労にくすんだ放浪者に戻った。

「私か？　ケイガン・ドラッカーだ」

ビヒョンは単にそれだけではないだろうと思った。その考えが正しかったことは、翌日の明け方に確かめられた。夜明け頃、ティナハンとビヒョンはついにナガを目撃したのだ。

＊

ハインシャ大寺院に夜が訪れた。

竹片の文字が読めなくなり、ジュタギ大禅師は不満そうなため息を吐くとランプを手探りした。親指と人差し指で芯をつまみ、それをすばやく揉む。すると、じきに芯から炎が燃え上がった。部屋の中が充分に明るくなると、大禅師はまた文机の上の竹片を覗《のぞ》き込んだ。

古代の神秘的な技術で処理された竹片は、はるか昔の知識を完璧な状態で保存していた。伝承の途絶えた技術を復元するなど思いも及ばない境遇なので、寺院の聖職者たちは竹片の驚くべき耐久性に感謝せざるを得なかった。もちろん聖職者たちは怠け者ではない。いつか竹片が壊れたときに備え、筆写本を作っている。しかし、いま大禅師が読んでいる竹片は、筆写など思いも及ばぬものだった。そのため、竹片に触れる大禅師の手つきはこの上なく注意深かった。

そのとき、外から低い声が聞こえてきた。

「大禅師様、オレノールです」

「入りなさい」

引き戸が横に滑り、オレノールが注意深く中に入ってきた。大徳《だいとく》という法階を持つ若き天才ではあるが、大禅師の前ではまるで行者のように振る舞うオレノールの姿に大禅師は微笑んだ。しかし、その顔はたちまち緊張した。オレノールの手に大きな壺のようなものがあったのだ。オレノールは壺を床に下ろすとひざまずいた。

「蛇が暴れております」

「しばし待て」

大禅師は竹片を注意深く巻いてから文机を脇にどけた。それを見届けてからオレノールは壺の蓋を開け、中のものを床にぶちまけた。

出てきたものは何匹もの蛇だった。黒光りする体を絡み合わせている。一匹残らず猛毒を持つ蛇たちは、腹を上にしたりとぐろを巻いたり、はたまた噛み合ったりしながら床の上を這っていた。オレノールの言う通り、蛇たちは動揺していた。忙《せわ》しなく身をくねらせ、ジュタギ大禅師とオレノールのいるほうへ向かってくる。それを見計らったかのように大禅師が言った。

「見せてみよ」

蛇はぶるると身を震わせると、するすると動き出した。床と蛇の腹がこすれ合い、細い音が絶え間なく響く。そのうち蛇は、何かの模様を形成し始めた。動き続け、重複したり途切れたりはしていても、何を見るべきかわかっている者にとって、その模様が伝えるところは明らかだった。

蛇語を読めるオレノールは驚愕の表情で大禅師を見つめた。

「彼らの修練者が死んだと!」

「……蛇を制御せよ」

任務を終えた蛇はひときわ穏やかになっていた。オレノールが慌てて壺の口を床につけ、傾けてやると、蛇はその中に這い込んでいった。オレノールが蓋を閉じ、大禅師のほうを見る。ジュタギ大禅師は苦痛に近い表情で床を凝視していた。

「あらゆる可能性を考慮し、万全の準備を整えたと思っていたのだが、摘出恐怖症のナガがそれを……。なんということだ」

「もしや、嘘ではないでしょうか。あちらが怖気づいたとか……」

「それはどうかな。もとよりこのことを提案してきたのはセリスマのほうなのだ。嘘ではない気がするな。馬鹿馬鹿しい分、むしろ」

「では、いかがいたしましょう。もう一年待てるでしょうか」

ジュタギ大禅師は眉をひそめ、念珠を取り上げた。どこにもおわさぬ神に捧げる祈りが繊細に刻まれた念珠は、その玉を数えると、神に祈りをいちど捧げたことになる。念珠を数えていた大禅師は重たいため息を吐いて言った。

「それよりも火急の問題がある。救出隊はすでに出発しているはずだ。死地に赴いているのだ。なのに、彼らに連絡する手立てがない」

「それでしたら、ご心配には及ばないかと。ケイガン・ドラッカー様がいらっしゃるではないですか」

「それはまた、どうかな……。あの修練者が他でもない心臓塔で死ぬなど誰が予想しようか。心臓塔はナガに不死を与えるところ。その場所がナガであるその修練者の墓場となるとは、何とも皮肉なことよ。そんなことが起こるとは……何とも不吉だ。我々はケイガンまでも失うことになるのではないか……。それに、状況も変わった」

「は？　それは、どういう……」

「偵察が強化されるだろう。その修練者を殺害したというナガがキーボレンに逃げたというではないか」

　オレノールは暗い顔でうつむいた。ジュタギ大禅師は独り言のように言った。

「双身剣マワリのふたつの刃はナガと斗億神の手からあるじを守るという言葉がある。その種の言葉には、そうであれという願いのほうが強く込められているものだ。それが事実だというわけではなく。我々としても、そうなることを願わねばならぬな。英雄王の剣が、ナガからそのあるじを守ってくれることを」

「恐れながら大禅師様、トッケビもおりますし、ご心配には及ばないのではないでしょうか。ナガの大敵はトッケビと言うではありませんか。トッケビが妖術使いなのですから、彼らは安全なはずです」

　オレノールは気落ちした大禅師を慰めようとして明るく言った。しかし、大禅師の顔色は晴れなかった。

「とはいってもな……。そのトッケビが火遊び……そう、ペシロン島でのようにな、そんなことを始めたらどうする。そうなったら、キーボレンのナガ偵察隊員をみな引き付けてしまうぞ。ケイガンが気を付けるべきなのはナガだけではないのだ」

＊

　ビヒョンとティナハンは、ナガ偵察隊のことを心配していたが、ケイガンはそれに比べると、ほとんど心配していなかった。理由を尋ねるふたりにケイガンは答えた。目は前だけを見るが、耳は四方の音を聞く――。その言葉はやがて、事実と証明された。

　真夜中の闇の中でとにかく有利なのはナガだ。他の三種族はナガが鼻先まで迫っても見えないが、ナガは数キロ先から見えるからだ。けれど、ここキーボレンでは多少事情が違ってくる。ぎっしりと立ち並ぶ木々が視界を数メートルぐらいにまで狭めてしまうのだ。そのためナガの目を以ってしても、敵を見つけるのはたやすくない。その一方で、音は木々によって阻《はば》まれたりしない。それで、寝ずの番をしていたケイガンは、ナガ偵察隊が百メートル先まで迫ったときに物音に気づいた。すばやく仲間が寝ているところへ行くと、ケイガンはなんと、その枕元で叫び声をあげた。

「起きろ！　ナガが近づいてきてるぞ！」

　ふたりは仰天し、あたふたと起き上がった。そこへまたケイガンが声を張り上げる。

「ゆっくり動くのだ！　興奮したら体温が上がってしまう」

　まだ寝ぼけているふたりはかなりのあいだじたばたしてからようやく思い出した。そう言えば、ケイガンからそんな注意をされていたっけ……。そして、ケイガンが敢えて声を低めようとしない理由にも思いが至った。とはいっても、ティナハンにはまだケイガンのような余裕はない。

「えいくそ、畜生！　どっちから来てるんだ？」

「何だって？　囁《ささや》かれても聞こえないが」

「どっちから来てるのかと訊いたんだ」

　ティナハンは勇気を振り絞って声を高めたが、彼の普段の声ほどの声量もなかった。周囲が暗かったのでケイガンはティナハンの手をつかみ、じかに方向を指し示してから言った。

「私に付いてきてくれ。ビヒョン、カブトムシを忘れず」

そして、ケイガンは先に立って歩き出した。ケイガンの後を追ったティナハンは、気が急くあまりにあやうくケイガンを押し倒しそうになった。怒ってもおかしくないのだが、ケイガンはうんざりしたようすもなく、彼特有の親切な口調で言った。

「ゆっくり歩いてもよいぞ、ティナハン」

ティナハンは肉髯《にくぜん》を赤く膨らませ、歩みを緩めた。ビヒョンとカブトムシのナーニがその後に従った。

それから一時間ほど、ティナハンとビヒョン、そしてナーニは身の毛のよだつような体験をすることになった。

ケイガンは、ビヒョンの表現を借りればカタツムリとの火花を散らす接戦が予想される速度で動いた。ナガ偵察隊が目と鼻の先に迫っているにしてはゆっくり過ぎた。ティナハンとビヒョンは気が焦《あせ》り、どうにかなりそうだった。ところが、ケイガンはというと、追われているということ、夜なので前がよく見えないということ、森だということなどを考慮すると体温が上昇する可能性が日頃よりはるかに高い。従って、これ以上速く動く必要はないと言ってそののろのろ歩きを貫いた。

それに加え、ケイガンは周辺の木々を蹴りつけ始めた。ケイガンが最初のひと蹴りをしたときティナハンは仰天し、声をひそめて詰《なじ》った。

「気を付けろ！」

ケイガンがうっかり木を蹴ってしまったのだとティナハンは思ったのだ。ところがケイガンはじきにまた木を蹴った。驚愕のあまり三倍に膨らんだティナハンはケイガンの肩をつかみ、かすれた声で囁いた。

「何やってんだ、ええ!?」

「え？　囁いても聞こえないが、ティナハン」

「気が狂ったのかって訊いてるんだ！」

「私たちの周囲にいる夜行性の動物を脅かして、四方に逃げさせているんだ。熱い生き物たちはナガの目を眩《くら》ませられるから。さあ、肩を放してくれないか」

ケイガンは、密林に入る前に何度もした説明を、声も高めず冷静に繰り返した。そうされて、ようやくそんな説明をされたのを思い出したティナハンは、鶏冠《とさか》を赤くしてケイガンの肩から手を放した。また歩き出しながらケイガンは、しんがりのビヒョンに持ちかけた。気が向いたら歌を歌ってもいいと。けれど、ビヒョンはとてもそんな気になれなかった。それでケイガンはひとり木を蹴飛ばし、拍手をしたりして大騒ぎし、ティナハンとビヒョン、そしてナーニは寿命が縮む思いでその後に付いていった。

神経が思いきり逆立った他の一行が気絶しそうになった頃、ケイガンは、その騒がしくもゆっくりした逃避行を中断させた。日の出が近づいているのか周囲がはるかによく見え、それで、ティナハンとビヒョンは自分たちが高い崖の下のほうに立っていることがわかった。ティナハンの羽毛は滅茶苦茶にからみ、ビヒョンは呼吸困難を起こしかけていた。そこへケイガンが崖を見上げ、単調に言った。

「困ったな」

ティナハンとビヒョンは心臓が止まりそうな顔でケイガンを見た。ケイガンは崖を見上げ、左右を見渡すと、すぐに右に歩いていった。ティナハンは尋ねずにはいられなかった。

「何が困ったんだ？　見つかったのか？」

「いや、そうではない。彼らには見つかっていない。だが、私が方向を誤った。ナガどもは、この崖に向かっていたのだな。奴らと崖の間にたまたま我らがいたようだ」

「崖に向かってるって？　なぜだ？」

「もう少ししたらわかる」

そして、ケイガンは後方に耳を澄ませた。

「急ごう。近くまで来てる」

ビヒョンとティナハンにも聞こえた。何人もの足音だ。ティナハンは緊張しきって鉄槍を握りしめたが、ケイガンは慌てなかった。最後までゆっくりと歩いていたケイガンは、崖の下のほうに窪《くぼ》んだところを見つけると、その下にしゃがみ込んだ。

「ここに座っていよう。ナガどもはさっきのところから左に行くはずだ」

ビヒョンは後ろをちらちらと振り返りながら訊いた。

「左に？　どうしてですか？」

「そちらに行かないと、崖の上に上れない。それに、そっちが東だし。彼らはあの崖の上に上がるつもりだったようだ。ここにいれば、崖の上からは見えないはずだ。だから、こうしていればよい」

しかし、ふたりは座っていられなかった。焦《じ》れたようにケイガンと森、そして崖の上を順番に見る。ケイガンは、そんなふたりをまじまじと見るだけで何も言わなかった。

森がいっそう明るくなった頃、ティナハンが彼らを発見した。

崖にぴったり身を寄せると、息が止まりそうな顔で崖の上を見上げる。ビヒョンはその視線を追って崖の上を見上げ、同じようにぴったりと崖に身を寄せた。ビヒョンは唾を呑み込むと、囁いた。

「あれがナガなんですね？」

誰も答えなかった。ティナハンは嘴《くちばし》を開く余裕がなく、ケイガンは無理に確認してやる必要性を感じなかったからだ。

崖の上には六人のナガがいた。東の空を見上げて立っている。

ビヒョンとティナハンは、生まれて初めてナガを目にした。背丈は大きくない。トッケビやレコンよりは人間に近いか。鱗《うろこ》に覆われた体は異国的な服に包まれていた。変温動物であるナガは、体温を保つ用途で服を着るわけではない。そんなナガの衣服は、ティナハンとビヒョンの目にはごてごてと異様に映った。他の種族の服は、いくら華やかだといってもいくつかの基本的な制約に縛られている。何はさておき、人間とトッケビとレコンの服は、上下に分かれてはいても、左右、前後に分かれてはいない。崖の上に立っている六人のナガを見ながら、トッケビとレコンは六人の人ではなく深奥で複雑な意味を表現しようとする六つの象徴物を見ているような気分を味わった。

ナガと彼らの間の距離は、直線で五十メートルも離れていない。恐怖の中でビヒョンとティナハンは、ケイガンがなぜ彼らを西に導いたのか合点がいった。東の空を仰いでいるナガたちは彼らに背を向けていた。後ろを振り向きさえすれば、彼らを見つけることだろうに、ぴくりともせずに東ばかり眺めている。

ビヒョンとティナハンが魅入られたようにナガを見上げていると、ケイガンが唐突に言った。

「陽光を浴びているんだ」

ビヒョンとティナハンは気絶しそうに驚いた。しかし、崖の上のナガたちは振り返りもしない。ケイガンは立ち上がり、彼らと並んでナガを見上げた。

「陽光を受けて体温を上げようとしているのさ」

ビヒョンは低く嘆声を漏らした。陽を浴びるには当然崖の上のような露出した場所がよいはずだ。それを確認するためにケイガンを振り向いたビヒョンは、ケイガンの表情に驚いてしまった。

ビヒョンが見慣れた顔――すなわち仲間のいかなる間抜けな行動や言葉にもイラついたり自制心を失ったりせず、冷静に説明してくれるいつものケイガンの顔ではなかったのだ。ナガの背後にひそみ、彼らを狙っているその顔を言い表せる言葉はひとつだ。肉食動物の顔――。

ビヒョンははっきりと悟った。ケイガンは、肉を食う野獣だった。

ゆっくりと十まで数える頃、ケイガンは目から殺気を消して静かに身を翻《ひるがえ》した。ビヒョンとティナハンがおずおずと後に従う。不安にかられてひっきりなしに振り返ったが、ナガは依然として空を仰いでいて、彼らの存在に気づくことはなかった。

ケイガンは、その日一日じゅう口を利かなかった。

キーボレンは、ナガによってつくられたナガのための土地であり、生まれて初めて野外に出たナガさえも、キーボレンでは充分に生きていける。北へ北へと歩き続けながら、リュンは若干の試行錯誤の末に、今食べたもので、どれぐらい生きていけるか見当がつくようになった。そして、ナガがどれぐらいの大きさの生き物まで呑み込めるのかも。

オオアリクイを呑み込む羽目になったとき、リュンは半信半疑だった。しかし、彼はしばしも休むことが許されないのだった。偵察隊への恐怖もあったが、何よりもファリトの最後の願いを聞き届けるために。そんな彼にとって、オオアリクイは諦《あきら》めきれない誘惑と言えた。口が小さいし、さほど危険な動物ではないだろうとリュンは思った。

ところが、その巨大な昆虫捕食者はその食習慣に比して、実は獰猛な生き物だったのだ。リュンが思った通り、オオアリクイはリュンに食いついたりはしなかった。歯がまったくないからだ。しかし、アリの巣を掘り起こすその前足の爪は、他の猛獣の歯と同じくらい怖ろしい武器だった。リュンはあやうく腿を裂かれそうになりながら、やっとの思いでサイカーを振るった。

オオアリクイの息の音を止めてから、リュンは自分がまたもしくじったことを悟った。オオアリクイというのは、その好奇心をそそる見かけだけでなく、ひどい悪臭でも知られた動物だったのだ。

ひもじさに耐えかね、リュンは必死の覚悟をした。ぐったりしたオオアリクイを頭から呑み込み始めたのだ。顎が外れそうに痛んだ。アリクイの固い毛が喉を容赦なく刺した。そのうえ悪臭が襲ってきて、ほとんど窒息しそうになった。それでもリュンはやり遂げた。オオアリクイを丸のみするのに成功したのだ。体が膨れ上がり、しばらくは歩くこともできなかったが、その巨大な動物を呑み込んだおかげでその後六日間は何も食べずに歩き続けられた。その一方で、六日のあいだずっと恐怖にとらわれ続けることにもなったが。

自分もまた〝呑み込まれる〟――もちろん他のナガに――恐れがあることをひしひしと感じたのだ。

変温動物は、周囲の温度によって体温が変わる。しかし、変温動物の体温は周囲の温度と必ずしも同じではない。激しく動いた後には変温動物の体温も周囲の温度より若干高くなる。そして、打ち続ける心臓は一定の熱を発散する。休みなく歩いており、心臓もあるリュンは、ナガの基準でいくと煌々《こうこう》と光を発しているのだ。心臓が脈打つたびにリュンはびくりとして胸を隠し、水たまりを見つけるとわき目もふらずに泥を体に塗りたくった。血、苔、泥などが混ざり合ってこびりついた口のまわりを蠅が飛び交ったが、リュンは体を洗おうなどとは考えも及ばなかった。

ところが、襲撃者はリュンがまったく予想もしていなかった方法で彼を捉えた。

サルが付きまとい始めたとき、リュンは訝《いぶか》しく思った。ほとんどの野生動物は、肉食性の猛獣と言えるナガを避けるものだ。初めに一、二匹が木の上から彼を睨《にら》んできたときは、リュンはまだ軽く考えていた。サルのエリア内に入ってしまったんだろうか？　なのに、彼が動くとサルは彼を追って動くのだ。初めは一、二匹だったのが徐々に数が増え、何時間か後にはとても無視できないほどになっていた。木の上ばかり飛び回っていたサルは数が増えて大胆になったのか、地面に降りてくる奴も出てきた。リュンはサイカーを抜き、脅かすように振り回したが、サルどもは逃げようとせず、遠く離れてリュンを待ち構えた。そして、リュンが歩き出すと、また後を追ってくるのだった。

ついにリュンはその場に立ち止まり、サルに向かって怒鳴った。何かおかしい。リュンが気づいたのはそのときだった。

サルは何の反応も示さなかったのだ。

リュンは戸惑い、サルをじっと見た。木の上から、または地面に座って、サルたちは依然リュンを見つめていた。冷たい、脅しつけるような眼差しで。逃げるのはおろか、怖気づいていそうな奴もいない。リュンは悟った。この呆れた現象を説明できる理論はただひとつ……。それで、少ししてナガ偵察隊が茂みをかき分けて現れても、恐怖は感じたけれど驚きはしなかった。

偵察隊員は総勢五人だった。リュンはサイカーを左手に持ち替えるとそれを背後に隠し、偵察隊員をじっと見た。彼女らはリュンを見てひどく驚いたようすだった。

〈ナガじゃないか。でも、心臓があるぞ？〉

リュンは歯を食いしばった。逃げてはならない。偵察隊員は、都市のナガたちとまったく異質な存在のように見えた。ナガの特徴といえる冷たさが激しく欠如しているような……。しかし、その目を覗き込んで、リュンは考えを変えた。偵察隊員たちにとって、冷酷さというのはよく使い込まれた道具のように大切にしまわれているものなのだ。

リュンと宣《の》りを交わそうともせず、偵察隊員たちは一斉に剣を抜いた。でも、すぐさま攻撃してはこなかった。サルたちがリュンの退路を塞《ふさ》いでいたからかもしれない。彼女らは面白いと言わんばかりに精神を交わし合った。

〈〝心臓《ビエ》のあるナガ《ナガ》〟か。出来損ないだな〉

〈でも、なかなか可愛い顔をしてるじゃないか〉

〈あれが可愛いって？　お前、男ならみんな可愛く見えるんだろう？〉

女たちは冗談を言い合いながら、のんびりとさえ見える態度でリュンを観察した。リュンは全力で精神を閉ざし、その一方で、誰がサルを操る〝精神抑圧者〟なのかを必死に探った。その間も女たちはのどかに冗談を言い合っていたが、やがてリーダーらしい女が面倒くさそうに宣うた。

〈ああ、うるさいよ、あんたたち。森の中を歩き回りすぎて、みんな頭がどうかしちまったんじゃないかい？　あんな出来損ないをどうしようって言うのさ〉

〈あん？　ちょっとからかってみようって言うんだよ。ああ、そうだ。おい、お前。宣りはできるのか？〉

リュンはサイカーを握りしめ、注意深く宣うた。

〈できます〉

女たちはどよめいた。

〈おお、宣うた！　まったく頭が足りないわけじゃあないみたいだな〉

しかし、リーダーはますます疲れたように宣うた。

〈だったら、頭がおかしいんだろうよ。さっさと片付けちまいな〉

〈もったいないよ、隊長。三度脱皮するあいだ、男の顔も拝んでないんだよ。頭がいかれてるぐらい構わないよ。どうせ……〉

彼女は自分の頭を指さしてみせた。

〈ここは男にゃたいして必要ないものだしさ。要は下についてるもんだろ。それに、頭が使えな

い男のほうがかえってそっちは使えるもんだ。そうじゃないか？〉

女たちはまた精神的哄笑を弾《はじ》けさせ、隊長と呼ばれた女も苦笑いを浮かべた。リュンは耐えきれなくなり、左腕を前に突き出した。

〈あなた方の好きにはさせない！〉

リュンは脅すようにサイカーを突き出したが、女たちは驚かなかった。抗うさまが可愛いなどと言って、くすくす笑っている。隊長だけが歯を剝《む》き出し、ひとりの女を振り返った。

〈あれは、掠《かす》ったらちょっと痛いよ。スーディー、あれを仕舞《しま》わせな。遊ぶにしても、棘《とげ》は抜いてから……〉

その瞬間、リュンは行動に移った。

実はリュンは、左手に握ったサイカーに女たちの注意を引き付けておき、手を背後に回して背嚢《はいのう》から丸薬を取り出すと、それを手に持っていたのだ。隊長がスーディーという女のほうを向いたとき、リュンは彼女が精神抑圧者であることを直感した。そして、右手を口に持っていった。リュンが丸薬を呑み込んだときも、女たちはまだ獰猛そうに笑っていた。リュンが泣き出すのだろうとでも思っているらしかった。その笑みはしかし、サッと引っ込んだ。リュンが地面を蹴ったのだ。

リュンもまた驚愕していた。ソドゥラク——すごい効果だ。

主観的な時間が怖ろしく加速していた。女たちはのろのろと踊っているかのように見えた。その只中にリュンは飛び込んだ。偵察隊員たちはリュンのあまりの速さに、そして真ん中に飛び込まれたため、まともに攻撃できなかった。リュンにとってはのろのろと流れる客観的時間の中にいる彼女たちが発する奇怪な宣りに戦慄《せんりつ》しつつ、リュンは隊長の足をまず切り裂いた。続いてスーディーの背後に回る。両手で握ったサイカーの柄《つか》で力まかせに後頭部を殴ったとき、スーディーはまだ後ろを振り向いてさえいなかった。そして、リュンが剣をしまい、百メートル以上逃げた頃になってようやく地面に倒れた。

加速した動きで思いっきり殴ったので、スーディーはその場で昏倒した。そして、リュンが期待していた通りのことが起こった。精神抑圧からふいに解放されたサルたちが一大騒動を起こし始めたのだ。

サルたちは悲鳴をあげて四方へ逃げ出し、その熱い体温の激流に目を眩まされ、偵察隊員たちはリュンの姿を見失った。たとえリュンの姿を捉えたとしても、リュンに追いつくことは不可能だったろう。リュンは駆け続けた。ソドゥラクの効果が切れるときまで。そして、時間切れの十七分後には二十キロ以上離れたところまで来ていた。立ち止まったリュンは地面に倒れ込み、げえげえと嘔吐した。

ソドゥラクの後遺症と激烈な動きのせいで、リュンの体温は大きく上昇していた。そのためリュンの周囲の空気もまた熱され、リュンの目に映る森のようすはナガの宣りでのみ表現され得る奇妙な色合いを帯び始めた。世界は全体的にピンク色にきらめいたり、ちかちかしたり、そして影で覆われたりしていた。木々は紫と朱に近い色に燃え上がっており、彼の吐き出した物はとんでもない色で踊る渦巻だった。

アリクイの死体が丸ごと飛び出してきかねないほど激しく嘔吐した末に、リュンはようやく顔をあげて周囲を窺った。そして、啞然とした。

目の前の地面のようすがおかしい。

それは黒く平らで、大理石のように滑らかだった。そして、大理石と同じくらい固く見えた。なのにリュンは、その地が動いているという感じを受けた。黒い地面のどこにも木はなかった。しかしリュンは、黒い地表面の下にかすかな火花を見た。身を起こして座ると、リュンはその地面を正面から見た。しかし、なかなか焦点が合わない。その下にうっすらと見えている火花は、ますます。よく知られていない神の土地か禁断の魔法が残っている土地にでも入り込んでしまったのではないか。そう考えつつ、リュンは注意深く立ち上がった。歩き出した。そのとたん、リュンは関節を貫く衝撃にうめいた。ソドゥラクの加速効果のせいでリュンの体はひどく酷使された状態だったのだ。次の一歩はもっと注意して踏み出した。さらにもう一歩歩いたとき、リュンは黒い地面の真ん前に来た。

すぐ足元にある黒い地面を見つめる。が、やはり焦点を合わせることができない。リュンはひざまずいた。愚かな真似をしているのではないか。そんな疑心を抱いたまま、その地面に手を触れてみる。

そして、リュンは安堵のため息を吐いた。

ムルン川だった。リュンの目は大量の水、そしてその中を泳ぐ魚を見ていた。リュンは笑みを浮かべて気を失った。

川の上を転がる光を見ていたケイガンは、思わず言った。

「水は熱を呑み込む。例のナガの目にムルン川は巨大な暗黒のように見えるだろうよ」

ビヒョンは首を傾げて訊いた。

「夜の川みたいにですか？」

「そんな感じかな。だが、完全に同じではない」

「どう違うんです？」

「おぬしと私は風を見ることができない。だが、私たちの目に風が黒く見えることはない。風の後ろにあるものが見えるから。しかしナガの目に水は映らず、深い水はその下にあるものを隠してしまう。そのふたつの違いを考えてみられよ」

ビヒョンはうなずいた。

一行がついにムルン川に到達したのは彼らが旅に出て二十日後のことだった。その間、彼らはナガ偵察隊と何度か出くわした。しかし、ケイガンは常にナガ偵察隊が彼らを発見する前に彼らを見つけ、一行を避難させた。一度を除き、危険なことにはならなかった。

その一度というのは、ティナハンが寝ずの番をしているときのことだった。鉄槍を蔓でしっかり巻いておくよう、ケイガンはティナハンに指示していた。ティナハンはその指示を受け入れたが、ふたりが寝床に横たわるや蔓をほどいた。久々に槍を手入れしようと思ったのだ。それはレコンらしい振る舞いだった。しかし、そのときが宵の口だったというのが問題だった。簡単に言うと、昼のあいだ陽をたっぷり浴びたその鉄槍は、ナガの目には光線のように見えるほど熱くなっていたのだ。七メートルに及ぶ直線など、自然の中にはあまり存在しない。それが熱かったら、ますます珍しい。

ティナハンがふたりを起こしたとき、ナガどもはすでに彼らを見つけ、向かってきていた。一向はすでに慣れっこのスローな歩みで逃げ始めた。ところが、ケイガンは気づいた。駆けてくる足音がどうにも速い。まずティナハンを見、続いて鉄槍に目を移す。蔓がほどけた鉄槍——。ケイガンは瞬時に状況を理解した。

「見つかった。追いつかれるぞ」

ビヒョンは驚いて叫んだ。

「じゃあ、走るんですか？」

「トッケビの火でキリンを作ってくれ」

「はい？」

「キリンだ。キリンの形をしたトッケビの火を作ってくれ」

ビヒョンは面食らったが、言う通りにした。しかしビヒョンの作品を見て、ケイガンはため息を吐いた。

「美しいな。だが、今は実物大のキリンにしてほしい。手のひらの上に乗せられるぐらいの可愛らしいものではなくて。いいか、ビヒョン。あと、温度は体温ぐらいにしてくれ」

ようやくケイガンの意図を把握したビヒョンは、ケイガンの要求通りの作品を作り出した。森の真ん中に忽然《こつぜん》と現れた体長六メートルのキリンの姿はまさに壮観だった。〝写実的〟とはとてい言いがたかったが。ビヒョンは博物学の大家などではない。そのため彼が作り出したキリンは子どもの落書きのような適当な姿かたちをしていた。しかしケイガンはうなずくと、一行に茂みに隠れるよう指示した。

しばらくするとナガたちが駆け付けてきた。それを見たケイガンは、ビヒョンの肩を小突いた。

「走らせてくれ」

ナガはあと十メートルほどに迫っていた。なのにまったく声をひそめようとしないケイガンの胆力に舌を巻きつつ、ビヒョンは炎のキリンを走らせた。

結果、ビヒョンは口を押さえて肩をふるわせ、どうしたらよいかわからないといった態で立ち尽くすことになった。ナガたちはそのトッケビの火をちらりと見ると、そのまま回れ右をして行ってしまったのだ。人間やトッケビの目に、その火でできたキリンはとうてい実物と間違えるようなものではなかった。なのにナガは、体温と似た温度のそのトッケビの火を見て本物のキリンだと思い込んだのだ。ナガが遠ざかっていくのを確認し、ケイガンは苦しむビヒョンに言った。

「笑いたければ笑っても大丈夫だ。聞こえないから」

ビヒョンは転げまわって笑った。ティナハンは鉄槍を握りしめていた手の力を緩め、なぜまたキリンなのかと訊いた。ケイガンは答えた。鉄槍ほど長い直線を持つ動物は蛇とキリンぐらいだ。蛇のほうが良いけれども蛇は熱くない。だからキリンになったのだ――。ティナハンはハッとした。自分の熱い鉄槍のせいだったのだ……。ティナハンはびくびくとケイガンのようすを窺った。結果はティナハンの予想通りだった。腹をたてるどころか苛立つようすもなく、ケイガンは淡々と言った。

「ひとつ頼んでもよいか、ティナハン。蔓をほどきたければ、その槍が充分に冷えた真夜中にしてほしい」

「……気を付けよう」

それ以降、ビヒョンとティナハンは失敗を怖れるようになった。もちろん、失敗を喜ぶ者がいるわけがないが、何しろ彼らの間抜けな失敗に怒るべきケイガンが絶対に腹をたてないのだ。それは気の毒なトッケビとレコンを惨《みじ》めな気分にさせるのに充分だった。ケイガンは、するなと言われたことをもれなくやらかすふたりを見やり、静かな口調でもう一度注意するだけなのだ。ふたりにとって、それは暴言や非難を浴びせかけられるのよりずっと堪《こた》えることだった。

ビヒョンはまた、なかなか解けない疑問を抱いていた。ケイガンが腹をたてない理由はふたつにひとつと思われた。彼らに完全に無関心だからか、でなければ尋常でない寛大さの持ち主だからか。前者だろうとは考えにくい。ケイガンが無関心なのだったら、彼の行動から無関心ゆえの特徴が現れて然るべきだ。なのにケイガンは常に仲間を深く慮《おもんぱか》っていた。

例えば野生のバナナ群落を見つけたとき。食べ物を見つけたのだから食事を摂り、休憩もしよう。ビヒョンとティナハンがそう主張すると、ケイガンはカブトムシのナーニをちらりと見てから首を振ったのだ。

「バナナをもいでからもう少し移動しよう。休憩は、あのカブトムシが食べられるものがあるところでする。バナナの木はカブトムシには齧りにくいだろう」

それを聞いて、ビヒョンは確信した。ケイガンは常に彼ら全員を思いやっている。

とはいえ、後者を採択した場合――ビヒョンには理解できない点があった。ナガに向けたケイガンの憎悪だ。あれほど寛大な人がなぜナガに対してだけは寛大でいられないのか。何かについて多く知れば知るほどそれを憎悪しにくくなるというのはよく知られた事実だ。だとしたら、ナガ自身を除けば誰よりもナガに詳しいケイガンがなぜナガをあんなにも憎悪するのだろう。

その答えをビヒョンが見つけられずにいるうちに、彼らはムルン川に到達した。川の水を眺めていたケイガンがその目をティナハンに向ける。ティナハンは顔を思いっきりしかめ、誰とも言葉を交わしたくないと言わんばかりの顔をしていた。こんなにも巨大な川を眺めるレコンの反応としては、ほとんどお手本と言っていい反応だ。ケイガンはティナハンを放っておくことにし、ビヒョンに目を移した。

「暗黒とはいえ、こんなに巨大な暗黒ならいかにナガでもさすがに気づかぬわけがなかろう。これから川に沿って下流へ向かうが、歌が聞こえないか、耳を澄ましていてほしい」

「はい、わかりました。じゃあ、行きますか」

「その前に、頼みがあるのだが」

「え？　ああ、はい。何でしょう」

「これからは、歌はちょっと控えてもらえるか？　例のナガの歌がかき消されると困るから」

ビヒョンは笑い、快くうなずいた。それから二時間後、ビヒョンはまじまじと自分を見つめてくるケイガンに気づいて狼狽《うろた》えていた。

「ああ、しまった。すみません。歌は駄目でしたよね」

熱帯の川の上を白鷺《しらさぎ》が群れを成して飛んでいた。

川の上に伸びた気根と垂れ下がった蔓のせいで、どこからが地面でどこからが川なのか見分けがつきにくいほどだ。川の中ほどにできた砂州にはカバが身を寄せてのどかに居眠りをしている。水の澄んだところでは時おり魚が泳ぐ姿も見えた。しかし、ほとんどの場合、川はその広さに見合った深さで陽ざしをとめどなく吸い込んでいた。高慢に頭を突き上げて川を横切る蛇は陽ざしを受けて緑柱石の色に光り、出し抜けに現れてはワニをひっつかんで消えていく鋭い爪をした大《おお》鷲《わし》の姿は圧倒的と言えるほど壮観だった。

ビヒョンはとりわけ大鷲の姿に非常な感銘を受けたようだった。寒い北部にはそんなに大きな鳥はいない。なのでビヒョンは、それが龍だと思ったらしい。

「見ましたか？　龍ですよ！　なんと……！　ねえ、龍でしたよね？」

ケイガンは大鷲だと、龍は絶滅して久しいのだと教えてやったが、ビヒョンは信じようとしなかった。

「うーん……大鷲ですか？　あれが？　でも、龍が絶滅したっていうのは確かなことじゃあないですよね。ほら、よく言うでしょう。タネは強い。それに、なんて言ってもこんなに木が多いところなんだし、龍が生き残ってるかもしれないでしょう？」

「だが、この地に住むナガがドラッカーを嫌っている」

そう言ってからケイガンは気づいた。ビヒョンとティナハンが面食らった顔で自分を見つめている。ああ、そうか……。彼はすぐさま気づいた。

「ドラッカーというのは、キタルジャの狩人の言葉で龍のことなのだ」

「そうなんですか。あなたもドラッカーですよね。じゃあ、あなたの名前はそこから由来してるわけですか？　あっ、じゃあ、もしかして……ケイガンにも何か意味があるんですか？」

「ケイガンは黒獅子。やはりキタルジャ狩人語だ」

「黒獅子と龍……、黒獅子と龍……、わかった！　ナガによって絶滅させられた種でしょう！」

ケイガンは答えられなかった。ティナハンが大声で叫んだからだ。

「そうだ！　キタルジャの狩人！」

ビヒョンは驚いた顔でティナハンを見た。ティナハンはパンと腿を叩くと、ケイガンに言った。

「うんうん、やっと思い出した！　前に聞いたことがある。キタルジャの狩人のやり方だ。そいつらは仇《かたき》を殺し、その肝を抉《えぐ》り出して食ったんだ。そうだろう？」

ケイガンはそっけなくうなずいた。ビヒョンが怯《おび》えた顔になる。

「あのう、ナガはいったい何をしたんですか？　あなたに……」

「なぜそんなことを訊く？」

「そりゃ、知りたいですよ。あなたの名前がナガによって滅亡したふたつの生き物で、そして、それをナガによって滅亡した者たちの言語で表現して、と同時にナガによって滅亡した者のやり方でナガに接している。あなたは彼らを……狩って、料理して食べるって言いましたよね。いったいナガがあなたに何をしたからって、そんな……ほとんど敬虔ともいえるやり方で彼らに対応しているんですか？」

ティナハンも好奇心を刺激され、ケイガンを見つめた。そのとき、彼の目におかしなものが映った。ケイガンの右手が腰のあたりで蠢《うごめ》いている。ビヒョンは興奮のあまりに気づかなかったが、ティナハンは気づいた。ケイガンの手足、そして腰の角度にサッと目を走らせたティナハンは、大まかな状況を把握した。

ケイガンの顔は無表情だったが、彼の体は叫んでいた。背中のマワリを抜き、ビヒョンを切る、と――。

ティナハンは緊張し、鉄槍を握りしめた。しかしケイガンはティナハンが心配したような行動には出なかった。彼はビヒョンから顔を背け、静かに言った。

「ナガが私に何をしたかは、我々の任務とは関係がないだろう」

「でも、答えてくれることはできるでしょう？」

「答える気はない」

ビヒョンは気に入らなそうな顔でティナハンを見てから軽く手を振ってみせた。

「はあ……そうですか。わかりましたよ。あなたはいちど宣言したことは決して覆さない。だからこれ以上訊いても無駄ってことですね」

ビヒョンはいつしかケイガンに馴染んでいた。

「でも、急に他のことが気になってきました。ナガが龍を絶滅させた理由。それは察しがつきますけど、黒獅子はなんでです？　それは答えてもらえますか？」

ケイガンは、わずかに安堵の表情を浮かべた。極めて微々たるものだったが。

「黒獅子の毛皮は熱を放つ。剝いだ状態でも」

「熱を放つ？　毛皮がですか？」

「そうだ。それとナガを関連付けて考えてみられよ」

ビヒョンはすぐにわかった。

「ナガが北へ行けますね！　その毛皮さえあれば。そういうことですか？」

「その通りだ。大拡張戦争の末期、ナガは限界線を越えるための試みのひとつとして黒獅子を手当たり次第に狩ってその毛皮を剝いだのだ。愚かきわまりないことだ。軍隊をひとつ武装させるために数千頭の黒獅子を殺したのだ。絶滅せざるを得なかろう。そもそも黒獅子は、子をたくさん産む動物ではないし」

「わからなかったんでしょうか、絶滅してしまうって」

「あの樹木愛好家は動物にはまったく関心がないから。子孫を作る能力において動物と植物は比較にならない。考えが及ばなかったのだ。彼らには」

「それは……残念ですね。珍しい生き物なのに。絶滅したのは確かなんですか？」

「黒獅子は、確かだ」

ビヒョンは喜色を露わにした。

「えっ？　じゃあ、龍は確実じゃあないってこと？」

「さっきおぬしが言った通り、タネは強いからな。キーボレンは確かに広いし。しかし、もう言ってある通り、この地の主が龍を嫌っているのだ。可能性は極めて低いだろうな」

そして、ケイガンはあといくつかの否定的な説明を加えようとした。しかし、ビヒョンが生き残った龍を探すように周囲を見回すのを見て、口を噤んだ。

龍の生存を信じているのはビヒョンだけではなかった。ハインシャ大寺院が繰り広げたあらゆる奇怪な試みのうちには、生きた龍を連れてきた者に巨額の賞金を出すというものもあった。しかし龍は現れず、人々は龍が絶滅したに違いないと思うようになった。けれど、張本人の大寺院の聖職者たちは依然として信じていた。龍はまだ生き残っているはずだと。ビヒョンの言う通り、種は強いからだ。

しかし、このナガの地のどこかに龍の種が芽生えたであろうとは、ケイガンにはとうてい信じられなかった。木の守護者であるナガが、そんな雑草を放っておくわけがない。

リュンは、ほとんど本能的に足を持ち上げた。でも、それを踏みつける直前、リュンは自分がどれほど驚くべきものを見ているのかに気づいた。片膝を折り、目の前に咲いている花を覗き込む。花びらの数を数え、その形と色を観察したリュンは、最初に受けた印象が間違っていなかったことを知った。

驚愕に満ちた目でリュンは見つめた。目の前に咲いている〝龍花〟を。

どうしてそれが咲いているのか、リュンには想像もつかない。龍は、種子の状態で数年、時として数十年、数百年も待ち、周囲に危険がないと判断したとき龍花として花をつける。しかし、今リュンの目の前で咲いている龍花は、そんな常識を完全に覆した場所に咲いていた。ムルン川に程近いここは、水を飲みにやって来る動物から丸見えだ。動物たちが龍花をむしり取って食べることはないのかもしれないが、偵察隊員の目も光っているのに……。

訝しく思ってなおも見ていると、龍花の近くの地面に何かが乾いてこびりついた跡があった。それを覗き込んでいるうちにわかってきた。龍花が開花したいきさつが。リュンの頭の中で数十年、ことによると数百年にわたったのかもしれない龍花の発芽の過程が一気に再構成された。

昔、ある龍が胞子をふりまいた。その胞子は四方に散ったが、ひとつがムルン川に落ち、流れ流れてここに漂着した。とはいえ、ここは龍にとってはこの上なく敵対的な環境。ゆえにその胞子は発芽せず、待った。

その間、限界線の南ではナガによって龍花が残らず破壊された。龍花が咲きにくい限界線北部にようやく咲いたわずかな龍花も、龍根を欲しがる人に軒並みもがれてしまった。ところが、ここに……まさにナガの地の心臓部と言えるこの場所に胞子がひとつ残っていたのだ。龍にとって最も危険な土地だったからこそその種は発芽せず、うっかり発芽してしまった他の種が命を絶たれていく中、生き残ることができたのだ。

そして待った。想像もつかないほどの長い長い時間を。そんな種の上に、ひとりのナガが苦痛に耐えかね嘔吐した。ナガが近くにいるのだ。ふつうなら龍の胞子は絶対に発芽したりしない。ところが、ナガの吐瀉《としゃ》物には特別なものが混ざっていた。そう、ソドゥラク――。

その影響を受け、ついにその種は発芽した。リュンが眠っている何時間かの間に龍は発芽し、爆発的に成長して花まで咲かせてしまったわけだ。リュンは驚いた。自分がこの龍花を咲かせたのだ……。そして、心を痛めた。そんな花を、その自分が直ちに折らなければならないことに。

なぜなら、龍は危険すぎる。ナガの最大の敵と言えるトッケビは、血を怖れるがために闘争を嫌う。だから彼らが何より好むスポーツが、血などほとんど流されることのない相撲なのだ。しかし、龍はトッケビのような恐怖を抱いていないのにトッケビよりも巨大な炎を起こす。樹木にとっては最悪の敵と言える。木々の敵は、すなわちナガの敵だ。

気乗りがしないながらも、リュンは手を伸ばした。そして……。

次の瞬間、リュンは地面を掘り始めていた。

自分でも何をしているのかよくわからなかった。それなのに、リュンは急いで土を掘っていた。じきに龍根が姿を現した。すでにあるていど龍の形をしている。タンポポの根っこのように長く伸びた尻尾。その上の体を折り畳んだ翼でくるんでいる。茎とつながった頭の部分には、棘のような角《つの》と目の形がもうできている。まぶたはしっかりと閉じられていた。注意深く龍根の土を払い落としながら、リュンは無意識のうちに宣《の》うた。

〈ナガはお前を殺そうとするはずだ。そう、僕みたいに〉

自分の宣りを聞いたとき、リュンは気づいた。自分と龍の共通点――。心臓のあるナガと火を吐く龍。どちらもナガの地では生存が許されない存在だった。顔に固い決意を滲《にじ》ませ、リュンは龍の茎をむしり取った。

龍根を手に、リュンは川べりに歩み寄った。

上着を破り、それを水に浸す。そうする一方で苔を集め、濡れた布切れの上に敷き、その上にそっと龍根を置いた。そして背嚢からソドゥラクをひとつ取り出すと粉にし、龍根の上に振り撒いた。布切れを緩く巻き、注意深く結び目を作りながらリュンは宣うた。

〈僕がお前を咲かせた。だから僕が守るよ。アスファリタル〉

リュンの手がぴくりと止まった。けれどすぐにパッと立ち上がると、布切れを背嚢に突っ込む。

〈アスファリタル。今日からお前の名はアスファリタルだよ〉

リュンは龍根を携え、川辺に沿ってムルン川の上流をめざした。

救出隊は、ムルン川に沿って十日ほど歩いた。その巨大な川に沿って歩く旅が長引くにつれ、ティナハンの神経は逆立っていった。もちろんティナハンは尊敬に値する自制心を発揮していた。とはいえ、地上で最も強力な存在――そのうえ七メートルの鉄槍を持っている――が神経を逆立てているのだから、同行者が落ち着いていられるわけがない。何より彼らを困惑させたのは、ティナハンがまったく眠ろうとしないことだった。ビヒョンがその理由を尋ねたのだが、ティナハンは口ごもり、答えることを拒んだ。そんな状態が二日も続くとケイガンは短剣を取り出し、無言で蔓を切り始めた。それをつなげて丈夫な縄を作ると、それをティナハンに渡す。その光景は、ビヒョンの想像力を刺激した。

「おや、苦痛を和らげるために自殺しろとでも？」

「……いや。足首を木に縛って寝ろということだ」

ティナハンは、ついにぐっすり眠ることができた。そのときになってようやくビヒョンは気づいた。ティナハンは心配だったのだ。眠っているうちに川に落ちるのではないかと。しかし、彼らの野営地はいつも川の水から数十メートルは離れていた。それでもか……。レコンの〝恐水症〟っていうのは、大変なものなんだな。ビヒョンは思った。と同時に、好奇心を発動させた彼はある晩、ティナハンが眠っている間にその縄をほどいてみた。

そして、その実験結果に満足を覚えた。彼は翌朝、あの世に送られそうになったのだ。怒り心頭に発したティナハンの手で。

ケイガンが歌声を聞いたのは、ビヒョンがティナハンに向かって「ちょっとちょっと、来ないでくださいよ。もっと近づいたら唾吐きますよ」などとわけのわからない叫びをあげているときのことだった。

残された寿命を数えるのも怖ろしく
腐りゆく手足を御するのも諦めて久しい。
地上で最も寂しい古木の根元に座り
輝いていた彼らを思う。

ケイガンは顔をあげると、手を上にあげた。ビヒョンに向かって豊かな解剖学的知識が盛り込まれた暴言を吐くのに忙しかったティナハンはその手招きに気づかず、そのためケイガンはその手をぶんぶんと振った。ティナハンがようやく嘴を閉じると、川の向こうの歌声がもう少しはっきりと聞こえてきた。

愛する我が王よ、我が主よ。
嫉妬深き運命さえも掠め取れぬ栄光を与えし方よ。
父がくれし我が肉はここで腐りゆけど
王が呼び覚まされし我が霊は永久にあり。栄光のうちに。

リュンは歌いながら、同時にその歌を鑑賞していた。ファリトによって頭に植え付けられた歌は記憶の形態で保存されている。従ってリュンは今、自分の声を通じて初めてその歌を聞いているのだった。歌の旋律は単純だったが、それが異様なくらい力に満ちていることにリュンは驚かされた。しかし、彼が感じられるのもそこまでだった。王というのが何なのかは知っている。しかし、それは氷河が何なのか知っているというのと同じレベルの知識に過ぎない。熱帯のキーボレンで生まれ育ったがために氷河の怖ろしさについては皮相的な理解しかできないのと同様、王がいない社会で生きてきた者が王に捧げる歌である〝恋君歌〟の情緒など理解できるわけがない。いくら自ら歌っているといってもだ。とはいえ、歌が捧げる称揚の対象は、すぐに他の者に移っていった。リュンは自分の口から流れ出る歌に耳を傾けた。

美しい我が友よ、我が兄弟よ。
生きているうちは常に我が傍らに、死んで後は永遠に我の中に残っている者よ。
春がまた訪れたとはいえ、花びら舞う中、君と共に歩けぬのなら
この春は、春とは言えぬ。

ケイガンは目の前の世界が揺らぐのを感じ、思わず手を横に伸ばした。固い木の感覚に宥《なだ》められ、ケイガンはなんとか現実感覚を失わずに済んだ。ビヒョンは期待に満ちた声で言った。

「歌ですね！　例のナガでしょうか？」

「おそらく」

「でも、向かい側ですね。どうやって連絡しましょう。我らが歌い手に。叫んでみますか？」

「聞こえないだろうよ、ナガだからな。歌を歌ってはいても。我々が渡るとしよう」

ティナハンは肝をつぶした。顔色を失い、川に目をやる。そのようすを見たケイガンがかぶりを振った。

「ティナハン、おぬしはここに残られよ。私とビヒョンがカブトムシに乗って渡り、そのナガを連れてくるから」

ティナハンは安堵のため息を吐いた。ビヒョンがカブトムシを呼ぶと、やって来たナーニの背にぴょんと飛び乗る。ところが、ケイガンは依然、川辺に立って向かい側から聞こえてくる細い

歌声に耳を傾けている。何かに取りつかれたようなその視線にビヒョンは当惑し、叫んだ。

「ねえ、何してるんです、ケイガン？」

「ああ」

ケイガンは返事をし、カブトムシに乗った。誰かに引きずられるような不自然な動作だった。ビヒョンが固い背中を叩いて合図を送る。ナーニはすぐさま翅鞘《さやばね》を開いて舞い上がった。尻に噴射口でも装備されているかのような勢いだった。あっという間に森が足の下になる。ビヒョンはまた合図を送って川の上空を飛ばせると、背後のケイガンを振り返った。何か話しかけたそうにしている。しかし、羽ばたきの音が何しろ凄《すさ》まじく、話のできる状態ではない。やむなくビヒョンはもの問いたげな視線を送ったが、ケイガンに目をそらされてしまった。

川を見下ろしながらケイガンは内心歯嚙みしていた。大寺院があのナガに教えた歌がよりによってあれだとは。もちろん、この上なく確かな合図になってくれたが……。そう思うと、いくらか気持ちが穏やかになる。そのとき、肩をぽんと叩かれた。顔をあげると、ビヒョンが何か言っていた。口を大きく動かして見せている。

「見えました！」

ケイガンは体を横に倒し、ビヒョンが指さすところを見た。ひとりのナガが歩いている。ケイガンはうなずいた。それを見てビヒョンがカブトムシの方向をそちらに向ける。

ナガの姿が大きくなってくる。周囲をきょろきょろと見回しているが、騒々しい音をたてて近づいていくカブトムシのほうには目もくれない。その姿をじっと見ていたケイガンが、ふいにうめくように言った。

「ヨスビ？」

下を歩いているナガはヨスビだ。間違いない。歩き方も手の動かし方もヨスビのものだ。何より腰に差しているサイカーが動かぬ証拠だ。

ケイガンは悲鳴のような声をあげた。

「ヨスビ！」

ケイガンの声は羽ばたきの音にかき消された。ケイガンは急き立てるようにビヒョンの肩を揺さぶったが、ビヒョンのほうはなかなかナーニを着陸させられずにいた。川辺には川の中に根を張った木々が立ち並んでいる。そのせいでカブトムシを着陸させられる場所がないのだ。ビヒョンはやむなくカブトムシを旋回させ、降りられるところを探した。事情を察したケイガンが唇を嚙み、焦燥を宥める。彼はわずかの間もナガから目を離さなかった。

そのとき、ビヒョンがまたケイガンの肩を叩いた。驚いた目で他の方向を指さしている。ナガだ。また別のナガが歩いてくる。そちらは女だ。大きな剣を抜き、歌を歌っているナガの背後に忍び寄ろうとしている。木の枝を押し、茂みをかき分けるようすからしてずいぶんと大きな音をさせていそうだが、前にいるナガは何も気づいていないようだ。まったく同じ調子で歩いている。

ケイガンは慌てて叫んだ。

「降りよう！」

「えっ？」

「降りるんだ！　ヨスビが危ない！」

ケイガンの口の形を読み取ったビヒョンは――ヨスビというのが何なのかわからず当惑してはは

いたが――かぶりを振って足元に目を落とした。依然、鬱蒼とした密林が広がっている。それに気づいたか、ケイガンが手まねを加え、また叫んだ。

「翅鞘を開いて滑空するんだ！　私が飛び降りる！」

ビヒョンは感嘆の表情でケイガンを見た。そんなことまで知っているんですか。そう問いたそうな顔だった。しかしケイガンは焦りの色を目に浮かべ、ただビヒョンを見返している。ビヒョンは急ぎカブトムシに合図を送った。

ナーニは一気に舞い上がった。空の高みで後翅をたたむ。

轟音が消えた。

カブトムシは固い翅鞘だけを広げて虚空を滑空した。カブトムシの後翅が動いているときは、その搭乗者は横に跳んだりはできない。後翅のものすごい動きに巻き込まれ、大事故につながりかねないからだ。だが、翅鞘だけを広げて飛んでいる今なら大丈夫だ。ビヒョンとナーニは持てる技術を余すところなく発揮し、ふたりのナガに向かって決死の滑空を試みた。

剣を抜いて歩いていた女のナガは、すでに前のナガのすぐ後ろに迫っていた。ふいに前にいた男のナガが振り向く姿が彼らの目に映った。宣りを聞いたのだろうか。男が驚いたようすで女を見つめ、女は剣をゆっくりと振りかざす。その刹那。ケイガンが雷のような怒声を発して飛び降りた。

「やめろ！　やめないと、食ってやる！」

おお……。ビヒョンはほとんど感動した。なんと現実味を帯びた表現か、それは……。

水の跳ねる騒々しい音こそ聞こえなかったが、水滴が飛んできて頬を打った。リュンはしかし、川のほうを見もしなかった。呆気にとられた顔で、ただただサモ・ペイを見つめている。頭の中でサモの宣りが繰り返し鳴り響いていた。信じがたい宣りだった。

――ショジャインテシクトル？

茫然《ぼうぜん》と立ち尽くすリュンとは違い、サモは一歩後ずさると川辺に目を投げた。そこには驚きを禁じえない光景があった。空から落ちてきて盛大に水しぶきをあげたのは、なんと人間だった。彼女のその驚きは、人間が川から上がってきたときに驚愕に変わった。

人間は濡れた髪をかき上げもせず、即座に背中の剣を抜いた。それを見たサモは思い出した。家に逗留していた男たちから聞かされた怖ろしい化け物の話――。

〈ナガ殺戮者？〉

ナガの間では限界線付近に出没し、ナガを取って喰う化け物の話が昔から伝えられている。その化け物はマワリと呼ばれる双身剣を振るい、寒気を伴って現れる。そして、寒さで凍り付いたナガを、氷を割って食うように喰らうという。そのナガ殺戮者というのは限界線の寒さを象徴する想像の化け物なのではないか。サモはこれまでそう思ってきた。ところがいま彼女の前に、その話の中で描写されているのと同じ人間が怖ろしい表情を浮かべて迫ってきている。現実ではないと宣るにはあまりにも現実的な状況だった。

挑戦の咆哮は猛烈で、その後に続いた攻撃は怒ったハヌルチさながらだった。

サモはどうにかシクトルを振りかざした。危ういところだった。その後、彼女は狼狽《ろうばい》を押さえ切れぬままあと五回も防御する羽目になった。双身剣の攻撃は流れるようだった。六回が、あたかも一度の攻撃に感じられるほどに。シクトルとマワリがぶつかり合い、背筋の凍るような轟音と雨のような閃光があたりに飛び散った。

六回目の攻撃で、サモはようやく隙を見つけた。そこへサモは思いっきりシクトルを突き入れた。しかしナガ殺戮者はシクトルの軌跡から退いた。予想していたかのように……否、というより身に付いた動作だった。サモはその回避の動きに目を瞠《みは》り、思わず身を引きしめた。

ケイガンもサモと同様驚いていた。ついさっき彼に向けて放たれた反撃の技術は確かにヨスビのものだったからだ。女を改めて観察したケイガンは、その手の位置や足の角度などからヨスビの痕跡をさらにいくつも見出した。ケイガンは女に視線を固定させたまま、背後に向かって叫んだ。

「ヨスビ！　この女は弟子か？」

背後からは何の答えもなかった。ヨスビを振り返りたかったが、目の前にいる女から目を離すわけにいかない。限界線付近で出会う、いつもの動きの鈍いナガではない。目の前にいる女は、限界線のナガがソドゥラクを服用したときとほぼ同じ速さで動いていた。それに、ヨスビの弟子ならばむやみに切り捨てるわけにいかない。そう思ったケイガンは両手首をひねり、マワリを半回転させて握った。

サモは訝しく思った。何だろう、あの動作は……。しかし、ケイガンが攻撃を開始した瞬間、サモは当惑した。無知蒙昧《むちもうまい》な攻撃が浴びせかけられたのだ。熟練した武術家らしく、サモは瞬く間に事態を理解した。

マワリのふたつの刃は重さが違った。

ふつうの剣でも、刃の重さの中心を意図的に違えて作る場合がある。サイカーやシクトルもそういった剣に属する。扱いやすくはないが、熟練者の手に握られると、そんな〝捻《ね》じれた剣〟は、大きな破壊力を発揮する。それぞれ重さが違うマワリのふたつの刃も、重さの中心が捻じれたナイフのように作用するという点においては同様だった。だが、ふつうの剣とは違う点があった。刃の向きを変えることで剣法が変わり得るのだ。少し前の連続攻撃が敏捷《びんしょう》なものだったとすれば、今度の攻撃は実に重量感のあるものだった。単に刃の重さが二倍ということ以上の巨大な気迫に押され、サモは防御する気力を失い後退せざるを得なかった。

サモが遠く離れると、ケイガンはマワリを横にやや寝かせて叫んだ。

「お前、ヨスビの弟子か？」

ケイガンの口の動きから、サモは相手が言葉を発しているのがわかった。彼女は聴覚に注意を傾けつつ言い返した。

「何ですって？」

「ヨスビの弟子かと訊いた」

サモは驚いた。

「えっ？　どうしてわかったの？　あなた、誰？」

「このあたりではナガ殺戮者として知られているようだな」

ケイガンはそう自己紹介すると、背後に向かって叫んだ。

「おい、あの女はなぜお前を攻撃する？」

——何なの、あいつ。リュンのことも知ってるのかしら。

立て続けに驚かされたサモは、やっとのことで口を開いた。

「ナガ殺戮者、あなた、なぜヨスビを知ってるの。ああ、いいわ。それは後で聞く。とりあえず、どいて」

「なぜだ？」

「これはショジャインテシクトルなの。知ってる？」

知っている。犯罪者の追跡と殺害を親族に一任するこの怖ろしい慣習は、忘れがたかった。ケイガンがうなずくと、サモは剣を前に突き出してみせた。

「この剣はシクトルなの。ひとりを殺したら、直ちに叩き折られる剣。ちなみにそのひとりはあなたじゃないの。だから、どいて」

ケイガンは、困ったなと思った。

――ということは、あの女はヨスビの血縁者ってことか。

いいや、そんなわけがない。もう一度考えてみて、ケイガンは思い至った。ナガの男には血縁者などいない。

「ナガの男には血縁など関係ないだろう。それが、ショジャインテシクトルだと？」

「ずいぶんとよく知っているのね、私たちについて。でも、それ以上のことを教えてあげる気はないわ。さっさとどいて！」

ケイガンはどかず、濡れた髪を荒々しくかき上げた。髪は奇妙に蠢き、肩と顔にくっついた。斗億神もかくやという姿になったケイガンが低く言う。

「ならば、喰らってやろう」

ケイガンは剣を後方にぐっと引き、剣の重みとバランスを取るように腰を前に若干かがめた。サモは目を疑った。その姿勢は、荒唐無稽ですらあったから。いかなる剣法も、構えの姿勢を取るとき前かがみになったりはしない。後退するならともかく、前に出るには妨げになるからだ。しかし、サモ・ペイはマワリが気にかかっていた。——あんなおかしな剣にはおかしな姿勢が必要なのかもしれない。初めて見るこの妙な姿勢に適応すべく、サモはシクトルを斜めに突き出したまま、しばし待った。

それこそが、ケイガンが望んでいたことだった。

ケイガンはサッと身を翻して走り出した。後も振り返らぬ逃走に虚を突かれ、サモはしばし遅れをとった。それはリュンも同様だった。それで、リュンはケイガンが自分の胴を抱え込んで水に飛び込んだときも抗うことすらできなかった。

激しい水煙が上がり、ケイガンとリュンは川に沈んだ。

リュンは恐怖に満ちた宣りを送った。が、相手は人間だった。それに気づいたリュンは肉声で叫んだ。

「僕はナガなんだ！」

おかげでリュンはかなりの水を飲む羽目になった。水中で叫んだら、そうなるのは当然だ。口の中にがぼりと水が流れ込んできて、リュンは恐慌状態に陥った。自分が泳ぐなど想像したこともなかったのだが、本能的に手足を思いっきりばたつかせた。けれど、水の冷たさに体は急激に冷え、足の動きが鈍くなってくる。リュンはすくみあがった。

リュンの体が強張ったおかげで、彼を抱えているケイガンのほうは少し楽になった。片腕でマワリとリュンの腰を抱き、もう一方の手で力いっぱい水を掻いて、ケイガンは水面に向かって泳いだ。水より重い体を持つ種はレコンだけだ。冷たいのが駄目なので水に入りはしないが、ナガも人やトッケビと同じく比重は水と同じぐらいだ。そのうえリュンは身もだえもしない。ケイガンとしてはありがたい限りだった。彼はじきに水から顔を出した。

水面に浮かび、ケイガンは荒い息を吐きながら周囲を見まわした。そして、シクトルを握って怖ろしい目で睨みつけているサモを見つけた。でも、サモは水に飛び込むことはできなかった。ケイガンは彼女から顔を背けた。そして、体を寝かせて泳ぎながらビヒョンを探した。

ビヒョンは空をぐるぐると旋回しながら心配そうに見下ろしていた。ケイガンは軽く手を振ってみせると、降りてくるようにと手まねで伝えた。リュンがいくら扱いやすいといっても、彼を抱えたまま広いムルン川を渡ることはできない。ビヒョンはかぶりを振った。

——三人乗ったら飛べませんよ！　だいたいどうやって乗せるんですか？

ビヒョンの顔から考えを読み取ったケイガンは、手まねで意を伝えた。

——降りてきて、このナガだけ乗せるんだ。カブトムシは足でナガを引っ張り上げられるじゃはずだ。私はひとりで泳いで渡る。

ケイガンの手まねは巧みだったので、ビヒョンはたちどころに理解した。とはいえ危険なことなので、注意深くカブトムシを下降させる。

カブトムシが水面の近くまで下りてくると、強い風がケイガンの顔を打った。川は巨大な波紋を描いて広がっていき、そのせいでケイガンとリュンは上下に激しく揺れ動いた。波と水滴が跳ね上がると、怖気づいたカブトムシのナーニは触覚を動かした。これ以上降りたくないという意思表示だ。ビヒョンがナーニの背中を撫でて宥める。それが功を奏し、ナーニはまた少しずつ下降し始めた。ケイガンは上下に揺れながらも、降りてくるカブトムシの足を注意深く見つめた。

みな極度に集中していた。それで、迫りくる危険に感づいたのは川の向こう岸から見ていたティナハンだった。ティナハンは胸を大きく膨らませると、雷のような声で叫んだ。

「**ビヒョン！　気を付けろ！**」

近くに立っている者を押し倒すと言われるレコンの〝鶏鳴声《けいめいせい》〟が響き渡った。森の鳥たちが一斉に悲鳴をあげて飛び立つ。その巨大な声はカブトムシの荒々しい羽音を貫いてビヒョンの耳に届いた。ビヒョンがびっくりして川の向こう岸に目を向けると、ティナハンがまた鶏鳴声を発した。

「**舞い上がれ！**」

ビヒョンは考えるいとまもなく舞い上がった。ケイガンが呆れ顔でカブトムシを見上げる。しかし、視野を遮っていたカブトムシがいなくなると、ケイガンも迫りくる危険を認識するに至った。ケイガンは悪態をついた。

「なんてことだ。精神抑圧者か？」

サモ・ペイが嵐のような勢いでこちらに向かってきていた。片手で大鷲の首の毛を、もう片方の手ではシクトルを握りしめ、空を飛んで。

慌てて避けはしたけれど、ビヒョンはティナハンが伝えてきた危険というのが何なのか、正確にはわかっていなかった。ところが、ナーニの複眼には背後に迫りくる危険が映っていた。ナーニは直ちに上昇に転じ、ビヒョンは危うく川に落ちそうになった。一瞬のうちに百メートル以上舞い上がったナーニが虚空で身を返したとき、ビヒョンはやっと下方を舞う大鷲を見つけた。

大鷲はナーニがいたところをすばやく通過した。頭上を掠められ、ケイガンが目を閉じる。大鷲はケイガンの頭上を一瞬にして通り過ぎ、そのまま反対側の川べりめがけて飛んでいく。ティナハンは鶏冠を逆立てて鉄槍を握った。ところが、大鷲は森にぶつからぬよう高度をあげた。川岸の森の端を掠め過ぎて旋回する。翼が起こした風に吹かれた木の葉が爆発するように舞い上がる。あたかもキーボレンが大鷲の足をつかもうと幾千もの手を伸ばしているかのような光景だった。しかし、大鷲は誉れ高い羽ばたきでキーボレンの手を振り払い、くるりと回転して舞い上がった。

また川の上空に戻ったサモは、叫びを轟《とどろ》かせた。

「岸に戻りなさい！　でないとただでおかないわよ！」

ケイガンは、怒りに燃える目でサモを睨みつけた。しかし、状況は好転しなかった。カブトムシとは違い、大鷲はワニをも捕らえる狩人だ。サモの命令を拒めば、ケイガンはあっさりその爪に捕らえられてしまうだろう。暗澹《あんたん》たる状況の中、ケイガンは同行者の資格条件に対し疑念を抱いていた。三が一に対向する？　対敵者たるレコンが川の向こうで孤立しているというのに？

しかし、ティナハンは、そしてレコンを同行させたハインシャ大寺院の僧侶らは、ケイガンを失望させなかった。

「どけ！　この図体ばっかりでかいヒヨッコ！」

雷鳴のような叫びとともに木が飛んできた。

そう、本物の〝木〟だった。根っこ、幹、枝、そして葉まで備えたれっきとした、ごくふつうの木だ。でも、木はふつう空を飛ばない。大鷲を急いで舞い上がらせながらも、サモはもといた場所を通過する樹齢五年ほどのゴムの木を恐怖にかられて見下ろした。

怖ろしい勢いで飛んできた木は、水面と衝突すると、また舞い上がった。水が火山のように噴き上がり、木は岸辺の森に突っ込んだ。大鷲の背中の羽が抜けてしまうぐらいきつくつかみ、サモは反対側の岸に目をやった。そこでは、レコンが木をもう一本抱えていた。

信じがたい状況だった。しかし、そんな中、サモは怒りを覚え始めた。彼女は木を愛するナガなのだ。

「やめなさい！　今すぐ！　木を放しなさい！」

ティナハンは嘴をかちんと鳴らし、木を放した。サモは安堵したが、すぐに大きな失望と激しい怒りを覚え、と同時に呆れ返った。ティナハンが両手で木を一本ずつかんだのだ。ゴムの木とヒトツバハギを一本ずつ。そして腰を深く落としてからまた伸ばしながら両腕を左右にぐぐっと広げた。四メートルを超える二本の木がぶるぶる震える。それを見てサモは悲鳴をあげた。

「やめなさい！」

ティナハンは構わずもう一度腰を落として伸ばした。体が三倍に膨れ上がる。二本の木が左右に開かれ、根っこが露わになった。それをティナハンは投げ槍のように順に投げつけた。サモは大鷲をさらに上昇させるしかなかった。英雄的という言葉でも足りない、実に超人的な偉業を披露したというのに、ティナハンは今ひとつ達成感を感じられずにいた。

「えいくそ！　当たらねえ！」

川の水に揺られながら、ケイガンは考えていた。救出隊の一員にレコンを入れた大寺院の僧侶も、レコンがこんな類《たぐい》の活躍をしようとはさすがに予想しなかったろうと。ティナハンがもしも、重さ数トンに及ぶ岩を投げつけたとしたら、これほど驚きはしなかったろう。もちろん岩のほうが木よりも重い。しかし、大地に根を下ろしている木は、固定されている感覚が岩よりはるかに強い。ハヌルチを相手にしてきたティナハンだけが――すなわち、空を飛ぶ数キロメートルの魚を狙って生きてきたレコンだけが、魚も空を飛ぶのに木が飛べないわけがないというような常識破壊を成し遂げられるのだろう。

――なるほど、対敵者だな。

ケイガンは軽い嘆息を漏らし、ティナハンがいる向こう岸をめざして泳ぎ始めた。彼の左の脇に挟まれているリュンは今や完全に強張っており、それがむしろケイガンの浮力を補っていた。肺に空気をためている人間やナガは水に浮く。溺死者が水に沈むのは水を呑んだからだ。ケイガンは、リュンが水を呑まないよう顔を空に向け、注意深く泳いでいた。川幅は数百メートルにも及ぶが、ティナハンが援護を続けてくれるならなんとか渡りきれるだろう。そうケイガンは判断した。

しかし、川の向こうから聞こえてきた切り裂くような悲鳴に、そんな楽観的な見通しは一気に吹き飛ばされた。顔をあげたケイガンは、上流を見た。

ケイガンの顔が蒼白になった。

大鷲がこちらに向かって来る。巨大なワニを鷲づかみにして。これまでの生涯の多くの部分が様々な暴力に染まっているケイガンやティナハンのような男たちも、そんな類の攻撃は想像もしていなかった。ティナハンが驚きの声をあげたとき、大鷲の足がワニをパッと放した。

四肢をくねらせながら飛んでくる体長四メートルのワニという抜群の威力を誇る空対地攻撃がムルン川の水面に炸裂した。有史以来の戦乱の歴史の一ページを飾って余りある攻撃だった。

ワニが落下した地点はティナハンのわずか数メートル手前だった。数メートルに及ぶ水柱が立ち、水煙が川辺を襲った。もちろんティナハンは大鷲がワニを放すやいなや、木と茂みを手当たり次第に折りながら後ろへ逃げていたので、水をかぶるという怖ろしい目には遭わずに済んだ。一瞬のうちに川岸から二十メートルも逃げたティナハンの通ったところにはゾウの群れが通ったかのような跡が残っていた。自分がつくったその途轍《とてつ》もない跡の先端部分に座り込み、ティナハンはぜいぜいと息を切らして空を見上げた。サモは蔑みの目でレコンを睨むと、また水面に向かって舞い降りてきた。今度こそ終わりだとケイガンは思った。

ところが、ケイガンとティナハン、そしてサモ・ペイは、ひとりを長いこと忘れていた。

「三が一に対向する。ですよね？」

その力強い叫びは誰にも聞こえなかった。カブトムシの羽ばたきにかき消されてしまったからだ。ふと、嫌な予感がし、サモはあたりを見回した。

そして、息が止まりそうに驚いた。数十匹ものカブトムシが自分に向かって飛んでくるではないか。

カブトムシの体温がナガの目にどの程度に映るのか、ビヒョンにはもちろん見当がつかない。そこで、ビヒョンはあらゆる温度のトッケビの火を作り出した。無益な推論をする手間を省いたのだ。ところが、あることが起こった。トッケビについてよく知る人ならば充分に想像がつく、その事態だ。そう、ビヒョンはトッケビの火を作り出す行為そのものに夢中になってしまったのだ。

カブトムシ、コガネムシ、クワガタ、そしてカミキリムシかと思われる、しかし、常識的に存在し得ない形態の抽象的なトッケビの火を作り出しながら空の彼方を楽しげに飛び回っていたビヒョンは、ティナハンの断末魔の悲鳴を耳にしてようやく芸術世界から現実の世界へと戻ってきた。そして、現実世界を直視した芸術家の常として、状況の深刻さに気づいた。心の中でティナハンとケイガンに詫《わ》びながら、ビヒョンはサモめがけて突撃した。これまでに作り出した芸術品を引き連れて。

――今日のムルン川は、常識破壊の饗宴会場だな。

目を見開いて空を仰ぎ、ケイガンはそんなことを考えていた。空の一方を覆い尽くし、四メートルから十二メートルに至るありとあらゆる大きさの炎のカブトムシが飛んできていた。炎のトッケビ騎手を乗せ、流星群さながらに。煌《きら》びやかさに目がくらみそうな光景だったが、ケイガンはたちまちビヒョンを見つけた。と同時にケイガンは確信した。大鷲に乗ったナガには絶対にビヒョンが見つけられないだろうと。

実際そうだった。冷静な理性でそれがトッケビの火だということはわかった。しかし、どれが本物のトッケビなのか見分ける手立てがサモにはない。彼女の当惑は大鷲に伝わり、そのとたん大鷲の飛行が目に見えて不安定になった。

サモにとってさらに不運なことに、川岸からはるかに離れたティナハンが、屈辱を覚えた戦士が取って然るべき行動に出た。ティナハンの報復は、空に森を造成することだった。鬱憤を晴らすかのように、ティナハンは手当たり次第に木を引き抜き、放り投げた。自分を襲う危険より何より、木々がそんなふざけた被害に遭うのはサモにとって耐えがたいことだった。

ついにサモは大鷲の内面に向かい、強力な〝概念〟と〝意志〟を噴射した。

大鷲は気流に乗り、高く舞い上がった。地平線が目の下に見え、大地が無価値の作り物か何かに思えるぐらいの高度に到達したとき、サモは顔をうつむけ、はるか下方――青い蛇のようにうねっているムルン川を見下ろした。黒い水の上をさまようトッケビの火は、そのはるかな高みからだと蛍の群舞のように見える。

そのときサモは気づいた。暗殺に失敗したことについて、怒りを覚えるべきか安堵すべきか、自分が判断しかねていることに。

――リュン。

心の中で弟の名を呼ぶ。同時にナガ殺戮者が口にした他の名も思い浮かべる。その名の持ち主がすでに死んでいることに、サモは安堵した。殺さなくてもよいからだ。サモがその者に対して感じることのできる感情はそれがすべてだ。その名を耳にしたときにサモが感じたのは純粋な当惑だけだった。

――ヨスビ。あなたの名前がなぜしょっちゅう出てくるのかしら。

冷たい体に陽ざしが染み入り、だんだん暖かくなる。それでもリュンは、なかなか目を覚まさなかった。ついに目を開けたとき、彼はすぐにそのことを後悔した。

彼の目に映ったのは、化け物のような三人の不信者の顔だった。魚のようにつるつるした人間の顔、赤い果実を連想させるトッケビのあばた面、そしてふわふわした羽に覆われたレコンの顔。恐怖にかられて目を見開いているリュンに向かい、トッケビが口をぱくぱくさせる。リュンは悲鳴をあげた。

〈助けて、誰か！　食われる！〉

やむなき誤解だった。言葉を使うという奇行にしばしば走っていたリュンだったけれど、彼もやはりナガだ。口の動きと音が自然に結びつかないのは無理もないことだ。リュンはあたふたと腰のあたりをまさぐった。ところが、サイカーはどこへ行ったやら見当たらない。そのとき、人間が手をあげてリュンの注意を引いた。指で自分の口と耳を代わる代わる指し示している。リュンはその意味に気づいた。聴覚に注意を集中させると、ついに人間の声が聞こえてきた。

「聞こえるか？　聞こえたら答えてくれ。宣《の》りではなく言葉で」

「聞こえます」

トッケビが感心しきったように叫んだ。

「うわあ、きれいな声ですねえ！　もったいないなあ、そんないいものを使わないなんて」

「あ……でも、僕たちには宣りがあるので……ところで、あなたたちは……殺すんでしょうか、僕を」

人間とトッケビは顔を見合わせた。人間が疑わしそうに言う。

「歌を歌っていなかったか?」

ああ、そうか……。リュンはファリトに言われていたことを思い出した。安堵し、ゆっくりと身を起こす。

「あなた方が三人の不信者なんですね。僕を大寺院に連れていってくれる……」

身を起こし、彼らに向き合って座ったリュンは、自分がよく陽の当たる川辺の岩の上に寝かされていたのを知った。ナガについてよく知っている者がいるようだ。トッケビがぶるぶると身を震わせて言う。

「うわあ! ほんと、鳥肌が立ちそうないい声ですねえ! 私はビヒョン・スラブルといいます。ところで、宣るというのは何のことです?」

「僕らが意思を伝えあうやり方をそう宣る……あ、いえ、言うんです」

リュンはなんとか笑みを浮かべた。そのとき人間が、手にしているものを差し出してきた。リュンのサイカーだ。リュンは手を伸ばしたが、人間はサイカーを引っ込めた。驚いて見つめると、人間は重々しい口調で訊いてきた。

「私はケイガン・ドラッカーだ。で、お前は?」

「え?」

「誰だと訊いている。なぜヨスビのサイカーを持っている?」

リュンが目を覚ます前、陽当たりのよいところに仰向けに寝かせたリュンを子細《しさい》に観察したケイガンは、そのナガがヨスビではないことを知った。不審に思ったケイガンは、リュンのサイカーをまた確認した。しかし、それは間違いなくヨスビのサイカーだった。それで、ケイガンは混乱しているのだった。

しかし、混乱しているのはリュンも同じだった。彼はこれまでヨスビという名を肉声で聞いたことがなかったのだ。

「僕はリュン・ペイといいます。で、そのサイカーですが、それは僕の父のもので、父は……」

父親の名を口にしようとしたとき、リュンは気づいた。信じられないという目でケイガンを見る。

「ヨスビ、ヨスビです！　そうだ、そう発音するんだ！　わあ、肉声で発音するのは初めてです」

ケイガンは首を振った。肉声で初めて発音したというのが信じられないからではない。リュンが口にした別の言葉を受け入れることができなかったのだ。

「父親だと？　ナガには父親はいない。何を言っている？」

「ああ、僕たちについてよく知ってるんですね、あなたは」

「質問に答えてくれるか。父親というのはどういうことだ？」

「僕を作ってくれた男ってことです。あなた方が使う、そのままの意味です」

「何を言う。ナガは父親というものを信じない。どのみち乱婚だから、父親が誰なのかよくわからないこともあるが、それより何より、男が与えるものは母親が飲み食いするものと同様、材料のひとつに過ぎないと考えているからだ。それで、お前たちは母親だけを認める。いま言ったことのうち、事実と異なる点があるか、リュン・ペイ？」

リュンはかぶりを振った。彼は心から驚いていた。

「ぜんぶ正しいです。正確にご存じなんですね」

ティナハンとビヒョンがまたも感心しきった目でケイガンを見つめる。しかしケイガンはそれにはまったく構わず、笑みひとつ浮かべずに冷たく言った。

「ならば、説明してくれるな？　お前がさっき、父親という言葉を使ったわけを」

「その前に、あなたがどうしてヨスビを知っているのか、教えてもらえますか」

「彼の左腕を食ったからだ」

リュンは仰天した。ティナハンとビヒョンも驚いた目でケイガンを見る。リュンは、ただでさえ出しにくい肉声を無理やり絞り出した。

「いまなんと……言いましたか？」

「ヨスビの左腕を食ったと言った。彼が切り落とし、私が料理して食った」

リュンは奇妙な叫び声をあげ、卒倒してしまった。

ケイガンは気絶したリュンをじっと見ていた。相変わらず気に入らなそうな顔をしている。奇妙な沈黙が流れ、やがてビヒョンが青ざめた顔で言った。

「あの……今のお話は、どういうことですか」

「こいつは私の知っているナガの息子らしい。しかし、わからぬ。ナガの概念では、父子関係などというものはないのだ。知識としては知っていても、我々のような未開な不信者が信じる非論理的な迷信ぐらいに思っている。だから、どうにも信じられぬのだ。こいつの言っていることが……」

「あ、いえ。その話ではなくて……左腕を食べた……というのはいったい？」

ケイガンはビヒョンを、そしてティナハンを順に見た。しかし彼はビヒョンの問いには答えず、他の話を始めた。

「すまぬが、ここでもたもたしているわけにはいかぬ。火を目撃したナガどもがわんさと押し寄せてくるはずだ。急いで出発せねば。ティナハン、悪いが、このナガを背負ってもらえるか？」

ビヒョンは答えるのを避けるケイガンに不満を覚えたが、ケイガンの言うことはもっともだった。彼が空に浮かべたカブトムシは数十キロ先からも見えたことだろう。ティナハンが気を失っているリュンを肩に担ぎあげる。一行は北をめざして出発した。

じきに日が沈んだ。しかし、ケイガンは休むことを許さなかった。満月が出たのを確認したケイガンは、夜も引き続き歩こうと言った。昼に追い払った精神抑圧者が戻って来るだろうと確信していたからだ。そのナガは、ショジャインテシクトルと言っていた。ケイガンの知るところでは、それは途中でやめられるものではない。それにシクトル。あの剣は、必ずやリュンの居場所を見つけ出すはずだ。それでケイガンは、ナガの活動が緩慢になる夜のうちに距離を稼いでおこうと思ったのだ。そう説明され、ふたりはため息を吐いて同意した。

奇妙な晩だった。

凝結して流れ落ちる水蒸気は熱帯の密林が流す冷汗のようだった。満月は彼らの行く先を照らすよりむしろ混乱させた。絡み合った枝の間から降り注ぐ月の光は質量を持つ重たい砂が流れ落ちるかのように見えた。そして遠近感に悪戯をする。足元は時には大地、時には積もった落ち葉、時には沼だった。沼地の虚空を漂う狂気に満ちた光は、一行の騒音のせいでますます奇怪に踊りを踊った。ばちゃばちゃという水音、荒い息づかい、忙しない足音。誰かの足が蹴り飛ばした小石が木にぶつかり、ぞっとするような大きな音を響かせることもあった。もっと頑丈で冷たい北方の木々だったらたてるはずのない音。この密林の木々がたてる音は生物の悲鳴に酷似しており、背筋を凍らせる。

リュンが目を覚ましたのは明け方だった。彼は一瞬、自分がどこにいるのかわからなかった。世界が何とも不可思議に動いており、自分の姿勢や位置も変な感じだ。自分が巨大なレコンの肩にかつがれているのだと気づいたのは、正気づいてからだいぶ経ってからのことだった。

下ろしてくれ！　リュンは叫んだ。けれどティナハンは聞こうともしない。そうか、レコンには宣りが聞こえないのだ。そのことに気づいたリュンは、言葉を使って言った。

「下ろしてください」

その声は、ティナハンの耳に届いた。先に立って歩いていくビヒョンとナーニ、ケイガンにも聞こえた。ケイガンはしばしあたりを見回すと、一行を止まらせた。地面に降り立ったリュンは、それだけでも混乱がだいぶおさまった気がした。今ならば、この先の長い旅の間、自分を守ってくれる人たちに好意的な笑みぐらいは浮かべて見せられる。リュンはそう思った。ところが、リュンの笑みは、近づいてくるケイガンの姿を見たとたん歪み始めた。ティナハンとビヒョンは期待と不安が入り混じった目でふたりを見つめている。

「ケイガン・ドラッカーとおっしゃいましたか？」

「そうだ。リュン・ペイ。お前は本当にヨスビの息子なのか？　それをどうやって証明する？」

リュンは怒りを覚えた。

「僕のサイカーが証拠です。あのサイカーを持っていた人が、僕のことを自分の息子と言ったんです」

「ヨスビが直接宣うたと?」

「はい」

ケイガンは首を振った。

「私が知る限り、ヨスビはそんな奴ではない。彼は論理的なナガだった。私が死の危機のとき、即座に自分の左腕を切り落とし、食わせたのが証拠だ」

リュンの目が見開かれた。ビヒョンとティナハンは戦慄しながらもケイガンの説明に引き込まれていった。

「感受性の鋭い馬鹿者どもに、彼の行動は高貴な慈悲の心だの偉大な犠牲精神だのと褒め称えられたら、ヨスビを怒らせたろう。ヨスビが左腕を切り落とすことに決めたのは、極めて論理的な観点に立ってのことだった。そこには三つの理由があった。彼は右利きだ、二本の足は歩くのに必要だ、ナガの腕は、いつかは再生する。彼にとって、それだけの理由があれば充分だった。それで、ヨスビは躊躇《ためら》うことなく左腕を切り落とした。ヨスビはそういう奴だった。たとえ私が再生する腕を持っていたとしても、そうできたかはわからぬ」

それは、自分もわからない。リュンは思った。ケイガンは厳しい口調で続けた。

「ゆえに、ヨスビがそんな迷信を宣うたはずがない。わかるか、リュン・ペイ。ナガにとって、父親というのは迷信だ」

「でも、そう言ったんです。僕もその宣りを信じています」

「あり得ないことだ」

ケイガンがかぶりを振る。リュンはカッとして叫んだ。

「じゃあ、これは説明してもらえますか。そんなに論理的だった父が、なぜ人間ごときに左腕を与えたのか。それこそ迷信的で非論理的なことではありませんか？　父とあなたの間にいったい何があったんです？　あなたは父にとって何だったんですか？」

ケイガンは眉間に皺をよせてリュンを見た。彼の唇は引き結ばれ、微動だにしなかった。

かなり時間が経ってから、ケイガンは腰に差していたサイカーを手に取った。それをリュンに差し出す。リュンは受け取った。そのとき、ケイガンが言った。疲れた口調だった。

「話す義務はない」

「え？」

「話す義務はない。私が言ったことはぜんぶ忘れろ。お前も私に話す必要はない。私はやはり、ヨスビが父子関係というものを認めていたとは信じられない。ならば、お前がヨスビの息子であろうが違おうが、どうでもいいこと。そうではないか？」

「待ってください！　あなたはそうやって終わりにしたいかもしれませんが、僕はそうしたくありません。話してください。あなたと父は、どういう関係だったんですか？」

「他の者に訊いてくれ」

ケイガンは背を向けた。リュンは焦れて叫んだ。

「他の人なんていませんよ！　あなたが唯一、答えられる人でしょう！　あなた以外に父のことを知っているただひとりの人は、僕を殺しに……」

知らぬふりして歩いていたケイガンは、ふと妙な気がして振り返った。そして、驚いた。リュンが激しく痙攣《けいれん》している。

「リュン！　どうした⁉」

ビヒョンとティナハンも慌てて立ち上がり、駆け付けてきた。しかし、リュンは体を震わせるだけで、何も言えないようだ。ケイガンは彼の肩をつかんで押し付け、じっと待った。ビヒョンとティナハンが心配そうな顔で歩み寄ってきたときも、リュンはまだ口を開くことができなかった。実のところ、叫び続けていたのだけれど。

〈姉上が僕を殺そうとしているんです！　姉上が、僕を殺そうとしています！〉

リュンは絶叫していた。しかし、ケイガンは何が何だかわからぬという表情で彼を見つめているばかりだった。そして、その後ろに近づいてきたトッケビとレコンも、同じく愚かしい表情で戸惑っていた。リュンは怒りを呑み込んで叫んだが、彼ら――その化け物のような三つの顔は何の反応も示さない。狂いそうな怒りの中で、リュンはようやく口を開くことに成功した。

「……が、僕を殺そうと……してい……」

「殺そうとしてる、だと？　あの精神抑圧者？　ああ、そういえば、訊いてみようと思っていたのだ。男を相手にショジャインテシクトルとはどういうことだ？　何か誤解でもあったのか？」

リュンは精神的な悲鳴をあげた。

〈違う、そんなことじゃない！　些細な誤解……呆れて笑ったり顔をしかめたりすれば済む、そんな問題じゃないんだ！　サモ・ペイが、僕を殺そうとしてるんだ！〉

しかし、彼の激昂した宣りはケイガン、ビヒョン、ティナハン、その誰にも影響を及ぼせなかった。みな説明を待っているように、ただリュンを見ている。もはやこらえきれなくなったリュンは激しく身もだえし、彼の宣りを聞き取れない人間を荒々しく押しのけた。押しのけられたケイガンは眉をしかめた。

「何をする！」

しばし呆然とケイガンを見ていたリュンの口がようやく開いた。

「あの人は、僕の姉上です！」

「へっ？　あなたのお姉さんが、あなたを殺そうとしたんですか？」

ビヒョンがびっくりして叫ぶ。ティナハンも目を丸くし、肩の羽毛をざっと逆立てた。しかし、ケイガンは驚かなかった。

「ショジャインテシクトルならば、あのシクトルを持った暗殺者はお前の親族だろうよ。しかし、お前は男だ。摘出式を終えたのなら、あの女はもはやお前の姉ではない。いや、訪ねてもいけないのだから、他人よりも遠い間柄と言っていい。いったいどんな誤解が……」

「摘出していないんです」

「なに？」

リュンは右手で自分の心臓のあたりを覆うようにして言った。

「摘出してないんですよ。心臓はまだあります」

今度はケイガンも他のふたりと同様に驚いた。ケイガンが口を開いたとき、彼の声は驚愕に震えていた。

「摘出していないだと？」

「はい。摘出式のときに逃げ出したんです。逃げる前に、僕は……」

そして、リュンはファリトのことを話そうとした。ところが、ケイガンが荒々しく手を振ってそれを遮った。

「摘出してないって言うんだな？」

リュンは面食らった顔でうなずいた。ナガでもないケイガンがなぜ摘出していないということにこだわっているのかわからなかったのだ。しかし、ケイガンの説明を聞いて納得した。

「私は当然、お前が摘出しているものと思い、安心して水に放り込んだのだ。溺死するわけがないからな」

「ああ……そういえば、あのときは死ぬかと思いました」

ケイガンはビヒョンのほうへ顔を向けた。

「ビヒョン、リュンを連れて、まっすぐ大寺院に飛んでくれ」

「え？」

「おぬしのカブトムシにこいつを乗せて、飛んでいくんだ。ゆっくり歩いている余裕はない。実のところ、こいつについては少しも心配していなかった。最悪の場合、頭だけ、または体だけ持っていったとしても任務は成功だと思っていたのだ。何しろナガは、滅多なことでは死なないから。それで、ありがたいことだと思っていた」

ビヒョンは怯えた顔になり、ティナハンは嘴をぱかりと開いた。ケイガンは説明を続けた。

「だが、心臓を摘出していないのなら話は変わってくる。そのうえ、世界の果てまでも追うと誓った暗殺者までいる。のんびりしているわけにはいかない」

「でも、あなたはどうされるんです。それと、ティナハンは？」

「我らふたりは後からゆっくり行く。いま大事なのはリュンで、我らではない」

ビヒョンはちょっと考えてから首を振った。

「いえ、それはできません。三だけが一に対向できる。そうおっしゃったじゃないですか」

「今そんな昔話をしているときではない、ビヒョン」

「ですが、大寺院の坊さんたちはそう考えてる。それで、私たちを選んだんですよね。そして、その選択が正確だったからこそ、私たちはここまで来られたんじゃないですか。だから、戻るときまで三人一緒じゃないと。だって、もしも私ひとりでできることなんだったら、最初からカブトムシに私を乗せてここに送り込んだはずです。違いますか？　私がただ飛んできて、リュンを乗せてからまた戻る。はるかに簡単明瞭だったじゃないですか」

ケイガンはビヒョンの反論を聞くまいとした。しかし、ビヒョンは続けてある可能性を示した。

それは、さすがのケイガンも聞かずにはいられなかった。

「それにですね、何よりも、その計画は危険です。大鷲を精神抑圧できるナガがひとりしかいないとは限らないでしょ？　空を飛んでいく私とリュンを見て、うわあ、ありがたいと喜ぶ別の精神抑圧者がいたらどうするんです？」

ビヒョンの言うことも一理ある。ケイガンは認めざるを得なかった。ケイガンはリュンに確認し、リュンは肯定した。

「そうですね、できる人はいると思います。そもそも姉上は、それほど強い精神抑圧の力を持ってるわけじゃないんです。その姉上もできたんですから、そこそこ強い力を持つナガなら問題なく大鷲を精神抑圧できると思います」

「強くないって？　あれが!?」

ティナハンが悲鳴のような声をあげた。

「なんと！　信じられん！　あのでかい鷲を思うがままに操れる力が、さほど強くないって？」

「大鷲に乗るとき問題になるのはバランス感覚とか力……いわば肉体的な能力です。それに限って言えば、そうですね。姉上は、火鉢を冷めさせられるような力を発揮していた。でも、精神抑圧のほうはたいしたことありません。大鷲っていうのは、さほど賢い生き物とは言えませんから。サルを抑圧できるんならすごいことですが、大鷲だったら別に……。そうですね、ネズミと同じようなものですかね」

「ネズミ？」

「姉上は、食事に出すネズミを麻痺させるときによくその能力を使っていました。弱い力ですが、優雅に活用していたってわけです」

サモについて話すうちに、リュンはまたも胸が締め付けられるような感覚に襲われた。ネズミの腱《けん》を切って食卓に乗せる他家の飼育士と違い、サモは軽い精神抑圧で手際よく食卓を調えた。そんな思い出に浸っていて、ビヒョンとティナハンが気持ち悪そうな顔をしているのにリュンは気づかなかった。

そんな拒絶反応がないケイガンは、他のことに関心を示した。

「姉のことが好きなようだな」

「心から愛してます」

「心から、か」

「はい？」

ケイガンは、リュンから顔をそらした。

「お前の父親は、心という言葉を使わなかった。心臓がないナガが心などと言うのはおかしい。そう言っていたな」

リュンが当惑して顔を歪める。ケイガンは付け加えた。

「だが、心臓を持つお前がそう言うのは、別におかしくないか……」

リュンは、自分の胸を撫でながら、またケイガンを見た。密林にさっと目をくれてから、ケイガンは言った。

「飛べないのなら、歩くほかはないな。昨夜はずいぶんと歩いたから、しばらく休んでから出発するとしよう。まず私が寝ずの番をする」

リュンがまた口を開こうとしたとき、ケイガンが彼を見据えて首を振った。

「これ以上、何も訊くな。私は話す気はない」

＊

ビアス・マッケローは目を開けた。寝床はまるで濡れた洗濯物の山のようだった。

重たい頭をやっとの思いで持ち上げたビアスは、寝台に腰かけて外を見た。外の空気は驚くほど冷たく、黒い夜の空気の中にさらにくっきりと黒い線がいくつも引かれている。雨音が聞こえるわけではないが、外は雨が降っていることにビアスは気づいた。

水は熱を呑み込む。川や海、それから降り続く雨は、ナガの目には鬱々とした不透明なものに映る。窓を開けっぱなしにしていたのに気づき、ビアスは短く悪態をついた。薬術実験を終え、換気をしようと窓を開けておいたのだった。おかげで部屋の中の温度は安眠を妨害するほど低くなっていた。窓を閉めなければ。けれどなぜか、ビアスは寝台から出る気にならなかった。部屋にこもった冷たい空気はいやに敵対的だった。

ふいに、鋭い精神的波長が感じられた。

ビアスはびくりとした。そこへ神経を集中させる。そして歯ぎしりし、壁の向こうを睨みつけた。カリンドル・マッケローの宣りだった。否、宣りというより単なる強烈な〝感情〟か。

男をねじ伏せているのに違いなかった。

ビアスの鱗が騒がしい音をたててぶつかり合う。ハテングラジュの妊娠可能期の女共通の敵を追い出したのは彼女だ。なのに、不快な雨が降るこの夜、彼女はひとり、居心地の悪い寝台に籠《こも》っている。カリンドルはわざと鋭い宣りを発し、そんなビアスを嘲弄《ちょうろう》しているのだ。

あの女……私をムカつかせるために男を引っ張り込んだんだ。

他に考えられなかった。もともとカリンドルは男を求めたことがない。なのに、あの日の晩、久しぶりにやって来た逗留者の前で、カリンドルはビアスをはじめとする女たちを驚かせた。

ソメロとビアス、そしてふたりの叔母は男を誘うのに必死で、出し抜けに現れたカリンドルが男の隣にぺたりと座り込むまでカリンドルの存在に気づかなかった。カリンドルは呆気に取られている女たちには委細構わず、男の腰をそっと引き寄せて宣うたのだ。

〈可愛いこと〉

カリンドルは、そのまま男を自室に連れ込んだ。他の女たちは、カリンドルが男に関心を持ったということ自体に驚いていて、何もできなかった。ただ、長女のソメロだけはかすかな笑みらしきものを浮かべてカリンドルの後ろ姿を見送っていた。その笑みに同情が込められていることに気づき、ビアスはソメロに問いかけるような視線を送った。ソメロは穏やかな宣りを送ってきた。

〈ファリトの代わりが必要なんでしょ〉

〈まさか、あの子は男を嫌悪してたのよ。それがファリトの代わりになれるわけ……〉

〈違うわよ、子どもよ〉

〈あ……〉

ビアスは精神的なため息をついた。叔母たちもようやく腑《ふ》に落ちた顔になる。ソメロは上品に服の裾を調えながら宣うた。

〈カリンドルはね、子どもを産みたいのよ。血のつながったたったひとりの家族がいなくなったのだもの。だから、あんまり気を悪くしないであげて、ビアス〉

ビアスは納得した。でも、この雨の夜、ビアスはわからなくなっていた。カリンドルは子どもを産みたいから男を連れ込んだのか。それとも、単に自分をやっかませたくて男を奪ったのか……。廊下の向こうから聞こえてくるカリンドルの意味を持たない感情語がこう宣うているような気がした。

〈サモ・ペイがいなくなったところで、あなたに男は回ってこないわ。だって、あなたがこれまで子どもを産めなかったのはサモのせいじゃないんだから。問題はね、あなたよ。考えてごらんなさい。ファリトがどんなふうにあなたを拒んだか。まさかサモが邪魔したからだなんて宣らな

いわよね?〉

馬鹿げた妄想だ。ビアスにもわかっていた。カリンドルには確かにいろいろ考えがある。表にはあまり出さないけれど。とはいえ、ビアスとファリトの間にあったことまで、いくら何でも知っているわけがない。しかし、どんなに合理的なナガでも憎悪の感情にとらわれているときに合理性など云々できない。

ビアスの鱗が怖ろしい音をたててぶつかり合った。他の種族が聞いたら恐怖に襲われそうな音だが、自分の体から出る音なのにビアスにはもちろん聞こえていない。しかし、自分の気分はよくわかっていた。彼女の中で殺意が燃え上がっていた。カリンドルに対する殺意が。

——殺す……カリンドルを?

それを認識したとき、さすがにビアスはびくりとし、立ち尽くしたままあたりを見まわした。自分の内面もあちこち探りながら、ビアスは考えた。果たしてそれは、可能なのだろうか。ビアスは成人している女だ。まだ心臓も摘出していない男を殺すのとはわけが違う。それでもビアスは考えずにはいられなかった。カリンドルを殺すメリットについて。死んだファリト自身を除けば、カリンドルはビアスがファリトを殺したことを知っている唯一の者だ。もちろん、それについては口を噤《つぐ》むと彼女は暗に示した。とはいえ、その種のほのめかしに永続性など期待できぬもの。また、カリンドルを排除すれば競争相手を減らせるというメリットもある。ビアスはその可能性から目をそらすことができなかった。

子どもが産める。

——あなたに問題があるのよ。誰かが邪魔してるからじゃない。

カリンドルのものなのか、はたまたビアス本人の内部にいる何者かのものなのかわからない宣りが頭に響く。カッとしてビアスは叫んだ。

うるさいわね！　サモのせいで、このハテングラジュでは、男のタネが枯渇しそうだったのよ！　それは誰もが知ってることだったでしょう！

――サモがいなくなった今も、あなたがそうしてひとり寝台に座ってるのはなぜ？

あいつのせいよ。カリンドル・マッケロー。あの女のせいだ。

誰のものかわからない声は、消えた。憂鬱な冷たさに満ちた闇を睨みつけ、ビアスは歯ぎしりした。

子づくりを拒んだ若造は死に、私の男を奪っていった女はハテングラジュから追放された。そう、この私の手で。まさか、自分だけは例外だなんて思ってないわよね？　カリンドル……。

カリンドルは答えず、ビアスの中にいる殺人者が囁《ささや》いた。

――あら、例外よ。

何を根拠に？

――ファリトと違ってカリンドルには心臓がないから。伝説の中のナガ殺戮者みたいにがちがちに凍らせて砕いてしまわない限り、殺せやしないわよ。

ビアスは押し黙った。しかし、その沈黙は長くは続かなかった。彼女は自分の内部に向かって注意深く囁いた。

どうやって殺せばいいのかしら。心臓がないナガを。

すべてのナガの男と同様、カルは老練な放浪者だった。生まれついての放浪者であるレコンならば、ナガが敵対的な環境下で放浪したことがないということを指摘するかもしれない。彼らはこう言うことだろう。「限界線の南なら、ナガには家にいるのと何ら変わりないじゃないか」生きたものしか食べないから調理器具などを持ち歩く必要がない。食事の量や間隔が不規則でも平気。寒さを防ぐ火や服なども持ち歩く必要がない。そんなナガの男の放浪は、人間やレコンから見れば放浪とも言えないものに見えるのは確かだ。

とはいえ、いかなる敵対的な環境をも耐え抜ける強靭さや知恵は、放浪者に求められる最優先の資質ではない。放浪というのは、より困難な条件下で遂行されたときにこそ価値を認められる遊戯や運動競技のようなものではない。手を差し伸べてくることもなく、話しかけてもこない世界の中で、自分を標としてさまよう行為なのだ。そこに不可欠なものは孤独を耐える力だ。そういった点で、カルは老練な放浪者と言えた。

老練な放浪者らしく、カルは最も適切な対処をした。哀願したのだ。

〈あの、私の首を狙っている剣をまず、おろしてもらえますかね〉

瞬《まばた》きする間に現れて彼の首に狙いをつけた女は、平穏な宣りを送ってきた。

〈私は暗殺者よ〉

〈わかっています。サモ・ペイですよね？　私もつい先日までハテングラジュにおりましたので。それはそうと、私の血がこの剣についたら追跡の邪魔になるのでは？〉

サモは首を傾げた。

〈だったらなおのこと、剣は引けないわ〉

〈え？〉

〈あなたは私を盗み見ていた。この二日間〉

老練な放浪者のプライドにひびが入るのをカルは感じた。サモは続けた。

〈何も知らずについてきてるだけだと思って、追い払うつもりだった。でも、あなたは私が誰なのか知っていて、何をしようとしているのかも知っていて、付いてきてたってわけよね。どういうことなのかしら、それって。手を貸すためというのはあり得ないわよね。じゃあ、残る可能性としては……邪魔しようとしているってことかしら。あなたは知ってるかどうかわからないけど、シクトルが頑丈なのはね、ショジャインテシクトルを阻《はば》もうとするあらゆる障害物を切り倒すためなのよ。あなたはどうなの。障害物じゃないのかしら。違うって言うんなら、証明してもらえる？〉

〈立証できなければどうなるんですかね。すでに申し上げた通り、私の血がついたら……〉

〈ふき取って、私の血をまたつければ済むことよ。ショジャインテシクトルの便利な点ね。必ず血縁者が追跡するんだから、血を調達するのなんて苦もないことよ〉

軽い口調の中に込められた繊細な悲しみ。サモの宣りにはカルをたじろがせる何かがあった。

カルは、努めておおらかな宣りを送った。

〈ああ、そうなんですね。それで、私をどうするおつもりですか〉

〈そうね。今のところ、まだ考えてはいない。とりあえず足首を切るぐらいが妥当かとは思っているけど。あなたが何者であれ、足首が再生する頃にはもう私を追跡するのは不可能でしょうから〉

カルは顔をしかめ、大げさに言った。

〈おお、それはどうか、ご勘弁を。一年ものあいだ足を引きずって歩くなど〉

〈じゃあ、目をつぶそうかしら。それなら数カ月で済むんじゃない？　でも、それはもっと不便かしらね〉

ハテングラジュで最も有名な女人と今少し冗談を交わし合いたいのは山々だったが、カルは考えを改めた。シクトルの剣先が顔に向かってき始めたからだ。カルは慌ててナガと人間とトッケビ、さらにはレコンの威嚇さえもしばし止めさせ得る魔法の宣りを持ち出した。

〈私をご記憶じゃありませんか？〉

シクトルの不穏な動きが止まる。カルの顔を穴が空くほど見つめたサモはしかし、しばらくすると自信なさげな口調で宣うた。

〈ペイ家に来たことがあるのかしら。悪いけれど、私は男とはさほど深い付き合いがないのよね。だから、思い出せないわ〉

〈いえ、私はマッケロー家に逗留しておりまして。ペイ家には、ファリトの護衛で行ったことがあります〉

〈ああ！　思い出したわ。スバチだったかしら？〉

〈スバチは連れのほうで、私はカルと申します〉

サモはうなずいた。

〈わかったわ、カルね。でも、まだ何かが立証できてないようだけれど？〉

さっき冗談を交わしている間に、答えは考えてあった。

〈まず、少々関係がなさそうに聞こえる宣りをいたします。あなたとリュン・ペイは実に格別な姉弟の間柄とされていますが、本当ですか？〉

サモは少しも動揺しなかった。

〈さあね。だったらどうなの？〉

〈私がこの痛嘆きわまりない悲劇について、遺憾の意を表せることになりましょう〉

シクトルの刃先がまた持ち上げられる。カルは慌てて宣りを続けた。

〈ですが、それに先立ち、あなたがこの任務に困難を感じているかもしれないという疑心を提起できますね〉

〈不愉快な疑心ね。でもまあ、疑うのはそちらの自由よね。それで？〉

〈それで、マッケロー家は、あなたが誠実に任務を遂行するかどうか、気にかけるかもしれません。何はともあれ、愛する弟を殺すわけですから〉

〈暗殺がちゃんと行われるか監視しろって依頼を受けたの？〉

〈そんな宣りはしておりません〉

サモはうなずいた。ショジャインテシクトルが実行されるか疑うというのは極めて無礼なことなのだ。ゆえに誰であれ、それを認めるわけにはいかない。そして、それはまさしくカルが望むところだった。実際にカルはマッケロー家とは何ら関りがなかったので。

何も認めず、同時にサモを誤解させたカルの宣りの才はかなりのものだった。しかし、そのためにカルは、サモの怒りをまともに受け止める羽目になった。

〈こんな気がするのだけれど、カル〉

〈どんな気が、でしょうか〉

〈あなたの首を刎《は》ねて持ち帰ったらどうだろうって。そうすれば、〝私の愛する弟〟も命が助かるし、家に課された命の代償も支払えるし、そのごまかしを報告する監視者もまたいなくなるというわけ〉

〈でも、私の首じゃ……〉

〈剣で切り刻んで顔がわからないようにすればいい。どう？　悪くない思いつきでしょう。ねえ、カル？〉

カルは自分の宣りの才を呪った。自分はマッケロー家とは関係ない。あやうくそう宣りそうになる。しかし、その前にサモがシクトルを引いた。

〈あまりいい考えじゃないわね〉

〈そう思いますね、私も〉

〈監視したければいくらでもどうぞ、カル。そうしないと報酬をもらえなくなるものね。マッケロー家もまあ、無駄金使うことになったわね。いたずらに人を疑ったりするからよね〉

一安心すると、カルは注意深く尋ねた。

〈弟さんを殺すつもりなんですね？〉

〈マッケロー家がそれを望んでいるから〉

〈これは個人的な質問ですが、愛する弟ではないのですか？〉

閃光がカルの目を貫いた。サモはわざとシクトルが鞘と摩擦を起こすように引き抜いたのだ。摩擦熱で瞬間的に熱くなったシクトルが空気を引き裂き、カルの目の前は絢爛《けんらん》たる色彩の渦巻に変わった。その色彩が消えたとき、カルは仰天した。シクトルの刃先が左目のすぐ先に浮かんでいたのだ。

〈監視は許したけれど、質問を許した覚えはないわ、カル。片目だけでも監視はできるわよね〉

〈どうか……〉

〈これは二度目の警告よ。あと、言っておくけれど、これまでに三度目の警告をしたことはない気がするわ。あなたが心にとどめておくべき事実じゃないかしら？〉

シクトルが離れていった。精神を圧迫していた恐怖が消えると、カルはようやく驚く余裕ができた。サモの動作がどれほど滑らかで優雅でシンプルだったか……。

サモは背嚢《はいのう》を持ち上げると、黙って歩き出した。カルは注意深くその後を追い、彼女がそれを黙認したことに喜んだ。

暗殺者と同行することほど確実にリュンを見つけ出す方法はなかった。シクトルを持つ暗殺者は必ずやリュンを見つけ出すはずだから。そして、もしもリュンがファリトの代わりになる可能性があるとしたら、それこそカルは暗殺者のそばにいる必要があった。しかし、つい今しがたサモの剣さばきを見たカルは、確信を持てなくなっていた。はたして自分が彼女を阻むことができるのか。結局、カルは心を決めた。サモをして、彼が持つ疑念――すなわちファリトの殺害者がリュンではないかもしれないという疑念に同調させねばと。

しかし、同時にカルは、二日ほどは、サモに宣りを送るまいとも決めた。

リュンはゆっくりと他の一行に慣れていった。それが、〝ゆっくりと〟成されたわけは、リュンが注意深い性格だったからではない。彼と他の同行者の意思伝達の仕方があまりにも違ったからだ。

リュンは、自分が機知にとんでいるとまでは思っていなかったが、状況に見合った冗談のひとつやふたつは飛ばせると考えてきた。その考え自体は間違っていなかった。ところが、冗談を飛ばすときにリュンはいつも宣りを使ってしまい、まったく反応が返ってこずに狼狽《うろた》えた。なぜなのか彼が悟る頃には、もうその冗談が通じる状況は過ぎてしまっているのだった。一方、ビヒョンも苦しんでいた。リュンよりもむしろ彼のほうがもっと辛かったかもしれない。なぜなら彼は常に冗談を飛ばす機会ばかり窺《うかが》っているタイプだったからだ。しかしビヒョンはトッケビらしい知恵を発揮し、言葉ではない、表情や動作でリュンを笑わせる才を習得した。

リュンは、トッケビとレコンについて毎日新しい知識を得た。それは、彼にとって楽しいことだった。しかし、三人目の同行者たる人間については、曖昧な感情しか抱けなかった。ケイガンの博識さはビヒョンとティナハンには愉快な驚きをもたらしたが、リュンには不満の種となった。先にティナハンとビヒョンを当惑させた〝ケイガン流の親切〟は、リュンには怒りの対象となった。ティナハンが五日間に同じことを三度質問し、そのたびに初めて質問されたかのように落ち着き払って同じことを答えてやるケイガンに対し、リュンはしまいに怒りを爆発させた。

リュンは、ヨスビについて知っているすべてのことを言ってくれとケイガンにせがみ続けた。リュンは、自分がヨスビの息子として、父親の話を聞く権利があると主張した。ところが、ケイガンは拒んだ。それはビヒョンとティナハンも当惑させた。いかなる質問にも答え、何についても無関心そうなケイガンがそんなに頑強に答えるのを拒むようすは、ビヒョンの目にはほとんど

ケイ

神秘的に映った。

羞恥のためだろうか。

ビヒョンはひとつの推測をした。ケイガンはもしかして憎悪の対象から助けられたことを恥と感じているのだろうか。〝ナガが望まないから〟ケイガンは〝ナガを解体して煮て喰う〟。そしてヨスビというナガは、〝ケイガンが死の危機に瀕《ひん》するや、自分の左腕を切り落として食べさせた〟という。ビヒョンが知っている事実だけを鑑《かんが》みれば、それは〝敵の一員から助けられた命〟という陳腐な話になる。それが真実に近いのだろうとビヒョンは考えた。

——そうか。自分が憎むべき者が、逆に自分を助けてくれたということに当惑し、恥ずかしがっているわけだ。それで、そのヨスビとかいうナガについては話もしたくないんだ。他に考えられないじゃないか。

ビヒョンは自分の推理をストレートなトッケビ式話法を駆使してケイガンに聞かせた。そうして、すぐに失敗したと気づいた。

ビヒョンはほとんどありとあらゆる反応を予想していた。しかし、ケイガンはビヒョンがまったく予想もしていなかった反応を示したのだ。ケイガンはただぼんやりと彼を見つめていた。

「間違ってますか？」

「いや……さて、出発するか」

それから一日半、ケイガンは休むことなく一行を歩かせた。ティナハンさえもが不平を言うほどの殺人的な行軍だったが、ケイガンが怒りからそう行動したとはビヒョンには思えなかった。

そして二日目に入ったときだ。疲れて倒れそうになっているビヒョンに歩み寄ってきたケイガンは、低い声で言った。

「よくわからぬ、ビヒョン。どうも、そうではなさそうだ」

ビヒョンはしばらく必死で息を調えていた。単に疲れのためだけではなかった。

「次からはですね、僕の問いが、一日とさらに半日も歩かないと答えが出せないような類のものだったら、忘れちゃってください。いいですか？」

「わかった」

「……ほんとに、そういうことだったんですか？」

「ああ」

ついに、リュンは諦《あきら》めた。ケイガンは、ヨスビについてはいっさい口にするまいとしていた。うっかり口を滑らせることもなかった。リュンとしても、ケイガンにこれ以上要求するのはちょっと……と思われた。それは、ビヒョンやティナハンが愚かしい質問を控えるようになったのと同じ理由からだった。自分のために熱意を傾ける相手に、嫌がることを求めることはできない。ケイガンはいつも他の三人のために行動していた。もしも、ケイガンがいなかったら、みな大いに困ったことだろう。

それは、北へ帰還する道のりの十五日目に起きた事件で明らかになった。その日の朝、目を覚ました一行は、雨が降っているのに気づいた。

ティナハンは拳を振るって洞窟を作った。ビヒョンはそう表現し、リュンは敢えて反対する必要性を感じなかった。もちろん、ティナハンが鍾乳石と石筍で飾られた美しい洞窟を作り上げたというわけではない。しかし、彼の屈強な拳――もしくは必死の拳が振るわれた場所には砕けた石や雑多な石が壁と基礎を成し、ティナハンがどかした五つの岩は（うちひとつは少なくとも七トンはありそうだった）、互いにかみ合って屋根となった。避難所を作るやり方にしては、言語道断といえるほどに超人的だったので、残る一行は畏敬の念すら感じられなかった。ともかく、その信じがたい大仕事の末、ティナハンはレコンが五人ぐらい隠れて雨宿りできそうな洞窟を作り上げるに至った。レコンはひとりだけで、それに匹敵するような体格なのはナーニだけだったので、洞窟はかなり広々としていた。そして、ティナハンはその洞窟のいちばん奥に体を丸めて座り、世の中すべてを否定し始めた。甚《はなは》だ痛ましい光景だった。

「岩を砕き、空を飛ぶっていうのは一種の比喩だと思ってました。でも、実はそれは淡白きわまりない事実証言だったんですね」

ビヒョンは避難所の真ん中に火を熾《おこ》し、けらけら笑った。避難所の入り口付近に座っていたケイガンは、降り続く雨を見ながら重いため息を吐いた。一方、リュンはティナハンと同じぐらい奥に引っ込み、岩に凭《もた》れて座っていた。リュンはいまだ自分が凭れている洞窟の壁が自然によって数万年かけて形成されたものではなく、恐怖に怯えたレコンが三十分で作り上げたものだということを信じられずにいた。

空から降り注ぐ雨水のせいで、気温はナガが〝凍り付く〟ほどに低くなっていた。避難所を作るティナハンに対し、そんな馬鹿な真似を続けるなら置いていくとケイガンが警告したにもかかわらず、そうせずに留まることになったのは、リュンのためだった。平均的な健康を持つ人間ならば、軽く雨に降られながら歩き回れるぐらいの天気だったけれど、川に入っただけで体が凍り付くナガにとっては、足を踏み出すことすらできない〝酷寒〟だった。

ケイガンがまたもため息を吐いた。音はたてなかったのだが、吐息が雨の中を白く広がっていくのが見え、リュンは申し訳ない気持ちになった。

「ケイガン、僕はソドゥラクを持ってます。それを呑めば……」

「効果は十七分だろう？　一日歩こうと思ったら数十個は飲まなければならない。そうしたら、お前が死んでしまう。やめておけ。少し休んでおくのも悪くない」

言い終わったケイガンは、座っていた場所からそろりと立ち上がった。

「食料を調達してくる。天気がこんなだから自信はないが、時間があるときにちょっと捕まえておいたほうがよさそうだから」

ビヒョンが顔をあげた。

「私も行きましょうか？」

「いや、いい。おぬしはここで他の人たちの面倒を見てくれ。ナガ偵察隊はこんな天気では動き回りはしないが、他の獣や危険なものが雨を避けようと飛び込んでくるかもしれないから」

火に当たっていたリュンが注意深く手まねをした。

「あの、すみませんが、ケイガン」

「わかっている。生きたままで持ってくる」

「面倒をかけて、ほんとにすみません」

野ネズミ一匹でもいいからケイガンが捕まえてきてくれたら……。リュンは思った。そうしたら、本当にありがたいことだと。狩人でない者が持つ幻想のうちには、森に狩人が狩ってくれるのを待っている大型の獲物があふれているというものもまた含まれている。しかし、狩りについて少しでも知っている人間は、生きているあいだに二桁以上の数の鹿を狩ったなら、それこそ生まれ持っての狩人と言えるのだということを知っている。ナガもまた生まれついての狩人であり、従って、狩りをほとんどしたことのないリュンも、そんな事情を充分に察することができた。

　そういうことで、一行は三、四時間ほどのち、一等の生きたキバノロ（小型の鹿）と三羽のウサギ、二羽のヒクイドリ、バナナふた房と各種食用植物などを携えて戻って来たケイガンを見て、驚愕を禁じえなかった。ひとりでキバノロを生け捕りにするなどほとんどあり得ないことだし、ヒクイドリは狩人の命を奪うこともある猛禽だ。でも、みながいちばん不思議に思ったのは三羽のウサギだった。ウサギは雨の日には狩ることができない。ビヒョンとティナハンとリュンには想像もつかなかった。穴の中に閉じこもっているはずのウサギをどうやってケイガンが捕らえられたのか。

　この途方もない食べ物を前にし、問題はただひとつだった。

　ビヒョンが外に出た。半時間ほど雨の中でうろついた後で戻ってきたビヒョンは、獲物がきれいに解体されているのを見て安堵した。そして、キバノロが消えているのと、リュンの腹がぷっくり膨れているのを見てしきりと不思議がった。リュンは、苦しそうに息をしていたが、幸せそうだった。バナナの葉で包んだ肉を地面に埋めながら、ティナハンは疑問を提示した（もちろん、その前に、水気をきれいにふき取れとビヒョンに苛立ちをぶつけた）。

「そんなに……」

　血、と言いそうになったティナハンは、あやういところで表現を変えた。

「それが嫌いなんだったら、獲物を解体することもできないじゃないか。どうするんだ？」

「生きたまま焼く以外に手立てがあると思います？」

答えるビヒョンの顔が歪んだ。ティナハンはゾッとしない顔で唸《うな》った。

「そいつは、ううむ……」

「なので、私たちは狩りや解体はあまりしないんです。目に楽しい光景でもありませんし……人間《キム》から穀物の栽培を教わらなかったら、トッケビは飢えて、チュムンヌリなんて建てられなかったんじゃないかって言う人も多いですね。つまり、チュムンヌリが建設されたのは、人間《キム》がトッケビのところに来た後のことだっていうわけ。それらしい話でしょう？」

トッケビに穀物を栽培する方法を教えたという伝説の人間の名がキムだったことから、トッケビは人間のことをキムと呼ぶ。ともすれば混乱を呼びかねないのだが、その中にはもともとそんな経緯があるのだ。今となっては、単なる代名詞のようになってしまったとはいえ。

ケイガン、ティナハン、ビヒョンは主に植物を食べ、残った肉は燻製《くんせい》にすることにした。環境があまり良くないが、トッケビの技術があったのでそれなりにうまくいった。生まれて初めて見るその光景にリュンは魅了された。致し方なかったとはいえ、旅が中断された以上、ケイガンはそれを受け入れ、その間、旅が再会されたときに備えて補給品を準備しておくことに決めた。ティナハンとビヒョンに燻煙を任せると、ケイガンは再び狩りに出た。戻ってきた彼は、先の狩りでうっかり忘れたものを携えていた。巨大な丸太——。ケイガンが肩に蔓《つる》でつなげて引っ張ってきたそれは一行をまたも呆れさせると同時にナーニを幸せにした。

雨は四日間やまなかった。

四日後には、避難所はそこそこの狩人の小屋とは比較にならないほど立派な住居になっていた。

ケイガンは毎日山のような食料を採集してきて、残る一行はその途轍もない労働量に驚いた。と同時に、双身剣マワリだけでどうやってそんなことが可能だったのかについては困惑を隠せなかった。しかしケイガンはあまり話さず、気の毒なビヒョンとティナハンは支離滅裂なことを言って互いを慰めあい始めた。

「〝集まれ！〟と叫べば、四方から駆けてきた獲物がケイガンの前でバタリと倒れるんです。どうです？」

「ちょっと待て。俺が思うに、〝来い！〟と叫ぶんじゃないか。でなけりゃ、〝こちらに来られよ！〟とか？」

「わっ！　〝こちらに来られよ〟がいいですね。威風堂々って感じじゃないですか。どっちですか、ケイガン？」

「明日試してみて結果を言えばよいかな、ビヒョンに？」

トッケビの火に手をかざしていたケイガンは、単調に答えた。

ティナハンが作った避難所は居心地がよかった。雨が漏れないようにしようという目的からだったが、ともかくティナハンは頑丈な壁と天井を作り上げ、その空間はビヒョンのトッケビの火によって温められた。しかし、ケイガンはいつも一番冷える入り口近くに座った。いつもその場所にこだわるケイガンの姿は、いつでも出られる準備ができているようでもあり、同時に避難所に近づく危険を真っ先に感知しようとしているようにも見えた。毎日、途轍もない労働をしながらも、ケイガンは夜になると、いちばん長い時間寝ずの番をし、そうしながらも、暇さえあれば、ティナハンの関心を雨水からそらすために、これからの旅程についての話や昔話をした。

やむことのない雨音の中、ティナハンとビヒョン、そしてリュンは、ケイガンの単調な声を通じて空飛ぶ巨大魚ハヌルチを愛した浪漫的な（しかし知的とは言いがたい）龍クィドブリタの滑稽な話やキタルジャ狩人が三代にわたって挑戦し、ようやく倒した大虎ビョルビについての信じがたい話を聞いた。とはいえケイガンは話のタネを選ぶのに特別な基準のようなものは持っておらず、そのため三人は、歴史上最も残忍な人間だったアラジ戦士の暗く背筋が寒くなるような物語も同じ声で聞かされた。

「女は皆殺し、男はみな強姦した」

リュンは少し驚いたが、ビヒョンとティナハンはひどく当惑した。

「え？　それは、おかしいのでは？」

「いや。少々奇怪に感じられるだろうとは思うが、それなりに合理的な理由があったのだ。アラジ戦士は、王の許しなくして子どもを作ることができなかった。それで、そういうふうにしたというわけさ。相手が男なら子どもはできないから」

三人はうめき声を漏らした。

ともかく、ケイガンはそんなふうに他の同行者に食料と安全、そして余興まで提供していた。彼らはいつしかケイガンがいない状況など想像もできなくなっていた。それを愛情だとか信頼、もしくは依存心理と呼べるだろうか。またはその全部であるかもしれない。

五日目の夕刻、夜が深まってもまだケイガンが戻ってこなかったとき、三人が惨憺《さんたん》たる気分に陥ったのは、そのためだったろう。

濡れた髪をかき上げ、ケイガンはため息を吐いた。じとじとと降り続く雨のあいだに、ケイガンの白い息がパッと散っていった。頬を伝って流れ落ち、顎で滴《しずく》になり、胸に零《こぼ》れ落ちる雨滴は、しびれそうに冷たかった。

三人が待っているだろうに……。ケイガンは気をもんでいた。それでも彼の体は岩の上から動かない。自分がなぜ動かずにいるのか、ケイガンにはわかっていた。

血に濡れた手に視線を落とし、彼は呟いた。

「思い出せぬ」

膝の上に乗せたケイガンの両手の手のひらで粘り気のある血が渦を巻き、指の間を流れ落ちた。目の前に垂れ下がって揺れる髪からも赤い滴がぽたぽた垂れている。

ケイガンは、右足で石ころを蹴飛ばした。血を跳ね上げて転がっていった石ころが前にある首に的中する。鱗を逆立てて首が怒っても、ケイガンは気にするそぶりもない。それよりもケイガンの関心を引き付けたのは、隣で口をぱくぱくさせている別の首のほうだった。首は当惑しているように見えた。ケイガンはかぶりを振った。

「お前たちはいつもそうだ」

首が訝《いぶか》しそうにケイガンを見上げる。

「首を刎ねられたら声を出すことはできない。口や声帯があっても、空気を押し出す肺がなければ意味がない」

首は、失望と怒りに満ち満ちてケイガンを睨んだ。無表情のまま、ケイガンは三つの首を見つめた。赤い水たまりの中にまっすぐに立てられている三つの首は、赤い湖に身を沈め頭だけ出している三人のナガのように見える。唇の隙間から滑り込んでくる邪魔な髪の毛をつまみ出しながらケイガンが言う。

「口の形を読むことはできるだろうさ。言ってみろ」

〝なぜ、私たちを殺した？〟

ケイガンは、答えなかった。答える必要がないと思ったからだ。が、その首が言った〝私たち〟というのは、ケイガンが考える〝私たち〟とは少し違うものだった。

〝私の子を、なぜ私の子どもを〟

「子を孕《はら》んでいたのか」

燃え上がる瞳がケイガンを睨む。その首をまじまじと見ると、ケイガンはあたりを見渡した。森の空地にはナガを構成していたいくつもの体の部分が散らばり、雨に打たれている。ケイガンは承知していた。自分の業績に英雄的な面は少しもないということを。雨に打たれて冷え切っていた三人のナガは抵抗らしい抵抗もできず、ケイガンは易々と彼女らを屠《ほふ》った。

冷酷な虐殺の証拠を子細に観察していたケイガンは、じきに探していたものを見つけた。真っ二つにされた胴体から飛び出した丸い卵が血だまりの中で白く光を放っていた。

ケイガンは重たげに身を起こすと、ナガの首を持ち上げた。ずしりと持ち重りがした。血に濡れた首を両手でつかんで持ち上げ、それを仰向かせる。切られた首の断面を覗き込み、ケイガンは低く言った。

「言え」

そして、ケイガンは、切られた首に口を近づけ、思いっきり息を吹き込んだ。

「……なにを……！」

ナガの美しい声が弾《はじ》けるように噴き出し、自らの驚きによって静まった。ケイガンが口を放す。口のまわりは血まみれになっていた。

「これからしばらく、お前の肺になってやろう。言いたいことがあれば言ってみろ、ナガよ」

ケイガンは、また切り取られた首に唇を近づけた。地面に置かれたふたつの首は、目を剝《む》いてその奇怪な光景を見ていた。ケイガンの口から流れ出る息がナガの喉を通過し、美しいナガの声に変わった。濡れた森が漂わせる芳香は生臭い血のにおいと混ざって周囲を巡り、ナガの美しく哀切な声は雨の横糸に織り込まれた物悲しい縦糸となった。

「こんなふうに死ぬわけにはいかない。こんなことになるなど、想像もしていなかった。あと何日かで、あと何日かで、シモグラジュに着くはずだったのに……。あと、何日か後には。そして、私の家族の懐に……、子どもを産むのだ。私の子どもを……。なのに、どうして！」

ケイガンは、答えなかった。答える言葉もなかったし、口を放さずに答えることなどできない。それでケイガンはナガの気道に息を吹き込み続けた。雨降りの空を仰ぎ、ナガは悲痛に泣き叫ぶ。

「なぜ？　なぜ、私が死ななければならない？　これは、あり得ないことだ。私は摘出をした！守護者の加護のもと、心臓を抜いた！　そんな私がなぜ死ぬんだ？　なぜ、あのかわいそうな子が卵の殻も破れずに……女神よ、いったいなぜ！」

ナガの目から流れる銀涙が頰を伝い、髪をつかむケイガンの手を濡らしていた。血に濡れて赤く染まったケイガンの手に、冷たい銀色の光沢が加わった。美しく、哀切で怖ろしい、この世でただひとつの笛。

その演奏者が吹き口から口を離した。

ケイガンは、ナガの耳を自分の口元に近づけた。血まみれになった唇をナガの耳に押し当て、低く囁く。

「私の息を借りたのだから、私もお前の首をしばし借りるぞ。よいな、ナガよ」

どういうことだ、それは？　ナガは訊き返したが、ケイガンが息を貸してくれなかったので言葉にはならなかった。ケイガンは首を岩の上に置くと、遺骸に向かった。腹に手を差し込むと、卵を取り出す。

かなり大きさのある卵は完全な姿をしていた。殻にひびも入っていない。ケイガンはその卵を注意深く運び、岩の上――ナガの首の横に立てて置こうとした。が、卵は丸いのでうまく立たない。ケイガンは一握りの泥で卵を固定した。降り注ぐ雨が殻に付着した血を洗い流し、岩の上に立てられた卵は白い宝石のように輝いた。ケイガンは、ナガの首をまたつかみあげた。

「会いたいだろう。卵の中にいる、お前の子に」

そう言うと、ケイガンはナガの首を高々と掲げた。何をするつもりなのか気づいたナガが悲鳴をあげる。もちろん沈黙の悲鳴だ。でも、地面の上に残っていたふたつの首は、恐怖にかられた宣《の》りを聞いた。とても見ていられず、ふたつの首が目を閉じる。

ケイガンは、卵の上にナガの首を振り下ろした。

卵が粉々に砕け、血と卵黄、そしてナガの肉片が、雨の中に飛び散った。ケイガンは、もう一度首を持ち上げ、岩に叩きつけた。ゾッとするような音とともに血が噴き出す。ガッ、ガッ、ガッ。

あと三回叩きつけておいて、ケイガンはその顔を覗き込んだ。ナガの頭蓋骨は砕け、顔は奇怪に歪んでいた。つぶれた鼻からは脳髄と血が流れ出ている。ぐしゃぐしゃになった首を無感動に投げ捨てると、ケイガンは顔に飛んだ汚物を拭《ぬぐ》った。

「どう思う？」

首からの答えはなかった。答えなど期待していなかったケイガンは、何でもなさそうに続ける。

「興味深い思索の種になりそうじゃないか？　ぶつかる瞬間、この女は自分の頭が砕けるのを心配していたろうか、卵が砕けるのを心配していたろうか」

降り注ぐ雨さえも身をすくめそうな、残忍な問いかけ――。残ったふたつのナガの首は憎悪を両目に滾《たぎ》らせてケイガンを睨みつけた。浅いため息を吐き、ケイガンはまた岩に腰かけた。

彼はこれまで案内人だった。そして、案内人ではなく他のものになることを拒んだ。リュンがヨスビについて尋ね、〝友の息子、父親の友〟という関係を求めてきたとき、ケイガンはそれを拒絶せざるを得なかった。案内人という役割に混乱をきたす可能性があまりにも高かったからだ。しかし、偶然に出会った三人のナガを屠った今、ケイガンはもはや案内人ではなくなった。よって、彼は戻ることができなかった。一行のもとへ。

ナガ殺戮者となった今、リュンを見たらきっと殺してしまう。そうとしか思えない……。

暁《あかつき》の頃、雨がやんだ静けさの中を鋭くつんざく悲鳴を聞くやいなや、避難所の外に駆け出したビヒョンとティナハンの行動についてはいくつもの解釈が可能だろう。しかし、根本的な理由はやはり、ケイガンの不在が惹起する不安感だったろう。驚いたリュンが彼らの後に付いて出てくると、ティナハンがその声について説明した。リュンは緊張して聴力に注意を傾けたのが、ちょうどそのとき、またも悲鳴が響いた。

声への反応が速いビヒョンとティナハンがまず駆け出した。ナーニと一緒に少し遅れて駆けながら、リュンは注意深く問いかけた。

「ケイガンでしょうか？」

「ナガなら声をたてるはずがないし、動物が出す声じゃない。ケイガンしかいないだろう。間違いなく、俺たちの助けが要るはずだ。それで、これまで戻ってこられなかったんだ」

ティナハンは断固として宣言した。雨はやんでいた。五日のあいだ身動きが取れなかったことに対する怒りでもぶつけるように速い速度でティナハンは駆けた。その後にビヒョンとナーニが続き、リュンがしんがりだった。不思議なことに、悲鳴は遠ざかっていた。不安にかられた一行は、体温が上がらないよう気を付けろというケイガンの警告も忘れ、駆けに駆けた。

ふいに森が消えた。

一行は驚いて足を止めた。彼らの前には巨大な都市が月光を浴びて輝いていた。ビヒョンが戸惑ったように訊く。

「ナ、ナガの都市ですか？」

「ちょっと待て。なんだ、この都市は。明かりがないじゃないか」

「ナガの都市には明かりがないんですよ！　だって、夜でも目が見えますから。ご存じないんですか？」

ビヒョンとティナハンがそんなふうに当惑して騒ぎ立てているとき、少し遅れて到着したリュンが言った。

「僕らの都市に明かりが少ないのは確かですが、これはナガの都市じゃありません。心臓塔がないでしょう？」

「心臓塔？」

「はい。ナガの都市ならば、必ず心臓塔があるはずです。これがナガの都市だったら、もっとずっと離れたところからでも心臓塔が見えなくてはおかしいです。これは廃墟みたいですけど」

ティナハンとビヒョンは都市に目を戻した。そして、リュンの言ったことが正しいことに気づいた。

広い都市だった。三人にはわかった。自分たちがいま目にしているのは都市の一部に過ぎないのだ。目に映るものはみな崩れているかひび割れていた。地面にはもとは敷石が敷かれていたようだが、それらは今、鍋の中に浮かんだ具のように秩序なく、ひょこり、ひょこりと地面から頭を突き出している。あちこちに伸びている雑草は年老いた都市のしおたれた髭のように見えた。

しかし、その威容ばかりはたいしたものだった。この都市を建設した者は自分たちの都市が敬意の的となることを望んでいたようだ。巨大な建物とピラミッド、立ち並ぶ柱、記念碑、後にある建物が崩れてしまっており、あたかも空に通じているように見える階段。そのすべてが月光の中、どっしりした影として姿を現していた。

みなが言葉もなくその光景を見ていたとき、ティナハンが巨大なピラミッドのてっぺんで何かが動くのを見つけた。ティナハンが叫び声をあげて手招きする。一方、リュンも緊張して叫んだ。

「熱い生き物です！」

リュンが見たのは熱い体温を持つ人の形をした姿だった。もっとよく見ようとしたのだが、それはピラミッドの中に消えてしまった。三人は急いでピラミッドをめざして駆け出した。走りながらビヒョンがリュンに尋ねる。

「よく見ました？　ケイガンですか？」

「人の形をしていて、熱い生き物でした。熱かったから、絶対にナガじゃありません。ケイガンじゃないかと……」

近くまで行った一行は、ピラミッドがどれほど高いのかわかった。彼らの目の前に現れたのは、石ではなく建物を積み重ねて作ったピラミッドだった。ピラミッドは九段あり、全体の高さはほとんど百メートルに近かった。しかし、何しろ面積が大きいのでそれほど高くは見えなかった。各段の水平面はそのまま道路になっており、垂直面はずらりと並ぶドアと窓だった。そして、段と段をつないでいる階段や傾斜した道路があちこちにあった。まるで山の斜面に沿って建設された都市のように見えるが、厳然たる人の手で造られたピラミッドだった。都市の中のまた別の都市のように見えるそのピラミッドを見て、一行は呆れ返った。

階段や傾斜道路に沿って上がるのは時間の無駄だという判断を下したビヒョンは、リュンをナーニに乗せた。ティナハンはうなずくと、一段の高さが十メートルにもなるピラミッドをぴょんぴょんと、ふつうに階段を上がるように跳んであがっていった。わずか八回のジャンプでティナハンは最上階に到達し、じきにカブトムシに乗ったビヒョンとリュンも到着した。

ピラミッドの最上階は、大規模な邸宅だった。紫がかった夜空と月がぐっと近くに感じられるはるかな高みで月の光を浴びて青く光る邸宅の姿は奇怪ですらあった。三人はほぼ同時に思った。

中に入りたくない……。そして、互いの狼狽えた表情を見て悟った。みんな同じ気持ちであることを。ぶすっとした顔になり、ティナハンが叫ぶ。

「ケイガンー！」

暗い邸は、ティナハンの叫びを呑み込んでしまいそうに見えた。三人は困惑して顔を見合わせた。そのとき、邸の中からまた悲鳴のようなものが聞こえてきた。

三人は邸の中に駆け込んだ。

森の中を走っていくふたつの体温を見たとき、サモは夜だということ、そして、ついさっきまで雨が降っていたことを残念に思った。そのふたつのせいで、ナガが走るには極めて不適切な気温になっていたからだ。サモとカルは、何度もその体温を見失いそうになった。

体温が消えたあたりに飛び込んだ彼らは、都市を発見した。

サモは戸惑い、都市を見回した。心臓塔がない。ということは、ここはナガの都市ではない。でも、限界線の南にナガ以外の種族の都市があるはずがない。注意深くあたりを見渡したサモは、それが都市ではなく廃墟だと気づいた。しかし、だからといって疑問が解消されたわけではない。ナガは廃墟さえも残さなかったからだ。

大拡張戦争のとき、限界線の南にある不信者の都市はみな破壊され、都市を構成していた石材や芸術品はみなナガの都市を建設するのに使われた。そして、敷石や礎石ひとつに至るまですべて消えた都市に、ナガは木を植えた。たやすいことではないとはいえ、ナガ偵察隊の細やかかつ辛抱強い手で不信者の都市はすっかり密林の下に消えた。よって、目の前にあるような廃墟は存在し得ないのだ。

ところが、そんな彼女の疑問をカルが解決した。森の向こうに見える都市を見て緊張して宣うたのだ。

〈なんてことだ！　斗億神の都市に入ったぞ！〉

サモは首をひねった。

〈斗億神の都市？　斗億神病の患者のこと？〉

〈いえ、違います。本物の斗億神です。斗億神病というのは実のところ、斗億神とはあまり関係がありません。悲惨な姿になるのでそんな名が付けられたっていうだけのことです。それはともかく……あの都市には本物の斗億神がいるんです。こうして残っているのも彼らがいるからです〉

サモは理解できなかった。

〈自分たちの神を失った驕慢《きょうまん》な者たちのことを宣うてるの？　神もいないのに、どうやってまだ生きてるの？〉

〈神が定めたもうた姿や行動といったものを忘れ果てたままで生きています。自分たちのうち幼い者を取って喰い、女性どうし、もしくは男性どうし情を交わして子を為して……〉

〈待って。同性どうしで子を産むですって？〉

〈ひどい場合、相手もなくひとりで子を為したりもします。そうしておいて、その子を食ったり、それと番《つが》ってまた子を産んだりもします。寿命も決まっていません。数百年生きる者もいるし、数十日しか生きられぬ者もいます。頭が尻に付いている者、心臓が五つある者、歳を取るほど若くなる者……。あやつらには、決められた形や規則といったものがないんです。神を失ったからです。ともかく、そんなふうに今も生きているんですよ〉

〈怖ろしいこと。ところで、あなたはどうしてそんなことを知ってるの？〉

〈男だからですよ。放浪生活をするためには、足を踏み入れてはならぬところは知っておかなければならないので。偵察隊員もあそこのことはよく知っていると思いますよ〉

サモはうなずいた。〈そうでしょうね〉。そして、サモは足を踏み出した。カルは呆れ、しばらくのあいだ声もかけられずに歩いていくサモをただ見ていた。

〈待ってください！　どこに行かれるんですか〉

〈あの中に。彼らがあの中に入ったらしいって言ったでしょ〉

〈あそこには斗億神がいると言ったでしょう！　そやつらは殺すこともできないんですよ！〉

〈死なないってこと？　さっき寿命とかなんとか言ってなかった？〉

〈さっき宣うたのはつまり……斗億神処置法一条一節みたいな決まりきったものはないってことです。ちょっと触っただけでも死ぬ奴は死ぬのに、首を刎ねて体を真っ二つに裂いても死なない奴もいる。そんなふうなんです。死んでもまた生き返る奴さえいるんですよ。我々もそう簡単には死にませんが、あいつらはもう、どうやって殺せばいいのか、それからしてわからないんです。何もかもが滅茶苦茶なんですよ〉

〈ずいぶんと面倒ね。でも、私にはすべきことがある〉

〈リュンは死にます！　心臓を持っているんです。耐えられるわけがな……〉

〈でも、生き延びて何事もなくあの都市を通過するかもしれない。だって、そいつらには何の規

則もないんでしょう？〉

カルは、宣りに詰まってしまった。サモの指摘は正しい。

サモは柔らかな笑みを浮かべて宣うた。

〈どうなったのか、確認はしないとね。これは私がやることなのよ。有益な情報をありがとう、監視者さん〉

そして、サモはそのまま歩いていった。カルは彼女を引き止めなかった。サモの宣り通り、何ら規則がない斗億神たちは、リュン一行をそのまま放っておく可能性も充分にある。カルもまたそれを確認しなければならない。

しかし、サモの跡を追いながらカルが考えたのは、少し違うことだった。彼は実は渇望していた。サモの笑みをもう一度見たいと。


それから数時間後、リュン、ビヒョン、ティナハン、そしてナーニは、まさにカルが懸念していた状況に陥っていた。彼らの心情では、やや度が過ぎると思えるくらい正確に。

邸の中に踏み込んだ彼らは、暗い建物の中をさまよっているうちに邸の下に下りる道に足を踏み入れた。ピラミッドの内側に入り込んでしまったのだ。ピラミッドの内側の空間は驚異的といえるほど広く、複雑だった。無数の階段と網の目のような通路が絡み合うピラミッドの内部構造は、三次元的な迷路だった。その空間を五時間近くさまよった今、三人は自分たちがどのあたりにいるのか、地表面からどれぐらいの高さにいるのかさえわからなくなっていた。

または、どれほど低いところにいるのかも。

彼らは薄々勘づいていた。地面の上のピラミッドをそのまま伏せたような空間が地下にあることに。ピラミッドの縦断面を描いてみると巨大な菱形になり、地表面にその中心がかかっていた。そのため、ピラミッドは外から見るより二倍も巨大な空間を持っていた。それだけでも眩暈《めまい》がしそうなほど巨大な空間だったが、その内部が複雑な通路と階段と部屋で埋まっており、通路の全長は数十キロに達していた。

その巨大な迷宮の中から斗億神が際限なく湧いて出たのだ。

「畜生！　この中にいったいどれだけいるんだ！」

唸るティナハンに、足が五本ある斗億神が飛びかかった。足として使われてはいるが、それらがみな足の形をしているわけではなかった。これまで、足に傷を負わせることで、追跡を阻んできたティナハンは、その奇怪な姿を見て戦慄《せんりつ》するよりむしろ困惑を覚えた。斗億神は咆哮し、跳びあがった。

「白い空破り膿《うみ》混じった蛙の良心！」

「同感だ！」

適当に叫び返したティナハンは、五本の足のひとつを選ぶ代わりに槍を脇にのけ、思いっきり体当たりした。空中に浮かんでいた斗億神は、ティナハンと衝突した瞬間、投石器から放たれた石礫《つぶて》もかくやと思われる勢いでふっ飛んでいった。通路の彼方に思いっきり転がった斗億神は、内部がどこか損なわれでもしたのか、五本の足をばたばたさせて悲鳴をあげた。

「我が足の裏楽しい！　青い！　手！　夜！　九の右側の水泡！」

音はさほど気にならないリュンは、斗億神が吐き出す奇怪な言葉は気にならなかったが、ビヒョンは頭がくらくらした。三人の語り部はトッケビを殺せるとはよく言ったものだ。まったく意味を成さないのだから気にしなければそれまでなのだろうが、ビヒョンは斗億神どもの叫びに耳を傾け、そこに何か意味があるのではないかと脂汗が出るほどに悩んだ。もちろん意味はなく、頭痛がしてきただけだった。

しかし、斗億神の激しい攻撃も、彼らの意味のない叫びも、ティナハンの意気をくじくことはできなかった。暗い通路の中から斗億神は無限に飛び出してきたが、ティナハンが駆けていく方向には、まさに大通りができていた。いかなる斗億神も、ティナハンは目の前に一呼吸以上留まらせなかった。駆けながら、ティナハンは突き、切り、殴り、蹴り飛ばし、つつき、踏みつけた。密閉された通路という点を考慮し、さすがに鶏鳴声は轟かせなかったが、それ以外のあらゆる類の攻撃を浴びせかけていた。にもかかわらず、その速度は少しも落ちていない。まるで開かれた荒野を駆けているかのようだった。ビヒョン、リュン、そしてナーニは、後についていくだけでも息があがっていた。

しかし、ティナハンの鉄槍は、そのあるじの勢いに付いていけなかった。またいちど斗億神の足を貫いたとき、ティナハンは、相手の足の骨が三つ以上あるということと――少し太いとは思っていたが、ティナハンはひとつの足の中にいくつもの骨があるだろうとは想像だにしていなかった――そのために槍の刃が足の内部で引っかかってしまったことに気づいた。ティナハンは怒声をあげて槍を引っ張った。ところが、槍の刃は抜けず、斗億神の足が千切れた。足の骨が異常なせいで、関節が脆《もろ》くなっていたのだろう。斗億神は悲鳴をあげた。

「暇な薔薇を鼻の穴に――!」

バタバタあがく斗億神を蹴りつけてから、ティナハンは槍の刃から斗億神の足を取り除くためにやむなく立ち止まった。後を追って駆けてきたビヒョンがあやうくティナハンにぶつかりそうになり、危ないところで急停止する。ティナハンと背を合わせたビヒョンは、しばらくの間ぜいぜいと息を吐いていたが、やがて声を振り絞って叫んだ。

「火を消しますよ！　いいですか！」

彼らは体にトッケビの火を装着していたのだ。明かりがいっさいない真っ暗な迷宮の中で視野を確保するために、ビヒョンは仲間の体に熱くない火をつけてやったのだった。だが、その明かりは視野の確保に役立つ一方で、斗億神を引き寄せるというありがたからぬ効果まで発揮してしまっていた。殺到してくる斗億神を見て、ティナハンは急いで答えた。

「えいくそ、わかったよ。早くしろ！」

彼らの体から明かりが消えた。それでも網膜には斗億神の残影がまだ映っていた。ティナハンは、緊張で肉髯《にくぜん》が強張ってくるのを感じた。敵が近づいてきているのにその敵が見えない。そのことは、戦士ティナハンをひどく不安にさせた。槍を握った手に力が入りすぎ、指が痺れてくるほどだった。

しかし、ビヒョンは今度もティナハンを失望させなかった。

通路の向こう、彼らから少し離れたところにレコンとトッケビ、ナガ、そしてカブトムシに似たトッケビの火が現れたのだ。ビヒョンが軽く手で合図を送ると、それは通路の向こうをめがけて駆け出した。斗億神どもは奇声を発しながら後を追い始めた。

光が消え、完璧な闇とともに静けさが訪れると、ティナハンは通路の壁に凭れ、ひと息ついた。

闇の中から、トッケビの疲れた声が聞こえてきた。

「いったい何時間歩き回ってるんでしょうね」

「しーっ！　声が大きいぞ。気を付けろ。耳が四つある奴もいたぞ」

「ああ、見ましたよ、私も」

ビヒョンはため息を吐いた。

「でも、みんな右のほうについてましたよ。あんなじゃ、方向なんてわかりませんよ」

ティナハンは短く失笑し、槍の刃をまさぐった。刃に引っかかっていた斗億神の足は濡れていた。槍の刃から足を取り除き、濡れた手を通路の壁にこすりつけながらティナハンは言った。

「ああ、こん畜生……！　どうやら、この糞忌々しい迷路の中をぐるぐる回ってるようだぞ」

「斗億神のおかげで方向感覚が完全に狂っちゃいましたからね。まあ、おかげでひとつは確実になりましたよね」

「確実？　何がだ？」

「ケイガンがこの中にいないってことですよ。我々が見たのはどうやら斗億神だった……みたいでしょ？」

ティナハンは、大げさにうめいて答えに代えた。ビヒョンはリュンを振り返った。そうしたところで見えはしないけれど、リュンからは自分が見えるのだ。顔を見せたほうがいい。そうビヒョンは思ったのだ。

「リュン、大丈夫ですか？」

しかし、実のところ、彼の顔は少しずれた方向を向いていた。サイカーを握ったまま一行のしんがりにいたリュンが答える。

「大丈夫です」

ティナハンの鉄槍に巻き付いていた蔓は、今ではぼろ雑巾のようになっていた。ティナハンはそれを引きはがし、投げ捨てた。

「しかし、ここはやっぱり俺の知ってる場所とはまったく違うな。おい、リュン。ここにゃ何だって斗億神がこんなにわんさかいるんだ？」

「僕だって、ほんのひと月前に生まれ育った家を出てきたばかりですよ。いくらキーボレンが故郷だからって、隅々まで知ってるわけじゃありませんよ」

ティナハンは、ぶつくさ言った。状況は極めて厳しかった。明かりがなければ、この巨大な迷路で道を見つける手立てはない。でも、明かりは斗億神を引き寄せる。ビヒョンは考えた。残る手立てはひとつ……。

「私が死ねばいいんじゃないですかね」

「何だって⁉」

「死ねば……私は壁だろうが何だろうが、自由に通過できますから。斗億神どもも私には手を出せないはずですし。そうしたら、外に通じる道を探し出すのがぐっと楽になるんじゃないですか？」

それを聞いて、ティナハンはたまげたが、そのうち思い出してきた。そうだ、トッケビの霊肉は、別々に死ねるのだった──。しかし、不機嫌な口調で言う。

「えい、馬鹿言うな。そいつは近視眼的なやり方だ。ビヒョン」

「でも、他に手立てがないでしょう」

「それはまだわからないだろうが。ひょんなことから出られるって可能性がないわけじゃない。だいたいな、お前の計画通りにして、うまいことこのピラミッドから脱け出せたとしてもだぞ、お前はすぐさまチュムンヌリに戻っちまうんだろう？　そうしたら、三のうち一がいなくなるんだ。大寺院の坊主どもは、救出隊が三つの種族で構成されているべきと考えてるんじゃないのか」

「三つの種族ですよ。リュンをお忘れですか？」

「リュンは救出隊じゃない。救出対象だ。それにな、いいか。よく聞けこの野郎……」

ティナハンはついに声を荒らげた。

「死ぬのなんの、そんなこと言うな！　お前は何でもなさそうに言うがな、俺にとっちゃそうじゃないんだよ！　だいたいな、それじゃ俺が馬鹿みたいだろうが！」

「は？　馬鹿？」

「俺はな、いま生きるためにこの馬鹿騒ぎをしてるんだよ。なのに、俺の隣の誰かがそんなに易々と死ぬだのなんだの言ったらイライラすると思わないか、ええ⁉　ちょっとは考えてみろ！」

ビヒョンは口を噤んだ。そのとき、リュンが言った。

「誰かが呼んでます」

ティナハンとビヒョンが話をしている間、リュンは聴覚には集中していなかった。聴覚に注意を傾け続けることは集中力を要する。つまりは休息の邪魔になるためだ。それで、ティナハンとビヒョンの話は聞かず、リュンは静けさの中に座っていた。

ところが、その静けさの中、宣りが聞こえてきたのだ。

サモがここまで追って来たのかと思い、リュンはぎょっとした。でも、改めて聞いてみると、その宣りはナガが発したものではなかった。ナガの洗練された宣りとは比べ物にならない粗雑な宣りだ。とはいえ、その意味は明らかだった。悲鳴や笑い声と同じように。

「来いってことみたいです。こっちに来いと宣うてます」

ティナハンが緊張した。

「斗億神が、その……なんだ、宣り？　そいつを発することができるのか？」

「わかりません。でも、この斗億神どもは何しろ形態が多様ですからね。できる者もいるかもしれません」

ティナハンは、リュンの言う通りだと思った。斗億神について確かに言えることは、斗億神については確かに言えることなど何もないということなのだ。そこへビヒョンがトッケビらしい楽天的な提案をした。

「来いっていうんだし、行ってみますか？　リュン、その宣りっていうのも、声みたいに方向を感知できるものですか？」

「できます。でも、声とは少し違います。〝左〟という言葉は右や前、もしくは後ろから聞こえても、左を指す言葉ですよね。それと似ています。誰かが〝こちらに来い〟と宣うたら、僕はその〝こちら〟がどちらの方角なのか、わかります」

「面白いですね。ともかく、行ってみましょうよ」

ティナハンが嘴《くちばし》をカチリと鳴らす。

「行ってみようだと？　〝こちらに来い。お前らはずいぶんとうまそうだな〟ってことだったらどうするんだ？」

「それよりもっと重要なことがあるって言ったら、驚きますか？」

「ああ、驚いてやろうじゃないか。なんだ、その重要なことってのは」

「今言って……あ、間違った。宣うてるのが斗億神なのかどうなのかはわかりませんが、ともかくその者は、ここに入って来てから初めて出会う、言葉が通じる者だってことですよ。どうです。重要だと思いません？」

リュンとティナハンは虚を突かれた思いだった。確かに重要な指摘だ。言葉が通じる相手には冗談を言うこともできるし罵《のの》ることもできる。優雅に哲学を論じることもできる。そのうえ助けを求めることもできるのだ。そして、彼らは明らかに助けを必要としていた。

ティナハンは鉄槍を握った。

「よし。行ってみよう。あ、ちょっと待て……よし、もういい。斗億神はいないな。火をつけろ」

三人と一匹の体にまたトッケビの火がついた。彼らが光源なので、彼らの影はない。これほど完璧な闇の中で影がないというのは、どこか不思議な気がした。

さっき断言した通り、リュンは正確な方向の見当をつけることができた。階段、曲がり角、分かれ道の前で、リュンは少しも躊躇《ちゅうちょ》しなかった。ティナハンは、そのすばやい移動に満足したが、その一方で不安を感じた。

「おい、なんか変じゃないか？　あんなに次々と現れてた奴らが、なんでこんなに静まり返ってんだ？」

斗億神どもがまったく現れないのだ。この五時間の記憶はいまだ鮮やかで、だからこそ彼らはその理由がわからぬ沈黙が気に入らなかった。

天井がふいに消えた。そして、地面も。

彼らが立ち止まったところは、巨大な井戸のような垂直の通路の真ん中あたりに突き出た棚のような場所だった。垂直通路の上方は光が届かないぐらいに高く、地面もまた尋常でなく深かった。垂直通路の直径もまた巨大で、反対側はろくに見えない。リュンが反対側を指さす。

「あっちのほうから宣りが聞こえてきます。何か熱いものがたくさんありますけど、何かはわかりません。壁を伝って流れてるみたいに見えますが」

「声がする」

「はい？」

「お前には聞こえないだろうが、俺には聞こえる。あの反対側の壁のあたりで何かが動いてる。お前が言うその流れてるもののようだな。おい、ビヒョン。トッケビの火をひとつ投げてみろ。あっちの……前方の虚空に浮かべられるか？」

ビヒョンは言われた通りにした。ビヒョンが投げたトッケビの火は、垂直通路の中ほど――虚空に浮かび、四方に光を振りまいた。

垂直通路の丸い壁面がすっかり露わになったとき、三人は凍り付いてしまった。

どす黒い石壁を伝い、足だの腕、体、頭までがごちゃまぜになって、ゆっくりと流れ落ちているのだ。

脊椎がくっついてぶらぶらしている脳、ぶつ切りになった内臓、折れた骨と裂けた筋肉、何なのかわからないほどに激しく膨れ上がった眼球、そして、歯と血管と皮膚とぶらぶら揺れる手足などが垂直通路の壁を伝い、ゆるゆると流れ落ちていた。それがそんなにゆっくり落ちるわけは、胆汁と血液、正体不明の体液と排泄物と膿などが膠《にかわ》のようにこびりついているからだ。そうしてその鳥肌の立ちそうな滝は、溶ける蠟《ろう》や盾についた血の塊のようにのたくりながらゆっくりと壁面を滑っていた。

ビヒョンが腰を思いっきりかがめると、げえげえと嘔吐し始めた。ティナハンは込み上げる吐き気を抑え、ビヒョンが転げ落ちないようその腰をつかんだ。がちがちと全身の鱗がぶつかり合う音をたてていたリュンが言う。

「下を……下を、見てください」

下を見たティナハンはもっと凄まじい、しかし同時に驚異的なものを目にした。

壁を伝って流れ落ちていたその醜悪な流れが地面に積もってゆっくりと固形化している。その堆積物から肉身の各部分が出鱈目に組み合わされた物体がひとつ、ふたつと現れ出ていた。充分に固形化したそれらの物体が手、もしくは手として使える部分を利用して起き上がる。斗億神だった。滅茶苦茶に組み立てられたその斗億神どもは堆積物から分離すると独立した斗億神となり、地面の周囲に口を開けている通路のどれかへと入っていった。

「下で分離したら……ビヒョン、おいビヒョン！　しっかりしろ！　トッケビの火を少し上にあげてくれ」

ビヒョンは腰をかがめたまま手だけを動かした。空中に浮かんでいたトッケビの火が上にあがるにつれ、ティナハンとリュンの顔も上向いた。

数十メートル上の壁に、巨大な口のようなものがある。滝はそこから流れ出ていた。低いほうにいた彼らは角度が合わず、穴の裏側を見ることはできなかったが、予想はついた。穴の裏側で斗億神が解体されているのだろう。

〈そうだ〉

リュンは、跳びあがるほど驚いた。そして、宣りで答えた。ナガが動転したら宣りが飛び出すのは当然だ。そういうことで、ティナハンもビヒョンもリュンの驚愕に気づかなかった。

〈今、なんとおっしゃいました？〉

〈その考えが正しい。上で、斗億神が解体されている〉

〈あなたは誰ですか？　いったいどこにいるんです？〉

〈ここだ〉

リュンは察した。その〝ここ〟というのがどこなのか。

〈滝！　この骸《むくろ》の滝が、〝あなた〟なんですか？〉

〈そうだ〉

ティナハンとビヒョンは当惑した。なんと、骸の滝それ自体がひとつの人格体であるというのだから。リュンは説明しようと努めたけれど、率直に言って、自分も理解しているのか確信できなかった。

集団の無意識というものは存在するのか。意識の共在は？　そんなことについて、リュンは知るところがなかった。リュンが伝えられるのは、血と肉塊と骨の滝が説明したことだけだった。

骸の滝が噴き出す穴の裏側には巨大な空地があった。過去のある時点、そこである斗億神が死んだ。その斗億神は恐ろしい毒を持っており、死んでからもその毒気を吐き出した。通りかかった他の斗億神もそれにあてられて死んだ。毒気はじきに消えたが、その頃にはすでに空地に無数の死体が積み重なり、ほとんど山ができていた。

その死体の山が腐り、流れ出る腐敗液が穴を通じて下に流れ落ち始めた。それが滝の誕生だった。石壁を伝って流れ落ちていた細い筋はある日、自我に目覚めたのだ。いったいどうしてそんなことが起こり得たのだろうか。

「このピラミッド構造には、一種の神秘な力があったようです。確かに、そうでなければ、こんな奇異な建築物を作る理由はないですよね。地上のピラミッドと地下の逆さになったピラミッドを作ったんですよ。どれほどすごいことか、想像してみてください。目の前の垂直通路はピラミッドの真ん中を貫いています。従ってピラミッドの神秘的な力はこの垂直通路を伝って流れるようになってるみたいです。その力が斗億神の下に作用したらしいです」

「魔法とかいう……そんなもの、ですか？」

「そのようです」

長い時を、水流は自らを自覚した状態で過ごした。血自体が命ではなく、血の流れが命であるように、水流の自我は流れそのものだったため、液体が地面に流れ落ちても、その〝水流の存在〟には何ら影響を及ぼさなかった。けれど、その水流にはそれなりの心配の種があった。穴の上方に積み重なっていた死体が減ってきていたのだ。

それで、水流は自らの力を試してみた。〝望んだ〟のだ。

死を目前にした斗億神が空地に続々と集まってきた。あたかもそこで死なねばならないと言わんばかりにやって来ては、そこで死んだ。また死体が増え始め、水流は消滅の危機を免れた。ところが、そのとき水流は、それまでとは違う〝何か〟になった。〝望みというものを持てる水流〟になったのだ。

多くの者が誤解するが、望みというものは、消えることはあっても絶対に満ち足りることはない。火は常により多くの薪《たきぎ》を望むが、薪を供給したからといって充足するわけではない。それと同じだ。薪が供給されれば火はますます大きく燃え上がる。望みもまた同じなのだ。

水流の望みはだんだん膨れ上がっていった。ちっぽけな流れだった水流が肉体の破片から成る滝に変わるまでにさほど時間はかからなかった。地面に限りなく積み重なれば、流れ自体が途切れるという――滝にとってはそれが死に当たる――理由で、流れの速度を落とし、地面に到達した肉体の破片をまた斗億神に還元し始めたとき、ようやく骸の滝は爆発的な成長をしばし中断した。

しかし、依然として望みは充足されなかった。そこで、骸の滝は思惟を始めた。

それは奇跡のようなことだった。思惟は、言語なくしては不可能だ。そして、いかなる者も、骸の滝に言語を教えはしなかった。しかし、斗億神どもの遺骸に残っている種族的記憶とピラミッド自体が記憶している斗億神の記憶が滝に思惟の能力を与えた。骸の滝は急ぐということを知らず、退屈も感じなかった。それで、骸の滝は千年の間、思惟を続けた。

そして千年経ったとき、いつものように斗億神を呼び寄せていた滝の呼びかけに突飛な答えが返ってきたのだ。滝は千年の思惟をしばし中断すると、その奇妙な反応に注意を傾けた。

ビヒョンがようやく吐き気を押さえ込み、言った。

「それが、私たちだったってことですか?」

「そうです。ここまで来る間に斗億神に会わなくて済んだのは、あの滝のおかげだったんです。そして、このピラミッドに斗億神があんなに多い理由も、あの骸の滝のためみたいです。あの滝は、自分を構成し続けるために斗億神が必要だったようです。何か、群霊者みたいですね」

ティナハンは仲間のロプスを思い出し、首を振った。

「群霊者についてはちょっと知ってる。俺の発掘仲間にひとりいるからな。群霊者ってのは、いくつもの霊がひとつの体に集まってる。でも、あれはいくつもの体が集まってひとつの霊になってるんじゃないか?」

「ああ、そうか。じゃあ、あの滝は群霊者ではなく群肉者とでも呼ぶべきものですね」

「ああ、そいつはぴったりのようだな。ともかく、あの奇々怪々なものに、出口を訊くことができそうか?」

リュンは骸の滝をまっすぐに見据えた。ティナハンとビヒョンは焦った顔でリュンを見たが、骸の滝のほうには目を向けなかった。彼らにとっては退屈なほどの時間が過ぎ、リュンは首を傾げて言った。

「あの滝の宣りが洗練されてきました。信じられないぐらいです。初めのうちは、ほんとに不自然だったんですけど。きっと、もとから単語はたくさん知っていたんでしょう。それを整理しさえすればよかったのかな」

「単語？　ああ、斗億神ね。ところで、質問のほうはどうなったんですか？」

「はい。出口を教えることはできるけれど、その前に自分の頼みを聞いてほしいと言ってます。代償の概念じゃありません。そんな概念を知らないので。ただ、僕らが行ってしまったら、自分の頼みを聞き入れることはできなくなる。だからその前に……。そんな感じですかね」

「ふうん？　そうか。で、その頼みってのは何だ？」

「千年もの間思惟しても答えがわからないことがあるそうです。それに答えてほしいと言うんですが。ただ、それがちょっと手ごわい問いなんですよ」

「どんな問いですか？」

　リュンが顔をしかめる。

「斗億神がなぜ神を失ったのか知りたいそうです」

〔下巻に続く〕

訳者略歴　立教大学文学部卒，韓国外国語大学通訳翻訳大学院韓日科修士課程修了，日韓通訳・翻訳者　訳書『七月七日』ケン・リュウほか（共訳），『我らが願いは戦争』チャン・ガンミョン，『舎弟たちの世界史』イ・ギホ，ほか

涙《なみだ》を呑《の》む鳥《とり》1　ナガの心臓《しんぞう》〔上〕

2024年7月20日　初版印刷
2024年7月25日　初版発行

著　者　イ・ヨンド
訳　者　小《こ》西《にし》直《なお》子《こ》
発行者　早　川　浩

発行所　株式会社　早川書房
東京都千代田区神田多町2－2
電話　03-3252-3111
振替　00160-3-47799
https://www.hayakawa-online.co.jp

印刷所　中央精版印刷株式会社
製本所　中央精版印刷株式会社

定価はカバーに表示してあります
ISBN978-4-15-210351-2 C0097
Printed and bound in Japan
乱丁・落丁本は小社制作部宛お送り下さい。
送料小社負担にてお取りかえいたします。